Como matar seu marido

Kathy Lette

Como matar seu marido

e outras utilidades domésticas

Tradução de
Alda Lima

EDITORA RECORD
RIO DE JANEIRO • SÃO PAULO
2013

CIP-BRASIL. CATALOGAÇÃO NA FONTE
SINDICATO NACIONAL DOS EDITORES DE LIVROS, RJ

Lette, Kathy, 1958-
L637m Como matar seu marido (e outras utilidades domésticas) / Kathy Lette; tradução de Alda Lima. – 1. ed. – Rio de Janeiro: Record, 2013.

Tradução de: How to kill your husband (and other handy household hints)
ISBN 978-85-01-08950-2

1. Ficção australiana I. Lima, Alda. II. Título.

13-9047 CDD: 828.99343
CDU: 821.111(94)-3

Título original
How to kill your husband (and other handy household hints)

Texto revisado segundo o novo Acordo Ortográfico da Língua Portuguesa

Editoração eletrônica: Abreu's System

Direitos exclusivos de publicação em língua portuguesa somente para o Brasil adquiridos pela
EDITORA RECORD LTDA.
Rua Argentina, 171 – Rio de Janeiro, RJ – 20921-380 – Tel.: 2585-2000, que se reserva a propriedade literária desta tradução.

Impresso no Brasil

ISBN 978-85-01-08950-2

Para minha mãe e meu pai, que estão comemorando 50 anos de casamento este ano, provando que um bom matrimônio dura para sempre, enquanto um ruim apenas parece durar.

Sumário

Parte Três

Parte Quatro

Parte Cinco

PARTE UM

1. A Viúva Alegre

Eu era uma mulher de 43 anos, mãe de duas crianças, quando perdi meu orgasmo. Como se perde um orgasmo?, você deve estar se perguntando. O que ele é, uma meia? Será que está num cesto sexual de roupa suja esperando acharem seu par para poder virar um orgasmo múltiplo? As pessoas perdem coisas o tempo todo. Paciência. Senso de humor. A boa forma. (As palavras "meia-calça modeladora" significam alguma coisa para você?). A sanidade mental (depois de filhos, definitivamente). Mas não orgasmo. Só que eu simplesmente não conseguia encontrá-lo. Era mais esquivo que a sombra do Peter Pan. Acredite, procurei mais do que já procuraram o Triângulo das Bermudas, Amelia Earhart, o Abominável Homem das Neves, o Mary Celeste, o Monstro do Lago Ness e os escrúpulos de George Bush.

Talvez você ache que eu, Cassie O'Carroll, sou o tipo de idiota que nunca lembra onde guardou as coisas, certo? Seria justo dizer que eu também nunca encontrei a raiz quadrada da hipotenusa, mas isso nunca me fez rasgar o travesseiro e chorar até de noite.

Não. Minha pobre amiga está na pior. Minha vagina ficou na seca: igual a Miss Havisham. E parece que não existe droga de porcaria nenhuma que eu possa fazer a respeito.

Tudo bem, minha melhor amiga, Jazz, perdeu algo muito mais sério — o marido, o internacionalmente reconhecido cirurgião, humanitário e expert da Organização Mundial da Saúde Dr. David Studlands. E sob circunstâncias misteriosas, também. Na verdade, enquanto escrevo isto, Jazz está detida por suspeita de homicídio. Que é quando esta história começa, na sala de espera da penitenciária feminina Holloway, ao norte de Londres.

"Fui presa por matar meu marido" eram palavras que eu nunca imaginaria ouvir da boca da minha amiga Jasmine Jardine. "Vou ter o filho bastardo do George Clooney", talvez, ou "E se TPM for lenda e eu for simplesmente uma megera?". Mas definitivamente não aquilo.

Quando finalmente consigo responder, parece que estou dublando um filme:

— O quê?

— Assassinato... Aqueles policiais imbecis acham que matei Studz. A fiança foi negada!

— ASSASSINATO? — repito.

E existe um melodrama como o de um filme para a TV na situação toda. Estou sentada ereta numa cadeira da sala de visitas na prisão, encarando minha melhor amiga num estado de espanto entorpecido. Devo ter guinchado com a última palavra porque os olhos da guarda voam até mim, alertas, mas neutros, como os olhos de um predador bem alimentado, com preguiça demais para atacar. Ela continua imersa em sua cadeira giratória, folheando o jornal, apaticamente.

O susto me consome como chamas.

— Putz, Jazz. — Agora estou sussurrando, mas ainda soa agudo: — Você... não fez nenhuma besteira, fez?

Jazz me dirige o tipo de olhar que você dá a um caminhão de lixo que acaba de passar por cima de seu noivo no dia do seu casamento:

— Você pode não ter notado em todos os anos que me conhece, Cassandra, mas aparentemente eu não nasci com muitos dos essenciais talentos necessários para ser bem-sucedida como um gênio do crime. — Existe um tom de histeria em sua voz que atrai mais uma vez a atenção da guarda. A cadeira faz barulho enquanto ela remexe seu peso para mirar na nossa direção — Como pode pensar uma coisa dessas?

— Bom, me desculpe — respondo num sussurro. — Quantas vezes testemunhei você fazendo piadas desse tipo? Que "o casamento é um hobby divertido e frívolo, só que ocasionalmente resulta em morte", ou "Se existe um testamento, quero estar nele", ou aquele "Nem todos os homens são canalhas, alguns já morreram". E quanto àquela vez em que você "acidentalmente" separou os remédios de malária errados quando Studz fez aquela viagem da Anistia Internacional para o Malaui? Você começou a cozinhar com leite integral para induzi-lo a ter um ataque do coração, pelo amor de Deus! Quero dizer, minha nossa...

— Eu só estava desabafando! Todas as mulheres têm vontade de matar seus maridos uma vez ou outra. Mas fazer piada não significa que tenho licença para matar... Meu Deus, não tenho nem licença para dirigir.

A guarda da penitenciária ri:

— Não é o que dizem os jornais, gatinha. — Ela joga uma pilha de jornais rasgados entre nós duas e, apesar do aviso de "Não Fumar", acende um cigarro.

— Jornais? Você saiu no jornal? — São oito da manhã e ainda estou com marcas de travesseiro no rosto, tendo pulado da cama e chamado um táxi assim que recebi a ligação de Jasmine. Ainda estou me recuperando das notícias da minha amiga mais antiga. Dois meses tinham se passado desde a última vez que nos falamos; desde que ela jogara uma bomba na minha vida, para ser exata. Todas havíamos lido, naturalmente, sobre o desaparecimento do Dr. David Studland três semanas antes no sul da Austrália, num lugar sinistramente chamado Termination Beach, Cape Catastrophe. (Isso é que é lugar de querer se passar férias.) Havíamos visto Jazz às lágrimas na televisão. Eu tentara desesperadamente falar com ela, mas ela não atendera nenhuma das minhas ligações. Até a frenética intimação dessa manhã, seu desaparecimento de minha vida havia sido tão abrupto e desconcertante quanto o de seu marido.

Ela afasta o jornal para o outro lado da mesa arranhada como se ele fosse radioativo. *A Viúva Alegre*, perguntava o tabloide do dia anterior acima de uma velha foto de Jazz bebendo champanhe, para ilustrar uma matéria sobre ela estar ajudando a polícia em suas investigações.

— Esse foto foi tirada há anos. — Jazz suspira tão alto que confundo com um ataque de asma. — Para ser sincera, David e eu estávamos tentando salvar nosso casamento. Por isso fomos passar férias na Austrália, pelo sol, surfe, areia e sexo. Mas você sabe como Studz gostava de correr riscos: mergulhos noturnos, esqui de helicóptero, dirigir em alta velocidade, visitar zonas de guerra para os Médicos Sem Fronteiras... No final daquela tarde, estávamos fazendo mergulho livre. Eu estava cansada demais para ir muito longe, mas David nadou até eu perdê-lo de vista. Quando começou a escurecer, fui procurá-lo. Achei suas roupas e relógio na praia, onde os deixara. Foi quando percebi que havia alguma coisa errada. — Ela seca uma lágrima e para por um momento para se recompor. — Arranjamos barcos e procuramos a noite toda — continua. — As pessoas tentavam ser gentis. Ficavam dizendo: "Você não pode perder as esperanças." Então continuei procurando, o que foi pior de certa maneira, porque ficava imaginando-o como uma criancinha perdida, ferida e sozinha. Durante dias acreditei nas teorias de que ele trabalhava para a CIA e estava escondido; ou era tudo um golpe de seguro de vida; até mesmo que podia ter sido sequestrado por um submarino! Vivia num torpor, completamente vazia por dentro. Josh diz que a verdade está na nossa frente, que seu pai foi levado pelo mar. Ou coisa pior. — Ela estremece. — Mas eu me recuso a acreditar. Não vou acreditar. — Jazz se debruça para a frente.

Enquanto espero que ela se recupere, observo as grossas sobrancelhas em linha reta emoldurando os olhos verde-água debaixo dos cílios quilométricos de minha amiga, seus lábios cheios, maçãs do rosto esculpidas e cabelos dourados — e me pergunto pela milionésima vez como seu perfil, tão delicado que poderia pertencer a uma pintura de Botticelli, pode destoar tanto de seu sorriso, que sugeria a possibilidade de sexo casual num beco escuro. E tinha também seu queixo, que se projetava levemente como que para desafiar, "Você e quem mais?".

— Jazz... — Com o som da minha voz ela olha para mim como se não me reconhecesse. — Então por que eles te prenderam?

Ela volta à realidade subitamente:

— Lembra do Billy... aquele dramaturgo preso com quem tive um caso? Bem, ele está alegando para a polícia que eu o contratei como assassino. *Moi*! Dá para acreditar?

— Que diabos mais você esperava, saindo com um criminoso? Homens assim escrevem bilhetes de resgate, não de amor. O que foi que viu nele, afinal?

Ela olha para mim com tristeza.

— Ah, Cass. Há quanto tempo meu marido não fazia amor comigo? Sabe como é quando você está de dieta e até um bolinho de arroz parece delicioso? Bem, Billy e os outros... era isso que eles pareciam. Bolinhos de arroz sexuais.

— Seu namorado foi inventar de ser acusado — a guarda fofoqueira ofereceu, sem ser convidada — por fraude. E está fazendo acordo. E por esse motivo estão negando o direito a fiança.

— Isso é verdade, Jazz?

— Basicamente, sim — confessa ela. — O cara é um canalha miserável e mentiroso de primeira... Mas é claro que só desejo o melhor a ele.

A gravidade da situação me atinge em cheio. Tenho acompanhado as escapadas de Jazz de uma tensa distância há décadas, mas esse último cenário me apavora. Somos mulheres de classe média na faixa dos 40. Depilamos nossas virilhas e ralamos nosso próprio parmesão. Deixamos bilhetes embaixo de para-brisas de carros que batemos de leve. Nossas coleções são de música clássica, não de crimes. Jazz tem o tipo de rosto que você instantaneamente associa ao comentário "Gostaria de viajar, conhecer pessoas diferentes, e ajudar a trazer a paz mundial". Não o tipo de rosto que se vê numa ficha criminal.

— Puta merda, Jazz — digo. — O que vai fazer?

— Ah, forjar minha própria morte, arranjar uma nova identidade e ir morar numa árvore com um homem misterioso, obviamente. — Ela está quase espumando de raiva. — A vida é que começa aos 40, não a prisão perpétua por matar seu marido. O que vou fazer é lutar. E até Studz aparecer, você é minha melhor arma, Cassandra O'Carroll.

— Eeeeu? — As vogais bem pronunciadas de Jazz fazem meu sotaque australiano soar grosseiro e vulgar em comparação.

— Isso — mostra apontando indignada para os jornais — é difamação. Agora, quem me conhece melhor? Você, é claro. Somos amigas do peito desde a faculdade. Literalmente. Compramos nossos primeiros sutiãs sensuais juntos, rendados e vulgares, com pingentes, lembra? Quero que converse com minha defensora, Cass. Quero que conte tudo a ela. Tudo bem, Studz me traiu. Ele me deixava louca. E sim, às vezes, dava vontade de matá-lo... Mas ele é o pai do meu único filho. Como alguém pode achar que eu gostaria que Josh ficasse sem pai? Que tipo de mulher faria isso?

Uma mulher traída, de coração partido e sexualmente faminta, é o que tenho vontade de responder, mas não o faço. Para ser sincera, olhando para ela, toda descabelada, os sedosos cabelos loiros embaraçados e frisados, sua blusa de cashmere descosturando no ombro, sinto meu coração apertar. Um aperto de afeto, apesar de todas as coisas que ela me fez nesse último ano. A prisão tem cheiro de fumaça velha de cigarro e suor. O odor piora com as camadas de produto de limpeza subindo dos pisos de linóleo. Não existem janelas. O cômodo me deixa tensa, como uma sala de espera no dentista, ou a sala onde você espera para uma entrevista de emprego — para um emprego que você não quer.

Debruço-me sobre a mesa bamba e pego sua mão:

— O que você quer que eu faça, querida?

Um barulho estridente de campainha toca. Dou um salto. A guarda da penitenciária ignora a princípio, entretida demais em contar seus próprios flocos de caspa, mas depois apaga com má vontade seu cigarro, antes de levantar seu peso da cadeira.

— Mas — olho escandalizada para meu relógio —, eu deveria ter mais meia hora.

— Bem-vinda ao maravilhoso mundo da lei — profere Jazz sarcasticamente, me entregando meu casaco. Acho que ela vai me ajudar a vesti-lo, mas em vez disso ela agarra meu braço. — Cassie. — Sua voz é baixa e amedrontada. — Estão armando para cima de mim. Você tem que me ajudar. O nome da feliz advogada é Quincy Joy. — Ela enfia um papel com endereço amassado na minha mão. — Sua euforia vem sem dúvida do fato dela não ser quem fica diante do juiz como os milhares de pobres coitados que defende... Você tem que contar tudo a ela. Explicar as coisas. Você sabe, por que me comportei do jeito que me comportei. Como as coisas ficaram tão kafkianas.

Cai na real, eu teria dito anos atrás, mas agora simplesmente fico paralisada ali enquanto minha melhor amiga há 25 anos é levada para sua cela. A última coisa que a escuto dizer para a guarda é:

— Não pode me revistar no primeiro encontro, querida. Eu definitivamente sou mulher de um jantar e cinema antes.

Confusa, cambaleio para fora sob a luz de inverno. O frio ar de janeiro alfineta meu rosto, e os muros de tijolo da penitenciária jogam longas sombras que caem sobre mim como uma armadilha. Livre do Submundo de Perséfone, inspiro o oxigênio fresco e corro até a Camden Road para chamar um táxi como se estivesse fugindo do rio Styx.

Quando um táxi para no Inner Temple, um enclave de advogados perto do rio Tâmisa, meu cérebro legal está dizendo: Puta merda! Jazz pode ter tido aulas de culinária, mas só uma lagosta deveria estar afundando em água tão quente assim.

O escritório de Quincy Joy é mobiliado com antiguidades ornamentadas, que dão ao lugar uma aparência pesada. Ela está soprando uma xícara de chá quando entro e me apresento.

— Solicitei uma nova audiência para fiança. — Sua voz de fumante de dois maços por dia está lânguida de cansaço. — O juiz pesou a propensão de sua amiga Jasmine ao sarcasmo numa das mãos e seu desprezo por mim na outra, exatamente como um homem que está segurando seus peitos. Então ele espremeu os dois. Com força.

Quincy tem cabelos vermelhos, um rosto cheio de sardas, e não apenas bolsas, mas verdadeiras bagagens, sob os olhos.

— Podem julgar alguém por assassinato — pergunto aturdida —, sem um corpo?

— Sim, se existe indício de autoria. Existem provas circunstanciais bem complicadas contra ela. Como foi que uma mulher de classe como Jasmine Jardine se envolveu com um acusado de assassinato? E o que ele estava fazendo na Austrália? Ela me garantiu que você pode explicar a história toda objetivamente. — A mulher tamborilou sobre a mesa com os dedos impacientemente.

— Eu? — Me sento na beirada de uma cadeira de couro enrugada, de frente para uma pintura de dois patos mortos e um setter irlandês. Como explicar a saga em toda sua complexidade? A história de uma amizade tripla: Jazz, a deusa dona de casa. (Para mim, qualquer mulher que diz que gosta de ser dona de casa definitivamente inalou produtos de limpeza demais). Hannah, a executiva sem filhos com algumas empreitadas bem-sucedidas debaixo de cada braço e sua própria galeria de arte, e eu, a professora de escola primária, malabarista entre filhos e carreira, que está sempre largando tudo. — Três é um número difícil, não acha. Quincy? E três amigas mulheres é uma equação particularmente complicada. Especialmente quando se joga amor, sexo, crianças e amantes no meio... Droga. Não sei nem por onde começar.

— Só me conte um pouco sobre todas vocês — orienta Quincy apressadamente, se afastando de sua escaldante xícara.

Sim, e daí ela pode nos embrulhar na fita da cena do crime e trazer os detetives forenses para montarem o quebra-cabeça de nosso delito — que foi fracassar como amigas.

— Desde a faculdade de letras, Jazz, Hannah e eu fomos parte de um grupo de meninas, dividindo segredos, contando sobre discussões com nossos maridos... e depois discutindo sobre por que discutimos com eles, e sobre por que o segredo de um casamento feliz é um segredo tão bem-guardado! Teríamos continuado para sempre assim, se não fosse por uma festa na casa de Jasmine há um ano. Foi quando cada um de nossos mundos começou a desmoronar.

Quincy olha para seu relógio, e depois se levanta:

— Olha, tenho um compromisso urgente — fala grosso, com uma voz que está só a um maço de distância de um câncer de pulmão. — Por que não escreve tudo isso? — Ela empurra um bloco de notas amarelo por sobre a mesa forrada de papel. — E me liga quando tiver terminado. Assim fica mais fácil.

Fácil? Acho que ela não compreende a montanha-russa emocional na qual estou prestes a levá-la. A mulher vai precisar de um funcionário alertando-a a pensar duas vezes se tiver problemas de pescoço ou estiver grávida. O que quero dizer é: "Vai ser uma corrida acidentada. Por medidas de segurança, por favor, mantenham pernas e braços dentro do veículo em movimento."

Em vez disso, apanho o bloquinho amarelo.

Deveria ter passado o dia corrigindo exercícios de gramática.

Pergunta: O que vem no final de uma sentença?

Resposta: Prisão perpétua por assassinato.

2. Como eu te odeio? Deixe-me fazer uma lista

Todos os maridos acham que são deuses. Se apenas suas esposas não fossem ateias...

Durante os meus 20 e poucos anos, achava que estava ouvindo coisas, mas era apenas a interminável sinfonia de sinos tocando e casamentos, à medida que todas as minhas amigas se arranjavam. Casei com Rory, um veterinário, o que é irônico considerando que nunca fui muito fã de animais — possivelmente porque dou aulas a eles o dia todo. (Um pouquinho do patético senso de humor da sala dos professores pra vocês.) Na minha opinião, o melhor lugar para animais é num churrasco. Odeio especialmente cachorros. Eles têm dentes demais para sua natureza supostamente amigável. Se eu tivesse um animal de estimação seria um crocodilo — assim ele poderia comer todos os outros.

E não são apenas nossos amigos de quatro patas que detesto. Sou paranoica quanto a todas as criaturas, de duas patas, de uma pata, de oito patas. Toda noite antes de me deitar, verifico meus sapatos em busca de escorpiões — na Inglaterra.

Você pode achar que gosta de animais, mas acredite, se fosse casada com um veterinário rapidamente ficaria curada. A qualquer momento podemos estar com sete ou oito cachorros dentro de casa, o mesmo número de gatos e um monte de ratos, que não são animais de estimação. Quando estava grávida, Rory dizia às pessoas que eu estava "prenha". Frequentemente, ele, distraído, coça atrás da minha orelha e diz: "Boa garota". Em breve vai começar a atirar uma bola de tênis para que eu possa ficar mordendo.

Se eu tivesse que imaginar Rory como um animal, ele seria um labrador — leal e divertido. O conheci quando ele estava pendurado no ponteiro dos minutos do relógio da torre da faculdade, o qual havia escalado bêbado, só pra poder usar a desculpa de me perguntar: "Você tem horas?". Rory é um aventureiro. Suas coxas têm a largura de duas crianças de 7 anos juntas e seus bíceps são do tamanho de um banheiro de hóspedes. Ele foi feito para conquistas e aventuras ao ar livre. Um aventureiro nato, poderia enfrentar um rio selvagem, escalar uma montanha coberta de neve, dormir numa floresta de sequoias, construir uma casa de campo e preparar legumes cozidos numa caçarola — tudo antes de eu ter tempo de perguntar "Quem quer comer no McDonald's?".

Para mim, espaço ao ar livre significa o trecho entre a estação de metrô da Bond Street e a porta de entrada da Selfridges. Cresci em Sidney (meus pais vieram para cá quando eu tinha 16 anos). A única geografia que conheço de Londres é como ir até a Harrods e em seguida voltar para casa. Quando amigos me convidam para suas casas de campo na, digamos, Escócia, suas coordenadas consistem em: "Vá até a Harvey Nichols e vire à direita."

Casei-me com Rory porque ele me fazia rir.

A primeira vez em que ele me levou para conhecer sua mãe em Cricklewood, se referiu ao fenômeno de um filho almoçando com a mãe como o "complexo de aipo". Os olhos verde-água e os cachos castanhos se espalhando por toda cabeça em todas as direções também ajudaram um pouco. Assim como a maneira com que seu rosto se acende com aquele sorriso relaxado, que o torna imediatamente amável. Também adoro como ele apoia o cotovelo na janela do carro enquanto assovia uma canção. Ah, e sua compaixão. Mesmo naquele tempo ele devotava metade de seu tempo trabalhando como voluntário em abrigos de animais abandonados. E ele não mudou muito desde então. Agora tem sua própria clínica veterinária ao lado de nossa casa em Kilburn, mas trabalha muito de graça.

Ainda assim, somos — ou éramos — aliados, entrelaçados como bichos da seda. Meu amor sempre o inundou. Como pingos. E quando ele me olha, um carinho se espalha e reflete em seu rosto de um jeito que sempre deixou meus mamilos pegando fogo. Depois de 15 anos de casamento, estou longe de ser indiferente a seus defeitos. Ele usa uma jaqueta de couro velha em todas as estações, e tem a maior coleção de camisetas do mundo ocidental. Esporte fino para Rory significa uma camiseta passada. Pior ainda, ele não gosta das minhas amigas. Diz que jantares para amigos em Londres produzem três quartos do estoque mundial de condescendência. Ele vai às festas de Jazz e Hannah por obrigação, fica largado num canto e não diz nada. "Ah, aquele é seu marido? Achei que era uma estante de livros". E é por esse motivo que ele não queria que fôssemos à festa de vinte anos de casamento de Jazz e Studz janeiro passado. Se pelo menos o tivesse escutado...

Deveria ser um jantar íntimo de comemoração, com seus melhor amigos da faculdade. Mas graças à inabilidade de Studz de separar trabalho e prazer, o lugar havia ficado mais cheio que o cabelo de Dolly Parton.

Jazz casou-se com David Studlands quando ele era um jovem residente de cirurgia num grande hospital de Cambridge. Ela se apaixonou no dia em que se conheceram. "Ele é lindo", Jazz me contou. "Dá vontade de espalhá-lo num canapé e comê-lo de uma vez". Jazz, que se formou como professora de economia doméstica, o sustentou enquanto ele subia de cargos no hospital, trabalhando como cozinheira em restaurantes. Studz agora é tão rico que tem uma carteira do tamanho de um closet e dirige um Jaguar, que ele estaciona do lado de fora de sua clínica particular na Harley Street. O homem não só é lindo, como também é tão alto que tem que perguntar por walkie-talkie para nós, meros mortais, como está o tempo no nível da rua.

Mesmo perto dos 50 anos, o corpo de Studz permaneceu magro e atlético. Ele tem um perfil tão afiado que daria para raspar as pernas com ele, e uma língua igualmente ferina. Seu estilo é sarcástico, apesar dele zombar principalmente de si próprio — mas de uma maneira que apenas aumenta seu charme. Como um dos maiores especialistas em cirurgias de reconstrução e queimaduras, Studz é admirado pela classe médica por trabalhar como consultor num hospital-escola do National Health Service. O estilo de vida luxuoso da família é financiado por sua prática particular em cirurgias plásticas. ("Você é uma narcisista neurótica que gosta de perder tempo. No entanto, se quiser se consultar comigo em particular, simplesmente deite-se e abra bem seu talão de cheques.").

Para absolver sua consciência por operar pessoas que não precisam, Studz tira férias não remuneradas regularmente para trabalhar em navios de médicos que viajam pela África, levando tratamento cirúrgico gratuito às vítimas da guerra. Ele caça talentos da medicina para organizações beneficentes

e é famoso por aconselhar seus alunos a fazerem seis meses de trabalho voluntário com os Médicos Sem Fronteiras pelo bem de suas almas. Também doa seu tempo à Fundação Médica para o Atendimento às Vítimas da Guerra e é conselheiro da Organização Mundial de Saúde. Sim, o homem já foi chamado até ao Palácio de Buckingham para sua prova de roupa de anjo. E foi por causa dessa parte altruísta de sua natureza que Jasmine Jardine, nossa própria faiscante e atrevida It Girl do campus, resolveu que ele era o homem de sua vida.

Na verdade, Jazz queria cancelar a festa de aniversário de casamento, considerando que sua mãe havia morrido, depois de uma longa batalha contra o câncer de mama, pouco antes do Natal. No entanto, Studz havia insistido que a festa deveria acontecer. Hannah e eu esperávamos que essa comemoração fosse o passaporte para nossa amiga sair daquele estado de tristeza. Para conseguir isso, era nossa responsabilidade ter certeza de que não haveria nenhuma menção à temida palavra que começa com "C".

Eram oito horas da noite e eu estava atrasada. Hannah tinha mandado que eu estivesse chique — o que para mim significa contratar uma equipe de efeitos especiais cinematográficos, considerando que a maneira de se vestir das professoras, caso não tenha notado, consiste em sapatos baixos e brincos "interessantes". Minhas caóticas roupas geralmente estão sem um dos botões, sempre com barras desfiadas, e muitas vezes pertencem a Rory. Baseio meu modo de vestir em peças que não precisam ser passadas. Jasmine tem uma aparência que faz todos se virarem para olhar. A minha só revira estômagos. Acha que estou exagerando? Ultimamente tenho usado roupas de jogging — e não para festas à fantasia com os anos 1980 como tema.

Quando nos conhecemos, Jazz costumava dizer que eu era a clássica "vizinha" — atraente o bastante para ser especial,

mas não linda o suficiente para ser odiada por outras mulheres. No entanto, eu não ligava se era linda ou não porque, ao conhecer Rory, eu finalmente era bonita. Quase duas décadas mais tarde, tenho que dizer que ainda sou bonita de longe... Uma distância de, digamos, 300 quilômetros. Então o que aconteceu?

Ser mãe, isso que aconteceu. Quando era garota, odiava mostrar minhas pernas finas. No dia em que me casei, pesava 47 quilos. Alguns anos mais tarde, estava na Top Shop, hiperventilando enquanto tentava passar um jeans tamanho 42 pelos meus quadris. Olhei no espelho e lá estava minha mãe — peitos pequenos e bunda grande.

Quando foi que passei dos 57? Minha vontade era ter ido à academia depois de o bebê ter nascido, mas quem iria cuidar dele? Ficar em casa em meus pijamas significou que rapidamente estava grávida de novo. Agora que meus filhos Jenny, de 11 anos, e Jamie, de 13, são mais velhos, poderia ir pra academia, mas, como mãe que trabalha fora, é incrível eu ainda ter energia para ligar o micro-ondas e descongelar o jantar semipronto. E crianças são tão calóricas. Enquanto você cozinha seus chás da tarde, as sobras acabam empilhadas em sua boca — salsichas encharcadas de ketchup, purê de batata com manteiga, restos de sorvete derretido, tudo tão sensacionalmente emagrecedor. Bem, não se deve desperdiçar, não é mesmo? Então guarde tudo na sua cintura. Felizmente adoro minha mãe, o que é uma sorte, considerando que me tornei ela!

Quando finalmente fiquei pronta para a festa, usando um par de calças de grávida alfinetadas por baixo da jaqueta comprida, notei que meu cabelo estava se movendo. Parecia estar acenando para mim pelo espelho. Oh Deus. Piolhos. Um acidente de trabalho quando se dá aulas numa escola primária. Minhas opções eram correr pelas ruas tocando um sino e

gritando "Suja! Suja!" e talvez pintar um grande X na porta, ou, uma saída menos Dickensiana, como bombardear meu couro cabeludo de produtos químicos. Que foi o que fiz. A única maneira de um piolho sobreviver agora seria usando uma roupa à prova de chamas e um tubo de oxigênio. Eu não era mais contagiosa mas acho que "chique" também não era exatamente a definição adequada.

Enquanto Rory estacionava seu velho jipe fedendo a urina de cachorro e cocô de porquinhos-da-índia numa vaga ilegal metade sobre a calçada do lado de fora da casa de arquitetura georgiana de Jazz e David, olhei pelas janelas e pude ver todo tipo de gente chique sem piolho andando pela sala de estar. Podíamos escutar o rugido de suas piadas internas, pontuadas por homens rindo. Meu marido fez sua cara de carneirinho sendo levado ao matadouro.

— Merda. Jazz e Studz viraram os Edmund Hillarys da ascensão social. Sabe como tenho medo de altura, Cassie. É melhor nos amarrarmos um ao outro com uma corda caso um de nós despenque.

Jazz e Studz eram o que os jornais chamavam de "casal influente". Estavam ligados na tomada social certa. Apesar de estarmos em meados de janeiro, o cartão de Natal do primeiro-ministro ainda estava sobre a lareira, ao lado do de Kofi Annan e, sem dúvida, do de Nelson Mandela. O mais chique cartão na minha lareira viera da lavanderia local para me agradecer pela preferência.

Com uma taça de champanhe na mão, Hannah Wolfe atendeu a porta. Uma mulher inquieta de olhos escuros e vidrados como os de uma boneca, nariz como um botão, cabelos como um capacete vermelho, sobrancelhas arqueadas perfeitas, voz granulada e opiniões tão fortes quanto seus famosos espressos. Ela fala três idiomas com o mesmo sotaque rápido de uma judia sul-africana e tem uma risada que parece um adorável latido. Hannah está se aproximando dos 40, mas na direção contrária. A mulher não está ficando mais velha... O que está ficando é entupida de injeções de colágeno duas vezes por semana e emplastrada de membranas de fetos de cordeiro.

Com sua postura de pato, costas hiperarqueadas e peito chato, fica óbvio que Hannah foi torturada dentro de tutus de bailarina pela mãe desde muito jovem.

Tendo desistido de ensinar arte e migrado para design de interiores antes de virar moda, Hannah é reconhecida por trazer o feng shui (igual ao chop suey, só que não tão gostoso) para o Ocidente. No começo, foi comparada a Martha Stewart, mas insiste que já era uma terrível megera duas caras ANOS antes de Martha aparecer. Eu adoro Hannah, apesar de seu jeito "posso-fazer-tudo" irritante de viver. A Srta. Wolfe sempre sabe exatamente qual pashmina bordada ou manta de pele falsa vai ser o acessório indispensável da estação. Essa diva do design poderia muito bem usar uma vela de navio elaboradamente drapeada, de modo que parecesse um vestido de gala, e ficaria bom. Toda vez que Hannah me vê usando leggings esgarçadas ou jeans manchados de caneta, adota o tipo de expressão de sofrimento que me faz pensar que está tentando chupar seu próprio rosto para fora pelo alto da cabeça.

Depois de conquistar sua primeira fortuna aconselhando herdeiras se deveriam pintar suas casas em tons de pêssego ou de pistache, Hannah resolveu que não queria mais "aceitar trabalhos que pudessem estragar minhas unhas, queridinha". Logo depois, ela abriu sua própria galeria de arte em Old Bond Street e acumulou sua segunda fortuna.

Este mundo de voltas e babação de ovo a proporcionou uma casa tão grande em Regents Park, que tem um banheiro para cada ocasião, e também um pedido de casamento de Pascal.

Quando conheci Hannah na faculdade de letras, ela se orgulhava de até então só ter saído com homens cujas profissões começavam com a letra P. Havia um poeta, um pornógrafo, um pianista, um político e finalmente um pintor. Bem, Pascal se intitulava pintor. Jazz e eu o víamos mais como um satanista não praticante.

Com seu visual belo e sombrio, biquinho insolente, pálpebras meio abertas de forma preguiçosa e dreadlocks de Medusa envolvendo sua cabeça, Pascal era o insaciável Deus do Amor da Escola de Belas Artes. Sejamos francas, "Meu nome é Pascal Swan. E sim, eu vivo de sexo" é uma cantada bastante persuasiva. E parecia ser verdade. Mesmo que seu cabelo não tenha durado, seu casamento sim.

Enquanto Hannah é sempre otimista, Pascal vê o lado ruim em tudo. Se dependesse dele estaria agora escrevendo "Papai Noel não existe!" com um avião de fumaça bem no alto da Euro Disney.

Apesar de odiarmos a maneira como ele explorava Hannah (quando Pascal pôs o braço em volta da noiva no casamento, Jasmine sussurrou: "Não seria mais natural se ele colocasse a mão dentro de sua bolsa?") e mesmo Rory e David tendo dito a ele em sua despedida de solteiro que o casamento não ia dar certo se ele não trabalhasse, o que realmente nos ressentia era o acordo que ele bolou. Ele só se casaria com Hannah se os dois nunca tivessem filhos, ou "pentelhos" como os chamava.

Sempre que Jazz e eu reclamávamos de nossos filhos, Hannah fazia uma dancinha:

— Estou comemorando o Dia Nacional dos Sem Filhos, queridinhas. Estou dançando e pulando para comemorar minha infertilidade!

Resumindo, ela punha a mesa em casa — mas nunca para mais de dois.

Parada agora na entrada da casa de Jasmine, Hannah sacudia incrédula a cabeça ao me ver, seus brincos de prata balançando alegremente dos quatro buracos em seus chiques e pequenos lóbulos.

— O que é isso? Vai tentar me vender um carro usado? — Ela aponta para meu cabelo lambido para trás. Hannah é a pessoa mais venenosa que já conheci. E é isso que a torna tão divertida.

— É remédio para piolho. Tenho que deixar no cabelo de 12 a 16 horas. Quem está aí?

Tirando meu casaco, vejo Rory se retirar apressadamente para a cozinha, murmurando algo sobre dar uma olhada nos bichinhos da família, mesmo eu sabendo que o único bichinho que Jazz deixou seu filho ter era de pelúcia.

— Ah, os Bons e os Grandes. Alguns primeiros-ministros de democracias emergentes do Terceiro Mundo — suspirou Hannah—, alguns ganhadores do prêmio Nobel, o Maior Escritor Vivo do Mundo...

— Ah, fabuloso. Os Comissários Culturais. Jazz pelo menos está se divertindo?

— Bem, ninguém tocou na palavra com C. Estão todos estupefatos com aquela popstar que as Nações Unidas acabaram de nomear como embaixadora da Boa Vontade, pelo menos acho que ela é uma popstar. Com um nome como Kinkee ela também poderia ser uma prostituta. É americana, loira, e ainda dá pra ver a etiqueta com o preço de seus recém-adquiridos peitos. Disse que vai ser atriz, queridinha. Sem dúvida como dublê da vagina de Paris Hilton.

Eu ri.

— Cristo! — Olhei meu penteado estilo Al Capone no espelho do corredor de entrada. Parecia estar faltando alguma coisa por estar sem uma metralhadora. — Não posso entrar assim.

Mas como um instrutor de paraquedas com um relutante aluno, Hannah já havia me empurrado pela porta da sala de estar. E lá estava Jazz, com seus olhos sorridentes, seios fartos, cabelos cor de mel e olhares aveludados, arrumada e sublime num vestido de seda colorido, sorrindo para mim zombeteiramente enquanto eu aterrissava.

Cumprimentei-a com um beijo.

— Você está uma guloseima. Quero comer você.

Ela me segurou a uma curta distância enquanto examinava minuciosamente meu veneno de piolho.

— Piolho? Melhor fingir que gosta de peito e vaginas — sugeriu. — Assim todo mundo vai pensar que penteou lambido assim em busca de um look lesbian chic.

Mas não havia necessidade de tentar parecer chic porque todos os olhos estavam na Princesa do Pop. Com seus 20 e poucos anos, lábios brilhantes, seios cônicos e a dentição perfeita de praxe, ela estava cadavericamente pálida e, assim como um jóquei, muito abaixo de seu peso ideal. Mais fácil de montar, supus. O que posso dizer? A garota nasceu para uma limusine. Essa viciada em academia estava tão determinada em mostrar o resultado de seus esforços abdominais, que usava nada além de uma faixa sobre os peitos e shorts combinando feitos de tela. A mulher era tão vaidosa que sem dúvida instalara um refletor acima da cama em seu quarto.

Apesar das horas dedicadas a nos embelezarmos, os homens não pareciam sequer cientes de nenhuma outra mulher num raio de 15 quilômetros. Com uma Princesa do Pop presente, fomos classificadas para alguma categoria abaixo dos invertebrados. Enquanto Kinkee tagarelava futilmente sobre Cabala e ventosaterapia, a assim chamada intelligentsia masculina de Londres vibrava agradecidamente.

Para meu espanto, a Princesa do Pop subitamente parou e andou na minha direção. Um boá de penas se enrolava e se contorcia como uma cobra exótica em volta de seu pescoço branco.

— Uau! Lesbian chic! Gostei. — O boá se remexeu como se realmente estivesse vivo. — Bipolar, bissexual. Tudo é bi, bi, bi agora. Andei pensando que um pouco de lesbianismo poderia aumentar minhas opções na carreira, sabe como é?

Os velhinhos presentes, que tinham grandes esperanças de aparecer futuramente num selo postal, viraram seus olhares caídos na minha direção. Como centro de sua fugaz atenção, tentei parecer charmosa dando risadinhas e mexendo no cabelo. O único problema era que havia esquecido que estava infestada e assim acidentalmente mandei uma enxurrada de piolhos mortos e moribundos para a atmosfera. Talvez ela fosse gostar de ver minhas feridas de perto?

— Bem, para ser sincera, é loção para piolho — confessei.

Essa porta-voz para crianças do Terceiro Mundo infestadas de vermes engasgou, gritou e então ricocheteou através da sala na velocidade da luz. As Nações Unidas certamente haviam selecionado-a por suas habilidades em sobrevivência. Mal podia esperar para ver como ela ia se sair naquelas excursões pelo Congo.

Jazz veio em meu resgate anunciando o jantar e mesmo que Studz ainda não tivesse chegado, nos dirigimos até a decorada sala de jantar onde os intelectuais de elite duelavam pelo lugar ao lado da Princesa do Pop. Enquanto devorávamos a sopa de berinjela e coulis de pimentão, o advogado de direitos humanos uma vez aprisionado na Birmânia, o jornalista chileno que havia escrito sobre seus dias sendo torturado e o poeta ainda vivendo sob Fatwa, começaram a competir entre si para ver quem havia sido mais heroico e feito mais sacrifícios, quem havia recebido mais ameaças de morte.

— A recompensa por erguer a cabeça e espiar sobre o parapeito da política — suspirou o jornalista ganhador de um

Pulitzer. Era a versão intelectual de se comparar tamanhos de pênis. Basicamente, estes pacifistas teriam matado por um Prêmio Nobel da Paz.

Eu mesma nunca havia chegado perto de um combate de verdade, a não ser que você conte a fila do supermercado. Que inadequado não estar numa lista negra ou ter tido meu telefone grampeado. Se quer saber, se eu quiser terrorismo é só ir às noites de reunião de pais e professores do meu filho.

Abstraída da postura dos homens, a Princesa do Pop tagarelava sobre cremes para o rosto com tofu, enquanto nós, esposas, revirávamos os olhos, dividindo uma gargalhada em silêncio pela estupidez da garota e a vaidade dos homens.

Jazz, a anfitriã dedicada, levava bandejas de verduras para a mesa. Ela parou ao lado de minha cadeira enquanto um ativista político bolorento falava de seu cárcere brutal na África do Sul.

— Para ser sincera — murmurou ela em meu ouvido —, a única experiência dolorida de verdade dele foi quando um repórter da BBC o perguntou se era torturado pela culpa de sua riqueza herdada.

Olhei na direção dele. Esse graduado em Oxford não apenas havia nascido antes de Adão e Eva, mas também tinha o tipo de rosto que assustaria uma gárgula.

— Sem gracinhas. Um dia a beleza dele irá embora — sussurrei de volta para Jazz.

Risadinhas borbulhavam dentro de nós como champanhe. Os homens são tão egocêntricos que nunca se acham velhos demais para uma garota — nem quando perdem suas dentaduras fazendo sexo oral.

Os advogados, de cabeças baixas, seus queixos para dentro de seus outros queixos, agora estavam competindo para ver quem trabalhava mais pro bono. Jazz confidenciou a mim que ela só era pró Bono se fosse para o que fica na frente de um palco. Era como observar uma sala cheia de mulheres sem peito brigando por um sutiã 44.

Hannah, Jazz e eu estávamos cruzando as pernas e mordendo os lábios para conter nossas risadas. Boas amigas têm piadas que só elas podem entender. Podemos falar fluentemente umas com as outras sem usar palavras. Eu só estava imaginando como seria mais fácil se os homens tivessem galhadas (talvez assim pelo menos parassem de dirigir aqueles carrinhos pequenos e estúpidos), quando David Studlands entrou na sala e ofuscou cada um deles.

O bronzeado no corpo todo, os dentes bem-feitos, a coroa de exuberantes cabelos grisalhos, seu cabelo se destacava tanto que ouviam-se histórias de dar a ele seu próprio título, as recém-lavadas camisas de seda e picantes abotoaduras Paul Smith — ele impunha respeito. Quando Jazz se levantou para cumprimentar o marido, o ar em volta dela se acendeu de amor.

— Desculpe o atraso — desculpou-se ele rapidamente. — Reunião urgente com nossa fundação de Aids de Uganda.

Studz era tão requisitado, tão ocupado, tão heroico — sempre chegando direto de uma arrecadação de fundos para vítimas de tortura ou alguma coisa igualmente importante — que também era invariavelmente perdoado, poupado, saciado.

Studz abriu seu sorriso brilhante — o sorriso de um jogador que só aposta por quantias perigosamente altas. Quando falava, a sala ficava iluminada por sua eloquência. Enquanto contava sobre seus últimos projetos no Sudão, elogiando a Princesa do Pop por sua contribuição para a saúde de crianças carentes, com divertidas apartes e comentários espertos e autodepreciativos, conseguindo encantar todos os presentes referindo-se rapidamente as suas próprias, únicas e generosas qualidades, Jazz apenas sorria amavelmente e ia até a cozinha para buscar o prato principal.

Uma travessa fumegante de seu famoso Ossobuco apareceu, complementado com alho-poró e beterraba. Enquanto os convidados se maravilhavam avidamente, Jazz começou a relaxar. Era a primeira vez em que eu a via rindo e brincando desde que sua mãe morrera. E até agora não houvera menção à temida palavra com C. Eu estava justamente soltando um suspiro de alívio quando a Princesa do Pop espetou um pedaço de vitela com seu garfo e o segurou na frente do rosto como se fosse uma experiência científica que dera errado.

— Eu não como carne. Vocês sabem, dá câncer de intestino. — observou ela.

Jazz deu um salto como se alguma coisa a tivesse mordido. Hannah e eu nos olhamos incrédulas. Achei que agora seria uma boa hora para Rory começar a falar sobre os hábitos reprodutivos das lulas gigantes, mas era uma ideia difícil de explicar a ele usando apenas a linguagem dos sinais.

— Beba um pouco de vinho — ofereceu Hannah, num esforço de interromper a Princesa do Pop. Os sorrisos dos outros convidados, cientes de que Jazz havia acabado de perder sua mãe para o câncer, pareciam congelados enquanto todos a imploravam telepaticamente para que calasse a boca.

— Os conservantes que usam no vinho são carcinogênicos também — discursou Kinkee. Talvez fosse uma boa oportunidade para avisá-la que se esquecera de tirar a etiqueta com o preço de seus peitos.

A pele da bochecha macia de Jasmine se enrugou. Durante toda a noite houvera um oceano de falatório em volta da mesa mas agora estávamos calados. O jantar subitamente parecia estar durando mais que a guerra no Iraque — e ainda estávamos apenas no prato principal.

— Preocupação demais dá rugas — brinquei, mas a Princesa do Pop me olhou com censura.

— Você devia estar muito, mas muito preocupada mesmo. Quer dizer, que merda é essa no seu cabelo? Química?

— Claro que sim. Daria para destruir todas as células terroristas da al Qaeda com essa coisa.

— Aimeudeus. Isso com certeza deve dar câncer.

As sobrancelhas de Jasmine se enrugaram como se estivesse prestes a chorar.

O zumbido do celular de Rory aliviou o silêncio sufocante. Sem dúvida, alguma emergência relacionada a hamsters.

— Ah, você usa telefone celular? Eu não — gabou-se presunçosamente a atriz enquanto meu marido corria para ajudar algum roedor suicida ou coisa igualmente "urgente". — Não mais, de qualquer maneira. Porque...

— Sim, sim, são carcinogênicos — interrompeu Hannah.

— Eu penso isso demais, não penso? É meu defeito. — A Princesa do Pop riu.

Os homens assentiram concordando ansiosamente. Podia ter me enganado. Eu teria adivinhado que a ambição dela era participar do *Big Brother* — só que ela não tinha o QI necessário.

Enquanto a Princesa do Pop discursava sobre os tumores cancerígenos causados por celulares, Jazz apenas olhava para seu colo. E Hannah gesticulava impotentemente para mim, para o que eu respondia com meus próprios gesto de SOS. Havia tanta gesticulação acontecendo em volta daquela mesa que podíamos ter ajudado um avião a aterrissar.

Em que assunto eu poderia tocar para fazê-la parar? Vasculhei em meu cérebro. Um comentário ácido usando a palavra com F resolveria tudo muito bem. Sobre o que as pessoas falavam nos jantares londrinos normalmente? Times de futebol, escolas, política estrangeira, hipoteca. A única vez em que eu realmente queria que discutissem quanto haviam desembolsado por suas casas e quanto mais elas valiam hoje em dia, e o que recebo em troca? Nada. Que assunto adequado poderia interessar a uma popstar californiana? Então me lembrei da carta na manga à prova de erros para conversas fiadas.

— Já sei... qual é o seu signo? — perguntei entusiasmadamente.

— Câncer — respondeu ela.

Com isso, Hannah, Jasmine e eu levantamos de nossos lugares e corremos até a cozinha sob o pretexto de tarefas culinárias. Chegando lá, explodimos em gargalhadas. Alimentamos nossa histeria com comentários sobre acabar com a fome mundial servindo mais Princesas do Pop e referências a verduras geneticamente modificadas, também conhecidas como intelectuais idosos. Com isso, estávamos rolando no chão da maneira como só velhas amigas conseguem fazer. Eu ria tanto que tive que tirar meu casaco, expondo o grande alfinete de segurança prateado segurando minhas calças, o que só nos fez gargalhar mais ainda.

A alegria diminuiu levemente quando Hannah anunciou que estava com dor de cabeça de tanto rir. Jazz cambaleou escadas acima para buscar um analgésico.

— Sei que David tem algum em seu banheiro — disse ela, ainda rindo. — Ele é médico, afinal de contas.

Enquanto Jazz estava remexendo no armário do banheiro de seu marido, examinei sua cozinha. A Le Creuset, a coleção completa, combinava com os azulejos cor de berinjela. Nas paredes, em volta da TV de plasma Bang & Olufsen, estavam elegantes fotos em preto e branco de suas férias como voluntários na Namíbia e no Sri Lanka. Com seu forno Neff de aço inoxidável, freezer Miele, máquina de cappuccino e máquina de pão, tudo era Vogue Perfect Living. Flores embrulhadas em papel estavam deitadas na bancada esperando por seus vasos. Pensei na minha própria cozinha — as tigelas de restos mofando, os montes himalaias de pratos na pia, os cachorros-quentes esquecidos no micro-ondas que me enfureciam quando eu os descobria três semanas depois — e senti uma pontada de inveja pelo marido perfeito, pelo filho perfeito, e pela vida perfeita de minha amiga. Eu teria gargarejado com o esperma de Satã para ter uma vida como a dela.

— Certo, tenho panadol, aspirina... — Enquanto Jazz entregava cada cartela a Hannah, ela lia o nome do remédio em voz alta. — Nurofen, Ibuprofeno, Viagra...

A palavra escapara de sua boca antes dela conseguir evitar.

— Viagra? — perguntou Hannah enquanto formávamos um grupo em volta da caixinha. — Há quanto tempo Studz toma Viagra?

O rosto de Jazz assumiu um ar sombrio:

— Eu não sabia que tomava.

— Ah! — exclamou Hannah de olhos arregalados, antes de se recompor. — Não que importe que você não saiba. É até legal ele ter escondido de você. Vamos ficar caladas, não vamos, Cassie? Voto de silêncio.

— É claro. Voto de silêncio — repeti. — Aposto que Pascal também toma Viagra e Hannah não sabe. Ele só precisaria tomar um quarto, no entanto, porque é um tarado — provoquei.

Normalmente, Jazz se deleitava com qualquer comentário que diminuísse o pseudoartista, mas dessa vez seu rosto permaneceu congelado.

— E Rory definitivamente está tomando Viagra, pensando em como de repente ficou mais alto — replicou Hannah, mas Jazz ainda estava fazendo sua imitação de estátua da Ilha de Páscoa. — Ah, qual é, Jazz — falou. — Não é grande coisa queridinha. Todos os homens da idade de David engolem a velha pílula do prazer para ajudá-los a levantar.

— Bom, eu não teria como saber — respondeu Jazz sem demonstrar emoção —, considerando que não fazemos sexo. Não fazemos nenhum tipo de sexo há um ano, um mês, duas semanas, cinco dias e hum... — Ela olhou seu relógio. — Sete horas.

O ar à nossa volta de repente ficou pesado. "Oh" foi basicamente tudo o que eu e Hannah conseguimos dizer quando caiu a ficha.

— Meu marido só me dá dor de cabeça — continuou ela monotonamente. — Só achei que tivesse algo a ver com o estágio de nossas vidas. Bem, da dele. Eu estou tão desesperada por sexo que fiz um papanicolau semana passada e até gostei.

Se Jazz tivera a intenção de ser engraçada — bem, não foi. Hannah e eu tentamos murmurar alguma coisa conciliatória, mas Jazz sacudiu suas mãos no ar como se estivesse afastando uma mosca invisível.

Assistimos enquanto ela começou a correr maniacamente pela cozinha organizando as sobremesas.

— Até minhas fantasias são chatas. Quando peço uma pizza, o entregador não é bonito. É cheio de espinhas e gordo, e de qualquer maneira, depois que eu pago, vai logo embora. — Seus valentes esforços de levar isso numa boa não estavam dando nem um pouco certo. Ela agora havia distribuído vinte pratos e estava atirando fatias de manga em cada um como uma apresentadora de programa culinário entupida de anfetaminas. — Mas eu não sabia que ele estava buscando satisfação em outro lugar. Obviamente sou burra demais para notar. — Ela levantou uma mecha de cabelo loiro como que para explicar. — Se eu fosse morena, teria sacado logo no começo. Acho que ele só ficou mesmo comigo pela minha comida. E um orgasmo oral para o doutor Studlands significa uma boa refeição gourmet. Honestamente, se eu me servisse nua para o jantar com um pouco de agrião espetado na bunda, David simplesmente perguntaria qual era a sobremesa. E hoje é mamão papaia, manga e kiwi com limão, menta e salsa além da torta de chocolate e coco, se querem saber — disparou ela, espremendo espirais de creme nas pilhas de doce que havia juntado freneticamente em pratos consecutivos.

— Jazz, queridinha. — Hannah segurou o braço de nossa amiga. — David obviamente tem uma disfunção erétil, mas ele claramente está tentando consertar isso agora. Aquele Viagra obviamente é para você.

O rosto de Jazz se retorceu e enrijeceu. Ela enfiou a cartela de Viagra em nossas mãos. Estava pela metade. A tristeza pareceu devorá-la. Então ela atirou a tigela de chantilly na parede, onde se despedaçou. Lembrando agora, foi esse momento que marcou sua mudança de frustração para alguma coisa muito mais feroz. Ela se virou para nós, os cabelos loiros voando:

— Se querem saber, o segredo mais bem-guardado do mundo é como é ruim o sexo entre marido e mulher.

— Fale por si mesma, queridinha — argumentou Hannah apressadamente.

— Não me diga que sua vida sexual é boa, Hannah. Qualquer esposa que começa a decorar a casa com a mesma compulsão que você NÃO está tendo sexo bom. Basicamente, se o chão está nu, você não está.

Hannah franziu as sobrancelhas:

— Dá para fazer os dois, Jasmine. Num casamento, casais desenvolvem um tipo de atalho sexual. Rápido e gostoso. Um Haicai sensual.

— Rá! Parece aquela piada: Por que a mulher não pisca durante as preliminares? Porque não dá tempo. — Jazz cuspiu a resposta.

— Bem, sinto muito por você, Jazz, mas Pascal me deixa muito feliz na cama.

— Tá bom. E o Dr. Morte era um assassino misericordioso.

— Bem, é bom mesmo Pascal fazer você feliz na cama, Hannah — falei, num esforço para dissipar a tensão crescente.

— Ele passa tempo o bastante nela! O cara só levantou antes do meio-dia uma vez na vida, e isso foi na universidade quando o colchão dele pegou fogo, lembram?

Hannah me olhou apertando os olhos.

— Só porque Cassie e você têm vidas sexuais horríveis, não presumam que...

— Ei! Eu não disse que Rory e eu temos... — Mas antes de poder responder a alegação de Hannah, Jazz afastou a cabeça defensivamente.

— Você é apenas adepta da filosofia o que os olhos não veem o coração não sente, Hannah. Pelo menos Cassie é honesta quanto a como as coisas estão péssimas na cama.

— Minha vida sexual não é péssima! — reiterei. Pensei na alegria de sentir meu corpo todo largado, saciado e quente ao lado do de Rory, na minha camisola levantada até a cintura e a prazerosa dor no corpo no dia seguinte enquanto eu subia de pernas arqueadas as escadas para o trabalho... Espera aí. Quando mesmo foi a última vez em que andei toda John Wayne assim?

— Eu não quero discutir isso agora. Estou com dor de cabeça — argumentou Hannah irritada.

— E eu estou prestes a ficar com uma — falei de mau humor.

— Ah, então deve estar na hora de deitar — concluiu Jazz amargamente.

Um clima sombrio caiu sobre nós. Ele só foi interrompido quando o filho de 17 anos de Jazz, Josh, desceu as escadas em busca de comida. Tinha um livro clássico num bolso, e um poema pela metade no outro. Jazz abanou a mão como um para-brisa na frente do rosto para afastar suas emoções. Ela bagunçou o cabelo claro do filho enquanto ele assaltava a geladeira.

— Tente deixar uma única migalha para mim dessa vez — pediu ela carinhosamente. — Não adiantaram os talentos médicos de seu pai. Ele ainda não encontrou uma cura para adolescência, encontrou?

Jazz jura que ela mima e paparica seu filho porque um dia ele vai tirá-la do asilo. Mas na verdade ela tem que compensar a falta de interesse de David como pai. Desde que Josh nasceu, ela carrega seu próprio peso em pomadas para assadura, fraldas, massinha de modelar e sucos sem açúcar — coisas de bebê suficientes para, na verdade, montar um confortável abrigo subterrâneo.

David, por outro lado, não abraçou a paternidade. Ele preferiu em vez disso viajar para zonas de guerra. "Esse é o problema em casar com um ativista, não param quietos!", dizia Jazz às pessoas. Mas na opinião dela, seu filho era a pessoa mais esperta do mundo — considerando que Einstein já morreu. E Josh era esperto. Eu não me surpreenderia se ele trocasse sua própria fralda quando era bebê. Mas David parecia não ligar. Josh é filho único, mas ainda assim não é o preferido de seu pai.

Então foi pelo bem do filho que Jazz reaplicou seu batom, assumiu seu melhor ar de feliz anfitriã, e voltou para aproveitar sua festa de aniversário de casamento. Apenas eu e Hannah notamos a mínima mancha de batom no dente de Jazz, e que um de seus sapatos, um pouco grande demais, estava cambaleando enquanto andava, como se simpatizando com o que ela estava realmente sentindo. Portando bandejas de sobremesas, Jazz voltou à sala de jantar só para se deparar com a Princesa do Pop sentada no colo de seu marido. Ela notou o olhar furtivo de David para o decote da Princesa do Pop e sorriu até seu rosto ter câimbra e seus dentes parecerem prestes a cair.

— Não se importa, né? — ronronou Kinkee explicando-se pegando a mão do Dr. Studland enquanto arfava com seu grande peito. — Eu só queria apertar a mão que salvou tantas vidas na África.

— Ah, tenho certeza de que já apertou outras coisas também — replicou Jazz com uma cordialidade falsa, distribuindo suas delícias culinárias. — Apesar de que, querido, não a acha um pouco jovem demais para você? — perguntou ela a seu marido. — É claro, é o cúmulo do mau gosto exaltar o começo de sua calvície, então acho que foi por isso que perguntei.

Prendi a respiração enquanto meus olhos pulavam na direção de Studz. Mas seu rosto se enrugou de divertimento.

— Minha adorável e sofredora esposa está brava por causa da moto que comprei depois da crise de meia-idade. Pateticamente clichê, eu sei.

— Ah não, não me importo com a moto, querido. Tenho certeza de que deve ser reconfortante finalmente ter alguma coisa entre suas pernas.

Minha cabeça girou para olhar minha amiga. A boca de Jazz se levantava nos cantos, o sorriso preso no lugar como se estivesse posando para um fotógrafo invisível.

Um burburinho correu pela mesa, mas Studz simplesmente riu e ergueu uma taça para sua esposa:

— Em comemoração a vinte maravilhosos anos com a única mulher no mundo que consegue manter meus pés no chão.

Jazz, agora na outra ponta da mesa, ergueu sua taça em resposta:

— Querido... — começou ela, e nem eu sabia se ela estava sendo irônica ou não. Ela sorriu luminosamente para seu marido e todos os convidados respiraram pela primeira vez em cinco minutos.

— Sim, meu amor? — Studz abriu um sorriso lânguido de antecipação.

— Sabe — comentou ela docemente, e nos preparamos para um amoroso discurso de calor e respeito mútuo em seu aniversário de vinte anos —, se eu tivesse atirado em você da primeira vez em que pensei em fazê-lo seriamente, eu já estaria em liberdade condicional agora? Então, quem está a fim de uma troca de casais? Chaves do carro no meio da mesa, por favor!

Como uma maneira de terminar abruptamente um jantar de comemoração, ela foi fantasticamente bem-sucedida. Naquelas circunstâncias, eu só poderia me referir àquilo como ejaculação social precoce.

Na porta, enquanto esperava por Rory me buscar depois de sua emergência veterinária, Jazz segurou meu braço.

— Se você transar hoje à noite aposto que vai ser de quatro para não ter que se preocupar com não beijar... Ou encarar a verdade, que é o que não quer fazer.

— Nossa vida sexual está ótima — defendi-me enfaticamente, me encolhendo ao pensar na seca de janeiro. — Para ser sincera, está fabulosa. — Sentia pena dela. Sua decepção e humilhação eram compreensíveis, mas eu não seria contaminada pela sua raiva. Rory era um homem bom e delicado, com um grande coração.

— Liberdade sexual? — zombou Jazz bêbada enquanto eu descia as escadas correndo e entrava no carro aquecido de Rory. — Rá! Bem, quer saber o que isso significa para mulheres casadas? LIBERDADE PARA NÃO TER QUE FODER COM O CANALHA!

Sua voz ecoava pela praça.

— Canalha...! Canalha...! Canalha...!

— Eu não te disse que a gente deveria ter se amarrado um ao outro só por precaução? — Rory sorriu enquanto eu colocava o cinto.

Apertei sua mão enquanto corríamos para casa. Jazz estava errada. Nossa vida sexual era íntima e amorosa e carinhosa e orgástica. De verdade — não era?

3. A Mão — uma moderna história de horror gótica

Era uma noite escura e sinistra. Com a chuva tamborilando na vidraça e o vento uivando sobre o topo das árvores, nossa heroína estava se enrolando nas sombras dentro de um casulo de contentamento e sono, quando sua pele se arrepiou de horror ao sentir A Mão. Seu coração martelava contra as costelas e ela reprimiu um grito em sua garganta seca. Ela hesitou. Ela estremeceu. Ela se encolheu mais apertada que a camisola de renda branca envolvendo seu corpo trêmulo...

É coisa de filme de terror. O pior pesadelo de toda mulher.

Os homens fazem filmes de terror sobre A Bolha ou O Alien ou A Coisa. Os homens são aterrorizados pelo Lobisomem, Zumbi, Drácula, Frankenstein. O que aterroriza as mulheres — bom, mães cansadas, na verdade — é A Mão. A Mão apalpando os cobertores procurando você na hora que está prestes a pegar no sono. Você se encolhe para longe dela. "Não! Não!

Não A Mão, sou uma simples mãe com poucas horas de sono!' Você finge estar catatônica, com pneumonia, morta. Qualquer coisa para escapar daqueles dedinhos errantes.

A Mão rasteja sorrateiramente de seu lado na cama de casal e pousa demoniacamente sobre seu peito, e aperta, aperta e aperta. A Mão, o mais previsível dos gestos matrimoniais que sinaliza que os direitos conjugais estão sendo exigidos apesar de seu profundo e dolorido estado de exaustão. Esqueça Hannibal, o canibal de "O Silêncio dos Inocentes". A Mão seria o filme de terror que eu filmaria. Entra música assustadora e os olhos espantados de minha aterrorizada heroína. "Amarre-me na linha do trem! Tranque-me numa torre! Tudo menos deixar-me à mercê da Mão".

Era minha própria culpa. Quando chegamos em casa da festa de Jazz, havia dado um beijo de boa-noite no ouvido de Rory. Como posso ter esquecido que maridos invariavelmente interpretam o menor gesto de afeição como se fosse parte de preliminares?

Enquanto Rory passava sua língua pelos meus molares superiores uma vez, duas vezes, em volta e em volta e em volta até ficar tão interessante que fiquei tentada a ligar a TV para assistir à final do campeonato de dardos, percebi horrorizada que Jazz estava certa. Uma esposa é capaz de tudo para desencorajar seu marido, de colocar arame farpado em volta da cama, de espalhar armadilhas. Enquanto os homens querem que a festa recomece seis semanas depois de você dar à luz, as mulheres querem chamar o síndico e mandar desligar o som. Claro, eu brincava com minhas amigas sobre como minha posição favorita na cama era cachorrinho — "a que ele implora e eu rolo para o lado e me finjo de morta", mas não admitira para mim que era mesmo verdade. Enquanto Rory subia em cima de mim e me esmagava, fiz uma lista mental de todas as desculpas que havia inventado para não fazer sexo no ano que passara.

MANEIRAS DE EVITAR SEXO COM SEU MARIDO:

1. Gripe contagiosa. Ninguém poderia ter tido mais gripes que eu no ano passado e não andar com um respirador.
2. Cândida, por causa dos antibióticos tomados para curar a gripe inventada.
3. O creme lá embaixo para curar a cândida imaginária.
4. Falar com ele com voz de bebê: "Quem é o bebezinho fofinho da mamãe?", enquanto ele tenta colocar seu mamilo na boca.
5. Levar uma criança para a cama do casal por causa de um pesadelo. Colocar filmes assustadores antes da hora de dormir ajuda muito nesse departamento.
6. Ativar o detector de fumaça. Bela maneira de fazê-lo murchar.
7. Perguntar a ele em qual posição ele gostaria de transar, e rir histericamente quando ele responder.
8. Ser exigente demais. "Ei, estou com vontade de arrancar as nossas roupas com os dentes, lutar na lama, esconder morangos na minha vagina para você procurar com a língua, nos lambuzar de chocolate, e depois praticar o Kama Sutra durante sete horas antes de gozar no meio da rua para aumentar o frisson erótico. Depois podemos descansar durante dez minutos e fazer tudo de novo! Está a fim?" Para maior efeito você aperta o saco dele como se estivesse verificando a pressão de ar num pneu.

Se essas estratégias contraceptivas não funcionarem, existem os insultos de sempre ao pênis. Uma esposa pode sempre perguntar bem alto: "Já enfiou?" Seguido por "Sempre dizem que homens pequenos têm grandes personalidades. E você tem, querido! Você tem, de VERDADE."

Ou pode-se tentar uma variação desse tema: "Não é o tamanho do pênis do homem que importa, é o... Não, é o tamanho."

É claro, existem brochadas mais experimentadas e mais testadas como:

1) "Como é que vou usar isso... como fio dental?"
2) "Então, exatamente qual dos sete anões é você?"
3) "Um palito! Pra quê? Tem algum resto de comida entre meus dentes?"
4) "Sabe, amor, vi um episódio de Nip/Tuck onde faziam uma cirurgia para resolver isso".

Se mais imaginação for necessária, um dia simplesmente explique a seu marido que você só vai conseguir gostar realmente de sexo se sua melhor amiga puder participar, e justo quando ele começar a se empolgar, pensando em qual de suas amigas mulheres toparia um ménage, revele casualmente que sua melhor amiga hoje em dia é um manicure gay chamado Merlyn.

Se estiver realmente desesperada por uma boa noite de sono, pode usar minha técnica favorita para enrolar. Aviso: isso deve ser usado com moderação para não causar um ataque cardíaco. Quando seu marido estiver começando a te abraçar e você sentir a ponta do pênis dele contra suas costas, mencione casualmente que a Receita Federal ligou e quer uma auditoria sobre sua declaração. Não apenas ele vai perder a vontade de fazer sexo, como também vai perder o sono, o que significa que você não vai precisar aturar o ronco dele também.

Mais drasticamente, você pode simplesmente terminar todas as suas frases com "de acordo com a profecia". Apesar disso também poder levar ao divórcio. Ou à súbita aparição de mais algumas esposas.

Enquanto pensei em tudo isso acima, notei como os lençóis abaixo de nós estavam feios, como se zombando da minha infelicidade. Tendo parado de pensar em novas cores para pintar o teto, comecei a me perguntar exatamente quantos sapatos eu tinha. Vinte e oito pares, deduzi. Ah, as coisas nas quais você pode se aprofundar quando tem tempo!

Prendi a respiração, alarmada. O que acontecera comigo? Não estava nem fingindo orgasmos, estava me esquivando deles. Naqueles formulários oficiais com Nome/Endereço/Idade, onde diz Sexo — eu deveria começar a preencher "NÃO SE EU PUDER EVITAR".

Previsivelmente, Rory me virou de lado sem nem um carinho ou um beijo. Jesus. Pensando bem, nunca mais me dava beijos. Igualzinho Jazz previra. Quando havíamos parado de nos beijar durante o sexo?, pensei. Rory deu um impulso, depois outro. Como sempre, cada movimento era tão mecânico que eu poderia desenhar um diagrama dele. Ele nunca me perguntava qual seria minha posição favorita — que seria, a propósito, de Diretora da Escola. O que nunca conseguiria ser se não tivesse algumas malditas horas de sono. Estava prestes a relembrar isso a meu marido quando ele começou a tatear em busca de meu clitóris. E tatear e tatear e...

Por que é que os homens conseguem montar um foguete espacial com instruções da internet, e ainda assim não acham... Ah, espere. Sim. Houston, estamos decolando! Mas quando a sensação de prazer começou a se espalhar dentro de mim, fiquei quieta. Deus sabe que não vou querer encorajar o cara! Isso adiaria meu sono ainda mais. Ele poderia querer continuar por mais tempo. As mulheres costumavam fingir orgasmos. Agora fingimos NÃO tê-los! Mas eu não precisei fingir que não estava tendo prazer por muito tempo porque Rory começou a me apertar como se estivesse atrasado para uma reunião e meu clitóris fosse o botão do elevador. Aperta. Aperta. Aperta. Aperta. Ah, suba logo de escadas! Esse elevador só para num andar, de qualquer maneira. No assoalho pélvico e, Deus sabe que ele precisa ser trabalhado. Mas diabos, o resto de mim também precisava. Meu cabelo, cheio de loção de piolho, estava preso numa touca plástica. Como se isso não fosse feio o bastante, eu também estava usando pijamas de flanela largos e velhos e meias de avião. Pijamas de flanela são o equivalente sexual de soldados posicionando minas terrestres do outro lado da entrada de seus túneis.

Quando foi, refleti, que esse tédio sexual começou? Exatamente quando o sexo se tornou mais uma obrigação que um entusiasmo? Costumávamos fazer uma coisa que envolvia um mínimo de aconchego e carícias — não conseguia lembrar o que era exatamente, mas lembro de que gostava. O que aconteceu com aqueles dias cheios de sexo que tivemos quando danificávamos móveis, arrancávamos cabeceiras e quebrávamos camas, destruíamos colchões e gastávamos fortunas com quiropraxia? Nostalgia de sexo, era tudo que me restava agora.

Rory tinha se acomodado em seu ritmo e grunhidos habituais. Será que todos os casados praticavam esse tipo de samba sexual, com seus passos bem-decorados? Quando é que as coisas haviam se deteriorado? Com a chegada da maternidade, talvez. Não havia como negar que ter um filho fizera um estrago na minha vida sexual. Alguma coisa relacionada a alargar sua vagina os usuais 5 quilômetros. Apesar dos métodos naturais e dos partos dentro d'água e da irritante harpa tocando, dar à luz ainda se resume a um médico colocando o joelho em seu peito, abrindo suas pernas e mergulhando com um par de pinças de churrasco. Como se isso já não fosse traumático o suficiente, assim que as manchas de leite vazando na sua blusa começavam a secar, seu marido já queria transar novamente. Desnecessário dizer que a mulher com o períneo recentemente costurado não queria.

Rory quis discutir sobre a diminuição do meu desejo, me lembro disso. Mas tudo que eu queria discutir era sobre hemorroidas pós-parto. Além do mais, a essa altura as necessidades de meu marido não estavam mais no meu radar. Eu estava naquele mundo de mente entorpecida de uma mãe com seu filho. Um filho é o maior caso de amor da vida de uma mulher. Se você chega a sequer notar seu parceiro, é para pensar: "Quem é essa pessoa alta e peluda perambulando em volta de MIM E DO MEU FILHO?" Mas assim que as crianças começaram a dormir a noite toda, ainda conseguimos aproveitar uma vez ou outra, não conseguimos?

Rory ainda estava se movendo com tudo. Se ele estivesse trabalhando num projeto manual, a essa altura eu já seria uma estante de livros com espaço embutido para o som e um painel para esconder a televisão. Perguntei-me se perceberia que eu não estava exatamente me divertindo se pegasse a lixa de unhas que Hannah havia me dado e começado a usá-las.

Percebi aliviada que o orgasmo dele estava se aproximando.

Rory sempre gozava exatamente da mesma maneira. Uma série de gemidos idênticos, crescendo numa sequência de mini-gemidos que davam numa gigante entoação, terminando numa perda de amplitude no final, seguida, alguns minutos depois, de um ronco trovejante.

Fiquei deitada de lado, olhando para o feixe de luz passando por baixo da porta do quarto. Talvez devesse me esforçar mais. Comprar uma camisola transparente, arranjar um vibrador — até mesmo dar o passo inicial? Afinal, uma virada podia resolver tudo, pensei, enquanto Rory capotava e o ar gelado envolvia meu corpo.

Com o coração apertado, admiti a mim mesma que Jazz tinha toda a razão. Pensar nela se vangloriando era insuportável. Quase pegando no sono, prometi-me não confessar a ela que "liberdade sexual" deveria ser, realmente, a liberdade de não ter que transar com seu marido.

4. Existe vida após infidelidade?

— Tem razão. Nossa vida sexual está fodida. — Não consegui evitar a confissão para Jazz assim que escutei sua voz. A primeira coisa que fiz na manhã seguinte foi ligar para minha melhor amiga.

— É a única coisa fodida num quarto de casal, querida — respondeu Jazz, com a voz rouca da ressaca.

— Acho que estava me recusando a acreditar — continuei. — E quanto a você? O que aconteceu depois do jantar? Confrontou Studz quanto à pequena lua de mel dele no reino do Viagra?

— Fui pra cama de mau humor. Ele veio atrás e tentou transar. Dá pra acreditar? Disse que desde que eu provocara-o durante o jantar, ficou morrendo de vontade de transar comigo.

— E o que você respondeu?

— Que era essa a intenção.

Dei uma risada no telefone.

— Mas perguntou a ele sobre o Viagra?

— Ele disse que era para mim. Que andara experimentando sozinho, e que não havia funcionado. Mas que agora tinha chegado à dose certa.

— Acredita nele?

Houve uma pausa.

— Acredita que o cabelo do Elton John seja dele mesmo?

— Então qual é o plano?

— Hora de espionar.

— E exatamente como está pensando em virar Jane Bond?

— Sabe aquela viagenzinha para o Sri Lanka que íamos tirar, para comemorar nosso aniversário de casamento?

David Studlands, médico humanitário, só viajava para lugares onde podia relatar casos de tortura. Congo, Argélia, Sudão, Birmânia, Achém — esses haviam sido os pontos altos da lua de mel da pobre mulher. David não ficava feliz a não ser que estivessem em alguma floresta cheia de fungos, mosquitos da malária ou terroristas. Finalmente um dia Jazz parou de viajar com ele. "Não gosto de tirar férias em lugares recentemente traumatizados", explicou ela. Um ano, quando Studz anunciou uma viagem para a Disney, Jazz ficou estupefata. "Disney? Sério? Uau." O que ela não havia percebido é que a Flórida é a favor da pena de morte, e que a Disney fica próxima da penitenciária de segurança máxima em Gainsville. Então, mais uma vez, ela ficou sozinha, vagando por um parque de diversões gigantesco com uma criança pequena — uma sentença de morte para qualquer mãe. "Ligue para a anistia", ela me mandou por torpedo. "Ajuda urgentemente necessária. Mãe prestes a ser executada."

— Sri Lanka?

— Sim. David escolheu para poder tratar sobreviventes do tsunami em meio a piñas coladas. Bem, ele cancelou, alegando ser por causa de trabalhos em Londres, mas ainda assim está insistindo para eu ir.

— E você vai?

— Vou dizer que sim, mas... Cassie, você está ocupada nas próximas noites?

— Provavelmente, jogada no sofá arrancando pelos do rosto com a pinça. Por quê?

— Vou fingir ir para o aeroporto e então me esconder na sua casa e ver que tipo de visitas médicas o bom doutor faz enquanto estou longe. Você me ajuda?

Meu coração afundou até as profundezas do Titanic.

— A espionar? Mas isso não é ilegal? — A imagem de um macacão laranja me veio à cabeça. E ainda assim não podia dizer não. Jazz sempre me ajudara em emergências. Hannah era o contrário. "Ah, queridinha, adoraria ajudar, mas sou alérgica a crianças". Ainda assim, conforme expliquei para Rory mais tarde, tentei desencorajá-la.

— É claro que você é sempre bem-vinda, Jazz — disse. — Mas está ciente de que sou casada com um veterinário. Um veterinário cujo consultório fica ao lado da nossa casa. Um veterinário que traz trabalho pra casa. À noite, bem, eu nunca consigo dormir com medo de que algo tenha escapado... Algo com presas envenenadas com todas as intenções de enfiá-las em sua carne.

Avisei que meu marido achava que uma pancada com uma toalha era a melhor defesa. Enquanto eu, por outro lado, preferia chamar uma equipe da SWAT.

Mas nada a fazia desistir. Ela já estava se sentindo a própria Miss Marple.

O lado bom era que durante uma semana inteira eu tive o que sempre quis. Uma esposa. Enquanto eu estava na escola dando aulas, Jazz limpava minha pequena casa com terraço. Ela encurralava vários cachorros fujões, comprava comida, lavava as roupas e cozinhava os jantares mais espetaculares. Enquanto Jazz serve champanhe caro em taças de cristal, na minha casa você teria sorte em achar um resto de vinho aberto dentro de um pote de geleia com o rótulo de dinossauros arrancado pela metade. As crianças chamam meus jantares de GDOR — Gororoba De Ontem Requentada.

Ela também ajudava Jamie e Jenny com seus deveres de casa — uma tarefa que me deixa em coma. Por mais que adore meus filhos com um amor primitivo, comecei a ter enjoos matinais depois que eles nasceram.

Crianças são como desktops. Você não faz ideia do trabalho que dá montar até ter um aos pedaços no chão de sua casa e você e seu marido estarem aos berros um com o outro sobre de quem foi a ideia de comprá-lo em primeiro lugar. Pais, por outro lado, são tão simples que até mesmo uma criança consegue operá-los. Meus filhos mandam em mim desde que nasceram.

De qualquer maneira, a calma que Jazz trouxe a meu caótico lar era um preço pequeno a pagar por um pouco de espionagem. Ou pelo menos foi o que pensei na época...

A princípio pareceu quase uma brincadeira. Ao entrar no carro que Jazz havia alugado estacionado na frente dos portões da escola depois de uma reunião de professores, notei que ela se vestira para a ocasião, toda de preto com um gorro, e havia trocado seus saltos de sempre por um gordo par de tênis. Ela ergue o pé:

— Sapatos de lésbica, queridinha. Muito confortáveis, para ser sincera. Não é à toa que sapatões vivem felizes.

— Acha mesmo que vale a pena, Jazz? E eu tenho mesmo trinta deveres de inglês para corrigir. — Gosto de ser professora. Sim, eu sei, obviamente tenho trabalhado com cola por tempo demais. E com uma promoção à vista, eu realmente precisava me esforçar ainda mais.

— Sabem como chamam uma mulher que sabe onde seu marido está todas as noites? De viúva — respondeu Jazz, e pisou no acelerador.

O inverno viera com tudo. Durante todo o mês de janeiro, só se via um céu espesso, baixo e pesado. Londres estava fria como um frigorífico gigante. Estava tão desoladora que a população inteira da Grã-Bretanha estava na internet, procurando por voos de última hora para as Ilhas Canárias.

Seguimos Studz de sua academia em Marylebone até o coquetel de um ministro, e em seguida até um jantar no museu Victoria & Albert para angariar fundos para a fome no Sudão.

Os mausoléus do museu na Cromwell Road pareciam ainda mais sinistros debaixo do nublado céu noturno. Jazz e eu ficamos sentadas tremendo, nossos rostos esmagados contra as janelas do carro, eu tentando corrigir redações de inglês com a luz do acendedor de cigarro do carro ("Conjunção é o ponto em que duas estradas se encontram") e soprando anéis de fumaça de nossa respiração gelada enquanto comíamos o jantar comprado numa rede de fast-food; não dava para classificar tecnicamente como comida, mas pelo menos estava quente. Quando achei que já havia ficado tão gelada que era hora de amputar minhas extremidades, Studz desceu agilmente pelos degraus de mármore do museu e Jazz ligou o motor.

— Talvez ele esteja falando a verdade — arrisquei dizer para minha amiga enquanto o seguíamos em direção à Hampstead. — Já está quase em casa. — Dei um bocejo. — Podemos parar por hoje? — Eu ainda tinha uma hora de correções para fazer. (P: O que é gramática? R: Gramática ensina a falar bem e tal.) E estava desesperada para fazer xixi.

Finalmente até Jazz ficou pronta para admitir derrota:

— OK, Cass. Talvez eu tenha exagerado.

Estávamos prestes a abandonar a perseguição, quando Studz fez um retorno suicida à direita de Haverstock Hill e voltou na direção de Camden. Nosso carro alugado deu a volta atrás dele sobre apenas duas rodas. O lado bom de ser espiã disfarçada é que você pode se segurar num banco de carro usando a força da vagina. Depois de me recuperar dessa manobra de parar o coração, tentamos parecer invisíveis procurando pelo carro dele, até finalmente vê-lo parado num meio-fio, do lado de fora de uma fileira de casas aos pedaços, decadentes e inclinadas erraticamente.

Studz estava no celular, com o motor ainda ligado, quando uma jovem usando um poncho de cores vivas saiu da entrada iluminada de um dos apartamentos, de telefone no ouvido, e entrou energicamente no lado do passageiro.

Jazz se inclinou para a frente, seus dedos agarrando o painel como se estivesse numa montanha-russa de parque de diversões.

— É Phillippa. Faz pesquisa para ele.

— Talvez esteja apenas dando alguma coisa para ela pesquisar — sugeri, mas a ansiedade já tomava conta do meu estômago. — Se faz você se sentir melhor, apenas cerca de sete mulheres no mundo ficam bem de poncho. E todas elas têm menos de 9 anos ou são nômades cuidando de seus iaques.

Mas Jazz não estava para brincadeira. Seguimos de longe silenciosamente, enquanto ele levava Phillippa até a residência do casal. Testemunhamos, a duas casas de distância, ele conduzir a jovem para dentro.

Era meia-noite. Londres estava cinzenta como um cemitério. Nuvens escuras deslizavam pelo céu turbulento. A fumaça de nossas respirações era quente. Uma única luz se acendeu no quarto principal.

E logo depois de acender, se apagou.

Apesar do fato de estarmos numa missão disfarçada, Jazz deu um uivo alto o bastante para ser ouvido em uma daquelas bases do exército na Antártica. Alguma coisa pareceu ter se aberto dentro dela. Era como uma cirurgia no coração. Ela ficou sentada ali soluçando, com essa ferida escancarada. Tem algum médico por perto? Sim, mas ele estava mostrando seus dotes na cama para outra mulher enquanto sua esposa sangrava até a morte do lado de fora da casa deles num carro alugado. Empurrei Jazz para o lado do carona, assumi o volante e voltei para casa, chateada demais para dirigir direito.

Jazz chorou durante uma hora antes de conseguir convencê-la a entrar.

— Ele a levou para nossa casa, para nossa cama! Na verdade não é mais minha casa. É o Palácio de Fuckingham.

Ela estava agonizando. Parir sem anestesia devia doer menos que isso.

— Vamos lá, querida — falei gentilmente. — Você precisa de um drinque.

— O que preciso é entrar numa banheira com um secador de cabelo ligado — respondeu em meio a soluços devastadores.

Dentro de casa, fiz comentários desproporcionados de como a maioria dos homens são iguais a vermes, apenas mais altos, mas Jazz simplesmente foi até a cama de hóspedes atrás da sala de cirurgia de Rory e se deitou em posição fetal com uma garrafa de uísque. A visão dela daquela maneira ficou gravada para sempre em minha memória. Massageando suas costas, pensei em como maridos deveriam vir com um aviso. Essa pessoa pode ser perigosa para sua saúde mental. Também tive a impressão de que Jazz nunca deveria ter lido nas entrelinhas de sua certidão de casamento.

Na terça à noite, o clima em nosso carro alugado era sombrio ao seguirmos o marido de Jazz até um evento para angariar fundos para vítimas da Aids na África, organizado pela esposa do primeiro-ministro numa tenda no Palácio de Kensington. Música alta em quarteto ressoava ao fundo. Duas congelantes horas mais tarde, Studz e outros se dirigiram ao clube Chinawhite para uma saideira.

— Quanto tempo acha que vão demorar? — perguntei. As nuvens estavam baixando e correndo pelo céu como se fosse hora do rush no mundo delas e estivessem numa desesperada pressa para chegarem em casa. Todos estavam com pressa, menos a gente, aparentemente. — Tenho toneladas de dever de matemática para corrigir. "Um círculo é uma linha reta que dá volta e tem um buraco no meio." — Citei a resposta da tarefa de um dos alunos. — Essas crianças precisam de ajuda!

Jazz deu de ombros com tristeza, abatida demais para falar.

— Ah, tá bem — concordei. — Mas não vamos ficar muito tempo. Quer que eu vá buscar comida?

Ela deu de ombros novamente, então disse baixo:

— Compre alguma coisa vagamente saudável.

Voltei com dois muffins diet.

— A madame gostaria do isopor de banana ou do isopor de mirtilo?

Mas Jazz largou seu bolinho de banana depois de uma mordida porque seu marido havia acabado de aparecer, junto com a Princesa do Pop recentemente nomeada Embaixadora da Boa Vontade pela ONU. Seguimos os dois até o Hotel Savoy — a entrada mais discreta pelo rio. Studz parou o carro na entrada e atirou as chaves para o manobrista como se aquilo já fosse rotina.

— Talvez só estejam indo para o bar, para um coquetel de semente de trigos batidas ou que diabo seja a bebida não carcinogênica de sua preferência — sugeri debilmente.

Jazz apenas olhou à frente sombriamente. Aqui, ao lado do rio, as ruas pareciam cremosas com a neblina. Tendo estacionado, ficamos apenas olhando para o Jaguar de Studz. Depois de uma hora, lembrei a Jazz que uma celebridade nada mais é que uma não entidade que teve sorte. O rio Tâmisa corria abaixo de nós, pálido como leite sob a luz enevoada da lua. Depois de duas horas, ressaltei como a juventude de Kinkee iria embora e ela acabaria dançando atrás de uma sósia da J-Lo numa banda cover. A única resposta que recebi foram das gaivotas grasnando como bebês chorando. Tentei corrigir problemas de geometria debaixo do brilho dos postes da rua. "Um ângulo tem asas e vem de Deus", mas rapidamente caí na real e desisti. Depois de três horas, minha amiga começou a chorar sem fazer barulho nenhum; ela apenas ficou encolhida ali, tremendo.

— O que quer fazer? — perguntei desanimadamente. — Talvez uma ligação para um dos tabloides fosse apropriada? Você sabe, o Fofocas Mais Absurdas do Dia? Ou As Mais Fúteis Informações e Notícias da Semana? — Estava tentando animá-la, mas Jazz se encolheu como uma bola.

— Não conseguiria fazer isso com Joshua — sussurrou ela, antes do cheiro de vômito com banana invadir o carro.

No terceiro dia das férias de Jazz no oceano Índico, fizemos mais uma viagem à Terra da Infidelidade. Da segurança anônima de nosso carro alugado estacionado do outro lado, vimos o marido de Jazz esperando na porta dos fundos de um teatro no West End onde estavam apresentando Cats. O beco onde havia estacionado fedia a urina, era escuro e vil como uma vala. Mas com a destreza noturna de um morcego, David Studlands conseguia encontrar qualquer mulher bonita. Ele estava esperando uma gatinha que usava calças coladas de couro de cobra, saltos de matar e chapéu fedora. Ele segurou seu braço e a conduziu até o Jaguar.

Pelas silhuetas, vimos os dois se beijando. Então vimos boquiabertas eles pularem para o banco de trás e o carro começar a tremer e sacudir. O Jaguar balançava tanto que achei que podia estar em trabalho de parto. Ficava olhando para o escapamento com medo de que duas ou três versões em miniatura do Jaguar de Studz pudessem sair de dentro.

— Realmente ela está no musical errado. Deveria ser "Guys In Dolls" — comentei. Foi um pouco forçado, mas eu estava desesperada para encorajar um pouco do característico humor sarcástico de Jazz.

Jazz assoou o nariz.

— Acho que é hora de Andrew Lloyd-Webber vender esses gatos para algum laboratório de testes para cosméticos, não acha? — comentou ela com melancólico amargor.

Uma coisa era certa. Três mulheres em três noites? Não era à toa que ele estava quase injetando Viagra. O marido cirurgião de Jazz obviamente achava que estava em um episódio de Grey's Anatomy.

Quarto dia e Studz estava aparecendo num debate ao vivo sobre o emprego de tortura para combater o terrorismo. Sabíamos disso porque o programa havia sido anunciado na BBC o dia inteiro. Tentei convencer Jazz a desistir da espionagem e a dormir cedo em vez disso. Três noites sem dormir e meu rosto já estava adquirindo um lindo tom de verde. Os pálidos semicírculos abaixo de meus olhos me faziam parecer um guaxinim suicida. Era minha vez de dirigir, mas eu estava guiando o carro até Shepherd's Bush como um caminhoneiro viciado e exausto.

— Existem apenas dois empregos nos quais olheiras não pegam mal para você. Presidente dos Estados Unidos da América e tripulante em "Star Trek" — reclamei, estacionando ao lado do portão de segurança.

Mas Jazz mantinha-se firme e convencida de que seu marido era uma cobra. E que cobras sempre caçam à noite — seus sensores se aguçam à noite em busca de algo quente... até mesmo uma famosa apresentadora da BBC, percebi, quando Studz passou por nós no carro dela com chofer. Jazz estava com uma calma estranha que não me agradava.

— Está pensando em matá-lo, não está?

— Vamos colocar dessa maneira. Eu não o aconselharia a começar a assistir nenhuma novela muito longa na TV — disse ela sombriamente.

Quando o marido de Jazz desapareceu dentro da casa da apresentadora em Notting Hill Gate, minha melhor amiga sugeriu que eu arranjasse um esfregão e um balde porque íamos precisar quando ela retirasse o rim de seu marido com suas tesourinhas de unha para vender no mercado negro.

— Bem, por que não? Ele tem dois deles... assim como tem duas caras.

Analisando Jazz sob a pálida luz, percebi que ela não estava brincando. Se eu fosse David Studlands, estaria pensando bastante sobre o que aconteceu com John Bobbitt.

Toquei seu braço carinhosamente:

— Tem alguma coisa que eu possa fazer pra te alegrar?

— Sim, preciso me alegrar. Afinal, li em algum lugar que são necessários 42 músculos para fazer uma careta, mas apenas quatro para apertar o gatilho da arma de caça do meu pai — respondeu Jazz ameaçadoramente.

— Os únicos disparos que você deveria estar pensando são com a câmera na sua viagem tropical — lembrei-a. — Falando nisso, é bom fazer um bronzeamento artificial antes de domingo.

Mas Jazz não estava escutando. Ela colocou as mãos na posição de reza.

— Deus me dê paciência para tolerar as coisas que não posso mudar, mudar as coisas que não posso tolerar, e para achar um bom lugar para esconder o corpo de meu marido traidor canalha.

O quinto dia encontrou Studz na companhia de uma glamorosa felina de Mayfair. Ela era o tipo de mulher que usava chapéu de pele, andava com um poodle branco numa coleira de diamantes, e era convidada para passar o verão no iate de Valentino.

— Aimeudeus. Sentei ao lado dela na noite do quiz para a campanha de abolição da pena de morte no Caribe — observou Jazz impressionada.

Para ser sincera, naquele momento, não teria nada que eu fosse gostar mais que a volta da pena de morte, na Inglaterra. Não para todos os crimes. Apenas por, digamos, partir o coração de sua esposa.

— Ah, conheço a raça. Uma daquelas modelos glamorosas que casam pelo dinheiro e depois ficam ocupadas tentando fingir uma consciência social para compensar o fracasso de suas carreiras — adivinhei.

— Mas David a odiava! Deus! Estou com calor. — De rosto vermelho, Jazz abriu a janela para deixar o ar gelado entrar. — Ele até brincou que ela tinha o QI de uma escola de plânctons.

Seguimos os dois até um restaurante chique em Piccadilly.

— Você não acreditaria como Studz é mau comigo. Ele me faz reaproveitar meu fio dental! Ele limpa com álcool e o pendura para secar. "Odeio tanto descartar um pedaço de fio dental não usado, Jasmine" e depois leva ela para jantar no Caprice??? — perguntou tragicamente. — Tem ar-condicionado nesse carro? Estou pegando fogo aqui. — Ela arfou, abanando seu rosto corado, enquanto eu ficava sentada tendo calafrios.

Quando os seguimos até a mansão da mulher em Mayfair, Jazz estava gesticulando como a heroína de alguma tragédia jacobina.

— Você está chateada porque tem que fingir um ocasional orgasmo com Rory? Mas e os homens? Os homens conseguem fingir uma porra de um casamento inteiro!

No sexto dia, Studz se aventurou pelos arredores de Hackney. Eu não conseguia acreditar que ele possivelmente poderia seduzir mais uma mulher. Quero dizer, se conseguisse, a memória de David Studlands um dia seria de uma celebridade sem igual. Precisaria até de um agente.

— Seu marido é um maníaco espermicida — observei incrédula, enquanto Studz saía de seu carro.

Para essa excursão, o marido de Jasmine estava menos arrumado, usando jeans e uma jaqueta de couro. Depois de trancar e ligar o alarme de seu Jaguar, ele entrou num pub irlandês de aspecto sujo que alardeava ter bandas ao vivo chamadas, adequadamente, de "Os Capacetes Vermelhos e Grudentos" e "Direito de Devorar".

Enquanto nos aproximávamos com nosso carro alugado, um grupo de arruaceiros passou, chutando outros veículos. Havíamos discutido sobre o perigo de assaltantes nessa região e tínhamos decidido que dizer a eles "Jesus me disse que sou A Escolhida" seria uma boa maneira de afastá-los. No final, acabamos escapando com uma pergunta na minha melhor voz de professora se haviam feito ou não seus deveres de casa. E se sabiam que um hooligan na verdade era apenas um polígono com sete lados.

Com isso, os delinquentes se dispersaram em tempo recorde, daí saímos e apertamos os narizes contra as janelas de vidro do pub. Studz estava dividindo pints com uma garota de 20 e poucos anos de sardas caramelo e cabelo cor de mel preso num rabo de cavalo.

— Santo Deus! É nossa massagista, Carmel — percebeu Jazz desanimada, assim como estava o céu baixo cheio de chuva.

— Até tu, gracinha? — brinquei enquanto o vento estapeava nossos rostos.

— Ela é nossa massagista há três anos. Quer dizer, há quanto tempo ele está saindo com ela?

O cara realmente era um vilão e um covarde. Só faltava ter amarrado Jazz na linha do trem. Fiquei chocada em como todas nós pensávamos em Studz como sendo tão corajoso, levando ajuda médica a países devastados por doenças, quando estava claro que Jazz não precisava nem sair de sua casa para enfrentar um ambiente hostil.

— Devia ter investigado as intenções do cara assim que se conheceram em Cambridge.

Estacionamos embaixo de um suspeito restaurante japonês, sob o brilho alaranjado de seu letreiro de neon, dizendo Nippon Tuck. Pela sua luz cruel e piscante, observei o rosto marcado de dor da minha amiga.

— O problema é que, como a maioria dos intelectuais, ele é simplesmente um encontro de paradoxos — acrescentou Jazz acidamente. — Como o dedicado espancador de prostitutas adolescentes que publicamente fazia campanha contra a violência infantil. Ou a filha vegana antimaterialista de 16 anos que bebe todo seu champanhe e rouba seu casaco de pele. E o médico dos direitos humanos que detesta humanos. Não em geral — acrescentou ela —, mas em particular. Ele pode salvar vidas de pessoas que não conhece enquanto arruína as das pessoas que convive. Apenas não sei mais quem ele é — completou desoladamente. — Quem é esse homem com quem me casei? Ele é um alien para mim.

Um alien do planeta Putão, pensei comigo mesma, virando o carro na direção de casa.

— O mais estúpido é que ainda o amo, Cass — confessou ela com uma vulnerabilidade derretida. O amor era uma palavra fraca para o que Jasmine sentia. David Studlands era sua vida inteira.

Estava começando a parecer que o amor o prepara para o casamento da mesma maneira que saber bordar prepara alguém para comandar sozinha um iate ao redor do mundo.

O sétimo dia era sabático. Certamente esse dia deveria ser de descanso para Studz? O que o canalha estava fazendo — teste de elenco para amantes? Ele fizera sexo com tantas mulheres essa semana que seu pênis devia estar machucado.

Não apenas eu estava tendo uma hemorragia de dinheiro para babás considerando o fato de Rory estar fora para uma conferência, mas também tão cansada de uma semana de noites em claro, que estava jogando roupas na máquina de lavar com as crianças ainda dentro delas. Quando fazia café da manhã para minha filha, passava manteiga na minha mão e a colocava no prato de Jenny.

Mas não. Até no dia em que Jazz voltaria de sua alegadamente tranquila temporada à beira mar, Studz estava na cama do casal com uma flexível, loira e quarentona professora universitária que Jazz reconheceu como uma de suas pacientes.

Sentada no carro alugado do outro lado da casa de Jazz olhando-os fecharem as cortinas das janelas do quarto principal, fiz uma tentativa de jocosidade porque, francamente, estávamos as duas além da capacidade de se chocar a essa altura:

— Meu marido é veterinário. Espero que Rory não durma com as pacientes dele.

— Maryanne. É esse o nome dela — contou Jazz. — A vi em nossa casa uma vez. Depois do seu lifting facial, ela começou a ter acessos de desmaio, se bem me lembro. Obviamente eu não fazia ideia de que a cura era inspirar fundo, se curvar para a frente... e colocar sua cabeça no meio das pernas de seu médico.

Eu ri mordazmente.

— O que é que ela ensina, essa Maryanne? A roubar maridos?

— Sylvia Plath.

— Então ela é Plathológica — brinquei.

Gargalhamos com isso. Gargalhadas de doer a barriga. A exaustão e carga emocional havia nos levado a um estado de quase histeria.

— Acho que é hora de eu deixar um bilhete para David. Olá, querido. O jantar está na mesa... e a cabeça de sua esposa está no forno.

Rimos até chorar... Só que, quando Jazz parou de rir, ela continuou chorando.

5. Se ele quer café da manhã na cama, mande-o dormir na cozinha

Casamento, eu percebia agora, é para os entusiastas de esportes radicais. É uma manobra arriscada sem rede de segurança. O incrível, audacioso, voador Casal por Matrimônio! Extraordinários Mestres do Trapézio!

E Jazz havia caído. Cabum. Deixando Hannah e eu encarregadas de recolher os pedaços. Era domingo à tarde e estávamos sentadas em minha cozinha bagunçada bebendo um bom uísque e pintando o corpo nu de Jazz com autobronzeador em frente a um ventilador. Ela deveria estar chegando de sua temporada no Sri Lanka no aeroporto de Heathrow em uma hora. Eis o motivo dessa reunião urgente.

Eu estava ligeiramente nervosa considerando que não recebo visitas frequentemente. Isso acontece em maior parte por causa da abundância de caninos produtores de gás metano na casa. Convidados constantemente se afastavam, coçando os olhos, pulmões lutando em busca de oxigênio, tataravôs revivendo os ataques de gás mostarda que sofreram nas trincheiras... ou pior. A primeira e única vez em que eu tentara convencer meu diretor, o Sr. Scroope, a vir jantar para conversar sobre a futura vaga de vice-diretora, ele fugira humilhado depois de um dos ratos de estimação de Rory tentar acasalar com sua peruca. Mas essa era uma emergência. Meus filhos haviam sido exilados em seus quartos e um rap mais irritante que broca de dentista vibrava agora através do teto.

Previsivelmente, a conversa começou com Jazz culpando a si mesma. Enquanto eu derramava uísque em copos lascados, ela começou a fazer um chiado igual ao de uma gaveta emperrada.

— A culpa deve ser minha. — Ela olhou por trás de sua franja rala como uma amedrontada criatura da floresta. — David simplesmente não me acha mais sexy.

Hannah e eu imediatamente assumimos nossos papeis de sutiãs push-up humanos, levantando, dando suporte, e fazendo nossa amiga parecer maior e melhor. Mas com os cabelos claros e lisos de Jazz, e sua pele macia como sorvete de baunilha, também não precisávamos exagerar.

— Jazz, querida, você é tão bonita. Quero dizer, olha só o seu cabelo. Nunca está num dia ruim. E você é tããããão magra. Diferente de mim. O que é injusto pra caramba quando sou eu quem está sempre de dieta — reclamei, bem-humorada. — Na minha vida inteira, já perdi 900 quilos, sabia disso?

A tristeza estava devorando nossa amiga e eu sofria por ela. Bater a cabeça contra uma parede também gasta 150 calorias por hora e esse parecia ser o atual exercício preferido de Jasmine.

— Isso. E sou eu quem compra todos os cremes. Cremes para dedos do pé, barriga, pálpebras, até mesmo para o dorso do pé. E tudo isso para nada — acrescentou Hannah despreocupadamente. — Tenho mais rugas que papel crepom.

Mas não havia como animar Jazz. Ela apenas encarava tristemente seu copo de uísque, como se fosse uma bola de cristal.

— Vire — ordenei.

Como se estivesse temperando um frango, comecei a passar autobronzeador nas ancas de minha amiga. Ela parecia pensativa e delicada na luz de inverno. Nua, sua magreza me chocou. Parecia ter perdido 3 quilos na última semana.

— Talvez eu tenha amamentado tempo demais? Meus peitos ficaram iguais daquelas mulheres de tribo. Só faltam os tambores. E têm também minhas estrias, bunda de queijo cottage, músculos pélvicos aos pedaços. Esse é o detalhe sobre dar à luz que ninguém te conta. Que você nunca mais vai conseguir gargalhar sem molhar as calças — resmungou Jazz.

— É verdade — confirmei. — Na sua festa outro dia, ri com tanta força que lágrimas começaram a escorrer pelas minhas pernas.

Hannah, sem filhos, riu, mas no momento em que foram mencionados músculos pélvicos, Jazz e eu subitamente fizemos aquela expressão de pessoas cujos cachorros estão evacuando no meio da rua: aquele olhar vago, preocupado, de esse cachorro-não-é-meu, enquanto secretamente contraíamos nossos músculos vaginais.

— Escute, queridinha, é surpreendente como tantas mulheres da sua idade são muito mais jovens que você. O tempo cura tudo, Jazz, mas com certeza não é nenhum esteticista — simpatizou Hannah, entregando a Jazz o cartão de um cirurgião plástico.

— Está certa, Hannah. Essas não são rugas de sorrisos em volta da minha boca, são porras de fiordes. — Jazz deu um gole em seu uísque. — Acho que vou simplesmente ter a cabeça inteira cosmeticamente removida.

Com 45 minutos até o gol, mandei que Jazz virasse de volta para mim e comecei a massagear o creme marrom em sua barriga por cima das pequenas marcas de sua gravidez. Frequentemente havíamos compartilhado nossas reclamações pós-filhos; confissões seguidas de comparações de estrias eram rotina. Mas nunca havíamos levado-as tão a sério, até agora.

— Se queremos ficar com nossos maridos, precisamos fazer uma manutenção — declarou Hannah, mastigando ruidosamente uma bolacha salgada, sem dúvida sua refeição do dia. — Acho que deveria pegar o que quer que esteja despencando, incluindo seu rosto, queridinha. Você também, Cassie. Nunca tem vontade de ser desejada pelo seu corpo, em vez de pelas suas secretas habilidades com palavras cruzadas?

— Minha resposta é segunda linha, cinco letras, particípio do passado abreviado — respondi.

— Eca. — Jazz se olhou na bancada espelhada acima da mesa de minha cozinha. — Minha pele simplesmente não cabe mais em mim — suspirou ela, dando uma sombria queda de ombros.

— Cabeça erguida, Jazz — falei gentilmente. — Apesar do que Hannah está dizendo, você só tem uma. — Ah, as horas da minha vida que desperdicei tendo conversas como essa. Se apenas o tempo parasse de passar. Se apenas ele ficasse sentado do lado de fora de um duty free no aeroporto. Se apenas ele pudesse ir dar uma volta, uma caminhada, pegar um ônibus bem lento e parar de atormentar as mulheres.

— Todo mundo sabe que David tem uma canonização iminente, então como pode não ser culpa minha?

— Santo? Está mais para Príncipe das Trevas. — Coloquei a mão no braço de Jasmine. — Diga-me, quando conheceu Studz, não conseguiu ver aquelas nuvens de enxofre flutuando atrás dele?

Hannah virou para mim, enquanto atacava irritadamente outra bolacha.

— Cassandra! Você está falando do marido dela, lembra? O cara a quem, apesar de tudo, Jasmine ama.

Revirei os olhos para tão alto da minha cabeça, que pude ver meus neurônios se renovando. Hannah confiscou o tubo de autobronzeador em reprovação e prendeu os cabelos claros de Jazz no alto de sua cabeça para pintar seus ombros.

— Tudo bem — corrigi. — Studz não chega a ser o diabo encarnado, mas daria para confundir os dois facilmente. Ele se comportou como um porco perverso.

— Ele se comportou como homem, queridinha. Homens mudam pneus de carros, colocam óleo em seus aparadores de grama, e transam por aí para provar sua sexualidade. Agora coma. Precisa recuperar suas forças. — Hannah ergueu o prato de queijos na direção de Jazz, que apenas se encolheu mais e não comeu nada.

No silêncio, pensei no que Hannah havia dito. Como esposa e mãe de um garoto, eu definitivamente podia atestar que o cérebro masculino é feito de um lóbulo obcecado pela internet, um gigantesco lóbulo dedicado ao futebol, uma minúscula partícula dedicada à higiene pessoal e uma microscópica, pequenina molécula para relacionamentos. Mas certamente incontinência sexual era uma exceção? Rory era fiel a mim... não era?

— Garotos são garotos, queridinha, assim como o são um monte de homens de meia-idade, que deveriam ser mais espertos — declarou Hannah.

Jazz baixou seu copo de uísque tão determinadamente que ele quase se espatifou.

— Se David está tendo uma crise de meia-idade, ele não podia simplesmente, não sei, comprar um carro nada prático? Ou atravessar o canal numa balsa caseira? Quer dizer, aquela moto ridícula já não foi o bastante?

Hannah estava pincelando o autobronzeador como se fosse Michelangelo. Com vinte minutos até a aterrissagem, uma passagem rápida pela alfândega e uma corrida de aproximadamente uma hora até chegar em casa do aeroporto, comecei a ficar tão frustrada que peguei o tubo de volta e passei a aplicar freneticamente o bronzeador em volta da marca de biquíni imaginária de Jazz e embaixo dos dois seios redondos.

Hannah mastigou descontente outro pedaço de bolacha.

— Olha, ninguém disse que casamento seria fácil. Na saúde e na doença e tudo aquilo... e acredite em mim, queridinha, se casar com um alérgico como eu fiz, sempre vai ter alguma coisinha errada. Ele sempre vai ter uma dorzinha incômoda em algum lugar. — Ela encheu o copo de Jasmine. — Todo marido tem seu lado ruim. Podia ser pior. Ele podia ser viciado em jogo, ou pedófilo. Ou — ela estremeceu — jogar golfe.

Mas Jazz continuava inconsolável. Apesar de estar pintada pela metade, ela começou a andar de um lado para outro agora, nua, de lá pra cá no meio de minha caótica cozinha, comigo e o tubo de autobronzeador atrás.

— Eu tinha 20 e poucos anos quando adquiri dois novos hobbies, casamento e insanidade. Digo, Cassie está certa. Santo Deus! Por que não pude ver como Studz realmente era? — O marido que Jazz adorara durante vinte anos estava vacilando no calor de sua análise. O que ela achara ser real tinha se tornado nada mais que um casamento civil. — Achei que éramos f... f... felizes. — Ela deu mais uma vez um urro desolado.

Hannah derramou mais uísque no copo de Jasmine.

— Vamos lá, queridinha. Não vamos virar Sylvia Plath por causa disso.

O grito de Jazz era como uma dobradiça enferrujada. Ela apertou as mãos na testa. Era um gesto de cinema mudo como o de uma donzela indefesa correndo grande perigo.

Chutei Hannah por baixo da mesa.

— O quê? — Ela quis saber. — Que foi que falei?

— Sustentei aquele cafajeste durante seu treinamento no hospital! — Dando vazão a sentimentos há muito escondidos, Jazz gritava ainda mais alto. — Devotei-me a Studz, de corpo e alma. — Sua voz oscilava de emoção. — Eu amava meu trabalho, mas estupidamente larguei aquilo também! Tudo por ele.

— Bem, queridinha, posso dizer que nunca entendi por que desistiu de ser chef. — Hannah, a mulher de negócios, censurou-a enquanto arrogantemente cruzava suas pernas depiladas a laser.

Jazz encarou Hannah com um olhar de gelo:

— Eu decidi ficar em casa e cuidar de meu próprio filho, para que assim Josh pudesse herdar meus defeitos, e não um daquelas babás tchecoslovacas com distúrbio alimentar. OK?

Enquanto eu posicionava minha amiga bronzeada pela metade na frente do ventilador (faltavam cinco minutos para o tempo acabar), pensei em como Jazz realmente fazia sentido. Nunca conheci uma executiva, não importa a posição, que não pulava as páginas de economia para ler a matéria assustadora sobre como filhos de mães que trabalham em tempo integral têm menos chance de progredir e são mais propensos a colecionar antiguidades nazistas ao envelhecerem.

Jazz estava com os braços esticados como se crucificada para eu poder pintar suas laterais.

— Não fui uma boa esposa? — Ela ergueu o queixo orgulhosamente. — Santo Deus! As coisas que aguentei. As emergências médicas. As campanhas de Direitos Humanos... Minha casa está sempre cheia de vítimas de minas terrestres com uma perna só. Ou desabrigados alfabeticamente problemáticos sem status de refugiados e com hemorroidas. Sindicalistas do mercado negro que falam de "igualdade" e em seguida estalam os dedos para mim pedindo café só por eu ser uma mera mulher. Ah sim, acolhi graciosamente todos eles.

Quando Jazz assoou o nariz, parecia a buzina do HMS Brittania.

— Engraçado, não é, a ilusão das fãs de Bridget Jones vomitando num beco às três da manhã achando que o casamento vai ser um degrau acima!

Hannah a corrigiu:

— Nem todos os homens são canalhas.

— Verdade. Alguns já morreram. Homens, não se pode viver com eles, nem se pode dar a eles um comprimido de cianureto sem ser acusada de assassinato. Ah, estou enjoada. — Segurando o abdômen, o cabelo escorrido de suor, Jazz parecia uma manga madura demais. Ela enxugou a sobrancelha. — Seu aquecimento está alto demais, Cassie. Estou me sentindo tão enjoada. E estou com dor de cabeça. Você tem manteiga de amendoim? Tenho tido tanto desejo de comer isso ultimamente.

— Cristo, não está com nada no forno, está?

Os olhos de Hannah se reviraram como os de um fantoche.

— Sim, deve ser isso, Cassie. Foi concebido imaculadamente.

— O motivo por estar me sentindo tão podre — continuou Jazz — é apenas porque acabei de perceber como as mulheres ainda estão se colocando em último lugar. Olhe para você, Hannah. Não teve filhos porque Pascal não os quis. E...

Isso era território perigoso. Olhei o relógio da cozinha. Jazz podia facilmente estar passando pela alfândega agora ou esperando a bagagem na esteira. Fiz uma patética tentativa de conduzir a conversa a um patamar mais seguro.

— Não entendo porque não tiveram filhos, Hannah. Nem que fosse pra usar de desculpa para sair das festas mais cedo.

Mas Hannah já tinha ficado furiosa.

— Meu compromisso é em primeiro lugar com Pascal. Temos a vida que queríamos.

Jazz, alimentada pelo uísque, gargalhou:

— Vocês têm a vida que ele quer. Pascal queria apenas ser seu único filho. O centro de seu universo.

— Bem, pelo menos nós somos felizes — retrucou Hannah, um pouco cruelmente.

— Qual é, Jazz. Os móveis de Hannah na verdade são bons demais para ter xixi de criança estragando tudo. — Eu estava tentando tanto desarmar as duas que podia arranjar um emprego com o esquadrão antibomba.

— Eeeeca! Detesto crianças. Detesto animais também, mas acho que admitir apenas a primeira parte me traz menos ameaças de morte — confessou Hannah.

Sempre que Hannah e Jazz se viam uma pulando no pescoço da outra, acabavam se reunindo e redirecionando suas insatisfações na minha direção. E definitivamente havíamos entrado numa área crítica.

— Vamos lá, Jazz, vista-se — insisti. — Estaria no caminho do aeroporto para casa nesse momento.

— Minha vida está ótima — reiterou Hannah, secando a baba de cachorro de seu dedo com nojo. — É com Cassandra que devíamos estar preocupadas. Cassie deveria estar participando de um show Essa é Sua Vida chamado ESSA é Sua VIDA?! — Ela gesticulou em volta de si, com repulsa, antes de se esquivar de um dobermann que estava lambendo sua mão embaixo da mesa. — Que diabos há de errado com esse cachorro? Parece o tipo de criatura que te arrastaria até o inferno.

— Hannah tem razão, Cassie. Quero dizer, por que é que você trabalha em tempo integral e ainda assim Rory não te ajuda?

Como sempre, eu estava excedendo minha Dose Diária de Covardia. Falei um pouco sobre como Rory era um bom marido e como fazia metade de tudo.

— Metade! Mulheres são tão ruins em matemática — explodiu Jazz. — É por isso que os homens conseguem nos fazer acreditar que eles estão fazendo cinquenta por cento do trabalho em casa, educação dos filhos e comida. É como aquela piada: Por que a noiva sempre usa branco? Porque é bom que o lava-louça combine com a geladeira e o fogão. — Ela parou para assoar o nariz mais uma vez. — E é por isso que sua vida sexual é péssima, porque no fundo você se ressente dele.

Olhei horrorizada para Jasmine. Como ela pôde revelar meu segredo daquela maneira? Hannah me lançou um olhar guloso e por um minuto achei que ela ia finalmente passar alguma coisa na sua bolacha salgada — eu.

— Sua vida sexual é péssima? — repetiu ela, vorazmente.

— Bem, eu não estava realmente planejando anunciar meus segredos sexuais, como por exemplo, que não tenho nenhum, mas... — Fuzilei Jazz com os olhos mais uma vez. Enrolando, me ocupei molhando o biquíni de Jazz e guardando-o num saco plástico, e depois salpicando areia do banheiro do gato em sua mala. — Voto de silêncio? — pedi, e Hannah concordou. — Eu... Eu... Ah, Deus. Não tenho mais tesão — confessei relutantemente.

— Como a maioria das mulheres casadas, sua vida sexual está terminantemente chata — acrescentou Jazz ressentida.

— Verdade? Achava que Rory fosse um animal na cama.

— Ah, ele é um animal, um hamster. — Estremeci. Antigamente, fazer muito sexo deixava uma mulher se sentindo culpada e ordinária. Depois de casar, não fazer muito sexo deixava uma mulher se sentindo culpada e ordinária. — Vocês duas já deviam ter saído. Quer dizer — apontei para meu relógio —, e se pegarem trânsito?

— Rory tem paciência para passar horas e horas tentando acertar uma pequena bola de golfe num pequeno buraco, mas não tem tempo de achar o ponto G dela. Não é isso, Cass? — inquiriu Jazz, testando com as pontas dos dedos para ver se seu bronzeado já estava seco.

Hannah me olhou com horror. A notícia obviamente a deixara escandalizada.

— Rory joga golfe?

Dei de ombros como se não fosse nada. Rory podia jogar golfe, mas eu é que enfrentava um obstáculo — minha patética personalidade. Por que é que eu nunca conseguia me defender de ninguém? Para mim, cautela era sempre um bom risco a se correr.

— Disseram para a gente que nossa geração podia ter tudo — continuou Jazz —, mas o que realmente queriam dizer era que podíamos fazer tudo. E foi por isso que larguei o trabalho.

— Eu não faço tudo — protestei debilmente. — Rory me ajuda, ele ajuda sim. Vista-se Jazz. Está na hora de ir. Anda logo!

— Ele te ajuda é? — Jazz ecoou sarcasticamente enquanto vestia as calças, botas, jaqueta e luvas para enfrentar o clima do inverno. — Por que a típica mãe que trabalha fora leva e busca os filhos na escola, cuida da casa e, finalmente corre para seu trabalho, exausta, ofegando e sem café da manhã, com baba das crianças na blusa, totalmente inconsciente a respeito do terremoto que acabou de acontecer no Paquistão. Enquanto seu marido leu o jornal, tomou banho, fez a barba, ouviu a BBC News e chegou em seu escritório limpinho, relaxado e pronto para seu dia; e é por isso que você não tem mais orgasmo. Porque está com raiva. Está presa numa roda de hamster de ressentimento e recriminação, e subconscientemente inveja o canalha, e por esse motivo parou de gostar de foder com ele. É apenas mais uma porcaria de uma exigência.

Jazz se endireitou, completamente vestida, sem mais nada a fazer a não ser ir embora e confrontar seu marido terrível.

— Casamento — declarou ela — é a única guerra na qual você tem que dormir com o inimigo. — Ela apanhou sua echarpe laranja e amarrou com um laço em volta do pescoço. Entendi o simbolismo.

— Rory não é o inimigo! — censurei. — Ele é um pai muito dedicado, você vai ver. Ele me ajuda muito. Com as crianças, com a faxina, com a...

— E com a sua carreira? Não está atrás de uma promoção? Mazel tov! — Hannah enroscou os braços no forro de cetim de seu casaco.

— Sim. Tenho uma reunião com o diretor amanhã de manhã.

— Bem, vamos ver então quanto o *schlemiel* vai te ajudar a conseguir o emprego.

Minha vontade era revidar, mas não tinha a menor vontade de brigar com minhas amigas. Nunca estaria curada de minha falta de coragem? Era de se admirar que David Attenborough nunca tenha feito um documentário sobre mim — parte mulher, parte rato, com a espinha de uma água-viva.

— Apenas lembre-se de que nenhuma mulher nunca atirou no marido enquanto ele passava o aspirador de pó. — Essas foram as últimas palavras de Jazz enquanto Hannah saía para levá-la do aeroporto para sua casa, supostamente toda bronzeada, descansada e relaxada.

Depois delas finalmente terem ido embora, caí contra a porta do hall, exausta.

Jazz estava errada. Meu sonho de ter tudo não havia se tornado um pesadelo de fazer tudo. Rory e eu éramos parceiros de verdade. Ele fazia metade de tudo. Fazia mesmo... Não fazia?

6. A semana da mãe que trabalha fora ou "Onde diabos está seu pai?"

SEGUNDA-FEIRA DE MANHÃ

Deve ser mais fácil organizar a Operação Dínamo do que é para uma mãe acordar seus filhos e fazê-los sair de casa todas as manhãs.

7h: Preparar o café da manhã. Alarme sonoro. Meus filhos sempre sabem que é hora de levantar quando escutam a torradeira.

7h10: Se ainda não tiverem levantado, fazer suas camas com eles ainda nelas.

7h20: Começar a chorar para eles levantarem agora, ou depois de sua mãe ser internada. O que vier primeiro.

Dez minutos depois, parece que no próximo Natal meus amigos vão ganhar muitos tricôs feitos no hospício.

— Andem logo, vamos nos atrasar — imploro, enchendo a banheira para cuidar do eczema da minha filha.

— Prefiro aprender na escola da vida. — Meu filho adolescente dá uma de engraçadinho por baixo de seu edredom.

Passa pela minha cabeça que era muito mais fácil amar seus filhos incondicionalmente antes deles aprenderem a falar.

7h23: Desesperada, entro no modo Mãe Átila.

— Levante imediatamente ou vou chamar seu pai! Onde diabos está seu pai?

— Na privada — respondem em coro.

Depois de uma hérnia de disco tirando os dois de suas respectivas camas, apanho o xampu de pepino e grapefruit com 83 vitaminas, o preferido de Jenny, seu sabonete líquido de gengibre, e toalhas super absorventes (duas), e então procuro o creme para a verruga de Jamie, além de seus suplementos de óleo de peixe.

7h30: Fico parada soluçando enquanto minha filha resolve escolher sua própria roupa durante os dez minutos de sempre antes de se decidir por exatamente a mesma roupa que eu havia separado para ela usar na noite anterior. Sou informada por meu filho de que seu uniforme está preso entre as tábuas de madeira debaixo do colchão da parte de cima de seu beliche.

— Onde diabos está seu pai? — Imploro, melancolicamente.

— Tomando café.

Não há mais nada a fazer. Manobrar o colchão da beliche de cima nas próprias costas enquanto Jamie recupera a camisa presa. Dar uma olhada no espelho. Dobrada ao meio pelo peso do colchão, parecendo uma tartaruga de duas patas. Faço uma anotação mental de ir ao quiroprático e lembrar ao marido de montar a cama de solteiro de Jamie comprada na Ikea malditas semanas atrás.

7h38: Precipitar-me até a cozinha. As crianças entram atrás de mim como uma rajada de vento. Uma tempestade de braços e pernas e uma cacofonia de reclamações sobre o que vão e o que não vão comer. Um ritual zulu seria menos barulhento que... Ah, meu Deus! Não!

7h39: Guerra de cereais. Tigela atirada contra o ventilador. Cereal e leite se espalhando em gotas estilo Jackson Pollock para todos os lados. Onde acho um jurado do prêmio Turner quando preciso de um?

— Onde diabos está seu pai?

— Chuveiro.

7h42: Pego o aspirador de pó. Começo a aspirar o cereal. Bem a tempo, vejo um porquinho-da-índia fugindo. Me abaixo para pegá-lo e deixá-lo em segurança. Meu cabelo fica preso no bocal do aspirador. Agora tenho um permanente improvisado na lateral da cabeça. Vou ter que dar aula de lado.

7h46: Desfazer o permanente com uma chuveirada. Deixar a água cair sobre mim durante cinco minutos e pensar numa música calma para evitar colapso nervoso. Abro as torneiras. Grito. Água gelada. Muito obrigada, Rory. Mas que porra! Droga! Merda! Merda! Merda! Escorrego numa poça porque meu marido tomou banho com a cortina de plástico para fora da banheira.

7h50: Tomo um banho frio de esponja quando minha filha entra correndo. Precisa levar um bolo para a festinha da escola. Ah, que ótimo. Todas as outras mães terão ficado acordadas a noite inteira assando, e tudo que eu tenho a oferecer é um biscoito em formato de boneco que sobrou da comemoração de aniversário da bibliotecária. Ah, e será que eu posso aproveitar e bolar algumas fantasias de fadas para a peça da escola hoje?

7h57: Finalmente consigo enfiar uma das pernas nas calças quando meu filho coloca a cabeça para dentro do quarto. Ele acaba de lembrar que tem rúgbi hoje. "Rúgbi! E você me diz agora?!!", grito, remexendo gavetas, estantes, cestos de roupa suja e máquina de lavar na frenética busca pelo uniforme.

— Onde diabos está seu pai?

— Fazendo a barba.

Em um momento de genialidade, procuro na mochila de educação física de Jamie. Alcanço. Está duro de lama, mas pelo menos não está se mexendo. O que é? Um experimento científico? Quando não me morde, percebo que é mesmo o uniforme de Jamie. Não dá tempo de lavar. Encho de perfume e enfio na mochila de volta.

8h05: Faltam 15 minutos para eu dar um jeito de cortar o trânsito caótico, deixar duas crianças em duas escolas diferentes, achar uma vaga no estacionamento da minha escola, e chegar à reunião com o diretor para discutirmos a promoção. Já quase saindo, de bolsas e livros nas mãos, dentes escovados, e almoços embalados, surge um último pedido, de dinheiro para pagar uma excursão. E então estou revirando tudo de novo, bolsas, gavetas, bolsos de casacos. Acabo roubando o dinheiro do leite.

— Onde diabos está seu pai? — Repito meu mantra maternal enquanto pego as chaves para trancar a porta da frente.

— Estou bem aqui, gatinha.

— Rory! Onde diabos esteve a droga da manhã toda?

— Sabia que só ia te atrapalhar. Você é tão boa em fazer tudo ao mesmo tempo!

SEGUNDA-FEIRA À NOITE

— Então? — pergunta Jazz. Ela liga no mesmo nanossegundo em que chego em casa da escola. — Rory te ajudou a chegar na reunião a tempo?

— Talvez as mulheres simplesmente sejam melhores em fazer tudo ao mesmo tempo? — arrisco, enquanto varro a poeira dos rodapés. Poeira? Quem estou tentando enganar? Meus rodapés têm crostas. — Sei pela experiência de professora que garotos definitivamente não têm as mesmas habilidades motoras...

— Deixe-me ver se entendi, Cassie. Mesmo que seu marido consiga abrir um sutiã de renda com uma só mão no escuro, acha que é desajeitado demais para abrir uma garrafa de leite? Não me diga que se atrasou para a reunião.

— Pois é. E, acredite, meu odioso diretor não aceita desculpas. Ele não aceita nem atestado médico porque acha que se você está bem o bastante para ir ao médico, então está bem o bastante para ir à escola — digo, com o telefone aninhado na orelha enquanto procuro na geladeira alguma comida que não tenha virado penicilina. — De qualquer forma, falando em maridos vergonhosos, você confrontou aquele seu marido cafajeste sobre suas aventuras sexuais?

— Ainda não. Ainda estou em estado de choque. Não sei se devo abrir meu coração ou esfaquear o dele. Mas recebi uma ligação da ONU pedindo para medi-lo a fim de fazerem seu colete à prova de balas. Queriam que eu o medisse enquanto estava de pé e depois "sentado, mas ereto".

— Deus! Vai ter uma fita métrica grande o bastante? — pergunto divertidamente enquanto ataco a pia do banheiro do primeiro andar.

— E enquanto eu estava medindo... bem, eu não medi exatamente certo.

— A Vingança da Esposa do Cirurgião dos Direitos Humanos. Você é malvada, Sra. Studlands — gargalho, raspando fora um resto de barba de Rory que estava decorando a porcelana.

— Estou brincando com tudo isso, Cass, mas tenho me sentido tão mal. Não consigo dormir. Estou com dor de cabeça, deprimida... e com tanto calor que estou criando meu próprio microclima aqui!

— Mesmo? Será que as garotas do tempo devem começar a incluir você em suas previsões? Reino da Ânglia Oriental: frio e vento. Jasmine Jardine: umidade alta e pegajosa com aproximação de frente quente.

— Não brinque com isso. Marquei uma consulta com meu médico mesmo tendo certeza de que é só estresse. Queria ser mais como você, Cass. Tem uma paciência de santa.

— Não. Dois filhos, um marido, um emprego e setecentos animais para alimentar. É isso que tenho.

— Bem, só lembre aquele seu marido grandão de te ajudar mais, tá bom?

Terça-feira de manhã

O método de Rory para ajudar é colocar o despertador para tocar uma hora antes.

— Antes tarde do que nunca — resmunga meu marido grogue, apertando o botão soneca e rolando para o outro lado.

Ainda assim, às 7h55 estou saindo. Respiro fundo, aliviada. Vou chegar à reunião na hora!

— Tchau, tigresa. — Rory acena enquanto entra em seu jipe.

— Rory! Achei que você ia levar as crianças à escola hoje? Tenho aquela entrevista com Scroope.

— Mas eu tenho um seminário. Recentemente foi descoberto que pesquisas causam câncer em ratos. E de qualquer maneira as escolas das crianças ficam no seu caminho, Cass. Ah, e você pode deixar o dobermann da Sra. Pinkerton em St. John Wood? Quero dizer, é bem no seu caminho.

Ah não. Não o Cão dos Baskervilles.

— Mas...

— É isso que eu adoro em vocês, mulheres modernas. Vocês realmente podem fazer tudo. — Ele sorri, e manda um beijo.

Às 8 horas, Rory liga o motor, "Stairway to Heaven" toca aos berros de ambas as caixas de som.

Rory sempre parece arranjar uma vaga bem em frente à nossa casa enquanto eu sempre só consigo estacionar tão longe que penso na ideia de pegar um táxi até meu carro toda manhã. Saem correndo numa jornada através do país para achar meu Honda: eu, as crianças e o dobermann — com uma bússola e uma lista de frutos não venenosos.

Quem escreveu aquela palhaçada de que a jornada é mais importante que o destino nunca teve que levar os filhos à escola.

As crianças começam a brigar sobre quem vai se sentar na frente. Resolvo o dilema mandando os dois sentarem atrás e colocando o cinto do carona em volta do dobermann. É um mistério para todos os pais que seu filho possa fazer respiração boca a boca para cachorros perdidos cheios de vermes, dividir um pedaço de chiclete mastigado com um amigo com bronquite, e regularmente tirar meleca do nariz para depois comê-la, mas ainda assim não pode se sentar ao lado de sua irmã por causa de "germes de menina".

As crianças já estão se atracando ao sairmos da rua. Isso envolve principalmente tentar empurrar um ao outro, ou às vezes a mim, para fora das janelas do carro. Não acho que as leis de trânsito tenham um artigo sobre empurrar o motorista para fora de um veículo em movimento porque ninguém racional imaginaria isso ser uma possibilidade. Sinais de trânsito foram inventados não para, como você deve imaginar, organizar o fluxo dos carros em cada direção, mas para permitir que uma mãe enlouquecida na corrida até a escola se debata insanamente — o que no caso acaba sendo perto do Cão dos Baskervilles. Grito de dor ao ter o braço mastigado pelo dobermann ofendido.

Perco um sinal aberto tentando estancar o sangue. Perco o segundo sinal aberto tentando tirar um pedaço de chiclete do cabelo de Jenny e fazendo uma Torre de Pisa com palitos de dente para o trabalho de arte de Jamie. Perco o terceiro sinal aberto escrevendo lembretes na multa de trânsito de ontem com meu lápis de olho. Agora estou tão atrasada que nem paro do lado de fora das escolas de meus filhos. Simplesmente desacelero o bastante para chutar minhas crianças de 11 e 13 anos até a calçada como se fosse o entregador do jornal matinal. Faço o mesmo com Cujo, o cão assassino.

Viro o carro para Primrose Hill. Enfio o pé no acelerador e quase bato num muro de gigantes. Por que as mães londrinas escolhem carros que só seriam necessários em, digamos, Kalahari ou Katmandu?

Seu único motivo parece ser "Prefiro morrer a dar passagem". Esmagada entre os pneus altos daqueles monstros motorizados, meu pequeno Honda só chega até as calotas do que Hannah autodepreciativamente chama de "Judias em Jipes" e o que Jazz chama de "dangerovers". Um pânico enche meu peito. Tenho cinco minutos para chegar à escola e me apresentar, toda calma e eficiente, perante meu diretor. Dou ré na rua de mão única — e me torno a primeira pessoa na história dos automóveis a ser multada por correr para trás.

Podia ter me safado com essa manobra radical se não tivesse atraído atenção ao bater num carro de miniatura. Mas o policial jura que está me seguindo desde que entrei na faixa de ônibus enquanto falava no celular.

— Desculpe, guarda — gaguejo. — Acho que estou doidona de cola por tentar montar com palitos de dentes uma Torre de Pisa na hora do rush. E de qualquer maneira, sou mãe, mãe que trabalha fora, e a gente realmente deveria ter nossa própria faixa. Uma faixa cor-de-rosa. Bem ao lado da dos ônibus. Digo, precisamos de ajuda, droga! E também esses smart cars não são muito espertos se podem ser esmagados como um maço de cigarros com uma pequena batidinha de nada. São apenas uma boa maneira de manter o controle de natalidade, não acha? Então para ser sincera fiz um favor demonstrando essa falha de design, que deveria anular todas as regras de trânsito que quebrei durante esse incidente instigado por animais babando, e inspirado por crias reclamonas de uma enlouquecida mãe trabalhadora — imploro, mostrando a ele a mordida de cachorro ensanguentada. — Não acha?

O policial ergue uma sobrancelha de maneira divertida, diz que tem certeza de que os seguradores é que vão se interessar pela minha teoria, e em seguida me multa, antes de escoltar a mim e meu braço desfigurado até o hospital Royal Free.

Enquanto a enfermeira dá pontos em minha ferida, ligo para Rory. Conto a ele o que aconteceu. Sugiro de maneira sutil que ele leve as crianças à escola de agora em diante, concluindo com o fato de que crianças no banco de trás resultam em acidentes.

— Acidentes no banco de trás é que resultam em crianças. Foi assim que Jamie foi concebido, lembra? — sugere ele lascivamente.

— Rory! Estou no hospital! Preciso de cuidados. E tudo que você pensa é em tirar minha temperatura com seu pênis? — Noto que de repente a sala ficou terrivelmente quieta e abaixo a voz. — Vai ter que cuidar das crianças hoje à noite, OK? Liguei do carro para o diretor avisando que ia me atrasar...

— É claro que ia se atrasar, Cassie! Como pode algum professor chegar na hora quando tem uma placa do lado de fora mandando diminuir a velocidade por causa da escola?

— Rory, isso não é hora pra piada. Scroope me informou por telefone que vai aplicar um formulário para candidatos à vaga. Tenho que preenchê-lo antes de minha reunião com ele, remarcada para amanhã cedo. São 57 páginas.

— Ei, alguma vez deixei você na mão, gatinha?

— Tem razão. Eu não podia querer marido melhor — então, mal sussurrando, completei —, por mais que eu tenha vontade.

— Então? — pergunta Jazz enquanto nos encontramos na farmácia em Camden na hora do almoço. Ela está no balcão. — Quero pastilhas efervescentes de vitamina C, um pote de Echinacea e — ela aumenta a voz em dez decibéis — absorventes. — Ela olha a ferida em meu braço. — Deixe-me adivinhar. Perdeu a reunião?

— Que nada — respondi sarcasticamente. — Foi remarcada para amanhã. Rory vai olhar as crianças para eu poder me dedicar. Scroope está fazendo os candidatos preencherem um ridículo questionário.

— Não esqueça os ABSORVENTES. A maior caixa que você tiver! — grita Jazz para a funcionária. — Mas você é a mais qualificada, Cass. Está no comando do sexto ano há cinco anos. Tem os melhores resultados nos testes. O diretor está sempre recebendo cartas de pais felizes dizendo que você é ótima ajudando seus filhos a terem a melhor educação. Inspetores da secretaria de educação lhe dão as maiores notas o tempo todo por inovação e criatividade. A equipe a adora, assim como os pirralhos. Então o que ele está esperando?

— Ele prefere o método de ensino Giz e Diz, no qual o professor fica parado na frente do quadro-negro escrevendo e as crianças aprendem decorando. Ele inventou esse questionário como uma maneira de me pegar. Assim vai ter uma desculpa para não me promover.

— Mesmo? Acha que vai ter problemas com as perguntas dele?

— Não — respondi pacientemente. — Vou ter problemas com as respostas.

— Meus ABSORVENTES?... — insiste Jazz com a atendente. — Obrigada. Para ser sincera, vou precisar de SUPER-ABSORVENTES, se não se importa.

— O que o médico falou? — pergunto.

O rosto de Jazz adquire uma expressão assustada. Ela abaixa a voz até um sussurro escandalizado:

— Além de descobrir que o que se pensava ser menopausa é na verdade uma gravidez de três meses, qual é a pior coisa que pode acontecer a uma mulher da nossa idade?

— Sei lá. O quê?

— Descobrir que está tendo uma menopausa precoce, é claro! Sou Peri-menopausal, aparentemente. Consegue acreditar? *Moi*?

— Sorte sua. Minhas menstruações estão tão intensas que tenho que usar absorventes até os joelhos. Estou positivamente forrada. Então... qual é a dos absorventes?

— Santo Deus, Cass! Não quero que ninguém descubra. Voto de silêncio, promete? Não admira Studz ter parado de me desejar. — Lágrimas enchem seus olhos verdes. — Que homem no mundo iria querer uma mulher que já — ela mal consegue falar as palavras — passou da validade?

— Hum, o príncipe Charles? Ele largou uma supermodelo por uma mulher mais velha.

— Isso é verdade. — Jazz se anima um pouco, assoando o nariz. — Para ser sincera, gosto muito do príncipe Charles desde que ele quis ser um absorvente. Isso pode ser uma metáfora para toda a vida dele, não acha? Sempre no lugar certo na hora errada.

Rimos e nos abraçamos antes de nos despedirmos, prometendo conversar no dia seguinte.

— Onde está Studz? — pergunto.

— Eu não sei. Sem dúvida fornicando com algumas viciadas em crack em algum lugar.

— Vai confrontá-lo?

— Ainda não. Ele vai pro Haiti. Aqui, olhe. — Ela remexe dentro de sua bolsa Kim Novak e tira um bilhete escrito à mão. O cabeçalho indicava ser da prisão Porto Príncipe. Ela lê em voz alta: — "Meus agradecimentos por visitar meu chefe principal no corredor da morte. Devo lhe dizer que você e sua família sempre serão bem-vindos em minha terra perfumada agraciada pelo sol e pelas belezas crioulas cujos charmes o mundo desconhece..." O que, presumo, é o motivo pelo qual Studz não chamou sua família para ir junto — observou ela amargamente.

— Talvez ele tenha achado que era perigoso demais; que você seria sequestrada antes que pudesse dizer: "Quem será que é esse homem, com as algemas e o calmanteee..."

— Não. Aquele meu marido traidor está simplesmente ocupado demais salvando o mundo para salvar seu casamento.

Meu Rory pode não ser famoso por curar as feridas do mundo, mas ele subitamente estava parecendo bom em comparação. Você pode ser apenas uma pessoa no mundo, mas também pode ser o mundo para uma pessoa.

— Eu amo Rory de verdade, você sabe, Jazz — digo impulsivamente. — Hoje à noite ele vai se redimir. Sei que vai.

— Sim, claro... E Melanie Griffith está envelhecendo naturalmente.

Os dias na casa de pais que trabalham fora basicamente terminam do jeito que começaram — num estado de caos e confusão.

16h30: De alguma maneira consigo encaixar o carro entre dois imensos Range Rovers a apenas uma hora de caminhada da minha casa, onde chego sem ser assaltada. Que dia feliz!

17h30: Rory ainda não chegou em casa. O jipe não está do lado de fora, mas sim um monte de lixo. Rory não amarrou o saco de lixo direito, para a grande alegria das raposas urbanas que recentemente invadiram Londres. Sujando por completo o jardim estão todas as minhas culpas secretas de mãe que trabalha fora: as embalagens de comida congelada e caixas de fast-food que eu não exatamente gostaria que as mães orgânicas vizinhas que ficam em casa vejam.

17h40: Finalmente dentro de casa, encontro as crianças olhando hipnotizadas para a geladeira esperando que alguma coisa comestível se materialize. Se um dia tiver tempo, vou atrás de Martha Stewart para enfiar aquela máquina de pão bem naquele lugar! Deusas Domésticas de Mrs. Beeton em diante fizeram da vida de mulheres normais um inferno. Minha receita favorita seria assar uma delas lentamente numa forma. Deusas Domésticas en croûte. Escolho os nuggets de frango em formato de personagens de desenho animado que sem dúvida vão causar uma série de tumores inoperáveis nos delicados organismos das minhas crias.

18h: Enquanto cozinho o jantar, grito para as crianças fazerem o dever de casa. Demonstro arrependimento quando não sei as respostas. De Jamie: "Fiz a prova de Estudos Religiosos na escola, mãe, mas a minha nota não deveria ser dada por Deus?"

18h30: Pego meu telefone sujo de Nutella. Ligo para o celular de Rory.

— Rory, tenho que começar a preencher o formulário.

— Apenas escreva muitos "etc". É isso que se escreve quando se quer que chefes achem que você sabe muito mais que sabe — diz ele, prometendo chegar em casa logo. Um Golden Retriever morreu durante a cirurgia para retirada de um objeto que havia comido, e aparentemente Rory está indo dar a notícia aos donos.

Tento revisar minhas anotações durante o jantar, mas as crianças ficam fazendo uma série de perguntas ridículas.

— Mamãe, o primeiro nome de Hitler não era Heil? Diz pra Jenny, ela não está acreditando em mim.

— Mamãe, quando aquele anúncio na TV diz que a comida de cachorro está com um gosto melhor, bem, quem é que testou? Como podem saber?

Olho para meus filhos espantada. Eu não havia ingerido galões de óleo de peixe durante a gravidez para estimular o desenvolvimento do cérebro? Diabo, eu havia comido tanto óleo de peixe que provavelmente estive prestes a ter brânquias e começar a desovar. E para quê?

20h: Ligo para Rory.

— As crianças estão me enlouquecendo.

— Hum. Obviamente ainda está carregando um resto de raiva por causa de toda aquela história de parto natural, fofa — responde.

— Venha. Para. Casa. Agora. — suplico, fechando as tampas do Tupperware.

— Mas estou levando o dono do cachorro que morreu pra tomar uma cerveja e ver se o animo. Acontece que me esqueci de fazê-lo assinar um formulário de autorização para a cirurgia. Vou fazê-lo assinar depois de ele ter tomado algumas. Não quer que ele entre com um processo, quer?

— Oh, que ótimo. Qual pub?

— O Hobgoblin.

— Não é esse o pub com a imensa TV de tela plana? Deus, não está tendo nenhum jogo, está?

— Não vou demorar. Te amo.

Dou um grunhido. Um pub com TV de tela plana é o equivalente terrestre de um buraco negro no espaço. Quando um homem entra, não sai mais durante uma eternidade.

— Rory! Rory! Não, não desligue na minha...

21h: Tento fazer Jenny arrumar sua mochila da escola. Não consigo tirá-la do telefone. Para ser sincera, nem lembro mais como ela é sem um telefone acoplado em seu ouvido.

21h15: Faço uma telefonectomia na minha filha. Mando-a até o banheiro para escovar os dentes.

21h30: Ligo para Rory de novo. Finalmente ele atende, parecendo bêbado.

— Sei que as crianças dão trabalho, mas elas realmente compensam tanto, gatinha. Apenas as coloque na cama mais cedo e vai ter muito tempo. Melhor ainda, eu não vou estar aí para te perturbar. Adoravelmente calmo e quieto, certo?

— Mas Rory, eu...

21h45: Através de chantagem (que Jazz chama de "recompensas"), consigo enfiar as crianças na cama. Que ironia você não conseguir tirá-las da cama de manhã, mas também não conseguir colocá-las nelas à noite. Sirvo-me de uma taça de vinho. Finalmente sento para preencher o formulário.

21h50: Um grito agudo vem do quarto de Jenny. Corrida de obstáculos pelos móveis e um galope escada acima tendo espasmos atléticos. Sem lençóis limpos, fiz sua cama com os velhos lençóis do Batman que eram de seu irmão. As ilustrações fluorescentes do Coringa e do Charada, todos rindo maniacamente, provocaram o primeiro pesadelo induzido por roupa de cama da história. Tento substituir o cobertor do Batman por um dos meus tamanho king-size, mas me perco dentro dele. Sinto-me como uma exploradora no Ártico, em meio ao branco. Desisto. Coloco-a em nossa cama.

22h: Sento-me para decodificar o jargão educacional ofuscante de Scroope quando subitamente me lembro de que tenho que gravar *The Six Wives of Henry* VIII para o trabalho da escola de Jamie.

A vingança do Japão por ter perdido a guerra foi fabricar aparelhos com manuais indecifráveis; uma tortura psicológica mais dolorosa que arrancar unhas. Deitada de barriga, apertando vários botões do vídeo, noto redemoinhos de poeira. Se apenas as casas pudessem ser como liquidificadores e se autolimparem — mas com a faxineira semanal só vindo às sextas-feiras, lá vou eu mais uma vez. Passo a hora seguinte esfregando e lavando. Lembro-me de como era uma jovem noiva diligente. Quando Jamie nasceu, tudo tinha que ser esterilizado. Já quando Jenny nasceu eu esterilizava a chupeta chupando-a eu mesma antes — o velho processo de desinfetar com saliva. Uma década depois, minha domesticidade se resumiu a usar um pano cinza para limpar qualquer coisa que não se mexa.

Às onze da noite preparo os lanches do dia seguinte para poupar tempo de manhã. Tiro a carne do congelador para o jantar do dia seguinte. Coloco uma pilha de roupas para lavar. Passo as roupas para a reunião com o diretor. Converso com as plantas, que estão murchando. Alimento o batalhão de animais. Faço listas de compras. Guardo o Banco Imobiliário. Ponho os pratos no lava-louça. Termino a fantasia de fada para Sonho de uma noite de verão na qual as lantejoulas se recusam a grudar e ficar, porcaria! Estou prestes a me sentar para trabalhar — quando Rory entra em casa.

— Está vendo? Que paz. Não está feliz por eu ter ficado fora do seu pé a noite toda? Não se preocupe em fazer jantar pra mim, também. Comi fora. Consegui a assinatura no formulário de autorização no final das contas. Vamos pra cama comemorar, hein? — Ele pisca.

Ah, maravilha. A maneira perfeita de coroar meu dia de filme de terror: A Mão.

Então me lembro de que Jenny está na nossa cama. Ufa. Estou salva. É a primeira vez em que Rory está certo em anos: filhos realmente podem compensar tanto às vezes.

Quarta-feira

— E aí? — Jazz me pergunta durante um café na hora do almoço na lanchonete perto da escola. É quarta-feira, metade da semana, graças a Deus. — Como foi com o diretor?

— Não acordei a tempo.

— O quê?! Achei que Rory ia cuidar de tudo ontem à noite?

Quinta-feira de manhã

Tendo obrigado as crianças a dormirem de uniforme, mando-as tomarem café da manhã no McDonald's perto de suas escolas, o que significa que estou saindo de casa às 7h45.

8h: Finalmente encontro meu carro. Em algum lugar perto do País de Gales.

8h03: Ligo o motor. Avisos estranhos e engraçados estão piscando no painel. Infelizmente meu carro só fala comigo em japonês. Usando todos os meus poderes de gênio da mecânica, deduzo que os sinais piscando são do tanque vazio. Maldito Rory. Ele havia prometido encher pra mim no fim de semana passado.

8h08: Encho o tanque num posto. Vou pagar. O sistema está fora do ar.

8h15: Corro até o caixa eletrônico do outro lado. Cinco pessoas na minha frente. Estamos todos aguardando atrás de um homem seriamente barbudo que provavelmente tem uma bomba escondida no sapato. Ele está colocando e tirando seu cartão da máquina. Ele levanta os olhos, para Deus. Ignora ofertas de ajuda. Coloca o cartão de volta dentro e fora da máquina e digita a senha errada — três vezes. E então a máquina devora seu cartão, induzindo-o a gritar e xingar e sem dúvida tentar alcançar o botão do detonador em sua mochila. A prova do meu estado perturbado é que tudo que consigo pensar na hora é que pelo menos se ele for um homem-bomba, vai significar que não vou ter que inventar mais uma desculpa fajuta por estar atrasada.

Desesperada, deixo meu carro estacionado ali mesmo e corro o resto do caminho até o trabalho. Meu diretor parece herdeiro direto da mesma pretensão e violência que proporcionava a pose e as tramas do império colonial. Quando chego ao bloco da administração, oito minutos depois, meu peito suado arfando asmaticamente, ele interrompe sua conversinha animada com minha rival, Perdita Pendal, ergue uma sobrancelha grossa, e diz secamente:

— Esses seus atrasos estão virando hábito, Sra. O'Carroll.

— Bem, tentei chegar adiantada, mas o problema em ser pontual, naturalmente, é que geralmente nunca tem ninguém vendo para apreciar — reclamo.

Ele me dá um de seus sorrisos contidos. O que se segue é um abrandamento de sua voz que toda sua equipe, incluindo eu, acha muito ameaçador, considerando que geralmente aquilo precede uma de suas tiradas furiosas.

— Acha que esses problemas com gestão de tempo fazem de você material para a diretoria? — pergunta ele calmamente. — A Srta. Pendal está sempre perfeitamente na hora.

Perdita Pendal não apenas é pontual, mas também tem bons contatos. Me parece que a única maneira de sobreviver na Inglaterra é escolhendo um ancestral, inventar alguma espécie de fertilizante, e simplesmente fazer crescer um galho extra em sua árvore genealógica. Perdita não tem apenas uma árvore da família, ela tem uma floresta, incluindo um pai que foi Inspetor Chefe de Escolas. Eu, por outro lado, venho de uma longa linhagem de criminosos. Meus ancestrais foram levados à Tasmânia por roubar um lenço de renda e um pedaço de pão velho... ah, e por traficarem drogas pesadas. Perdita é o tipo de mulher que usa porta-copo, toalhas de mão combinando, cabides acolchoados, facas para peixe, e um pratinho especial para manteiga. Ela também tem um marido muito rico. Um dia na sala dos professores, ela realmente foi vista dizendo: "Ah, estou completamente exausta! Passei a semana inteira em agonia resolvendo qual babá levar para esquiar." As mulheres presentes na sala podiam tê-la matado bem ali. E quer saber? Um júri de mães que trabalham fora teria nos absolvido.

— E sua desculpa dessa vez? — O diretor parecia estar tendo um prazer cruel com minha frustração.

— Hum... — Durante meu tempo na Escola Primária North Primrose, esgotei meu estoque de desculpas. Eles não fazem ideia, mas a maioria dos meus parentes morreu jovem. As doenças de meus filhos já foram de diarreia e difteria à tosse constante e mordidas de doninhas (ser casada com um veterinário significa que ocasionalmente posso recorrer ao zoológico). Levanto os olhos para meu chefe. Suas sobrancelhas estão erguidas ansiosas pela minha resposta. Quando ele as franze, parecem lagartas copulando. Reviro meu cérebro por uma desculpa nova. Penso em dizer a ele que o líder de meus cultos me atrasou por causa de uma lição em como cortar gargantas... Bem, isso pode não me garantir a promoção, mas definitivamente vai me garantir uma aposentadoria precoce com todos os benefícios. De repente, tenho uma ideia de gênio!

— Para ser sincera, fiquei acordada até tão tarde com seu formulário, que, a propósito, é incrivelmente inteligente, que dormi um pouco mais essa manhã — minto. — Era tão profundo, bem, tão estimulante, que simplesmente não consegui dormir. — Eu realmente deveria estocar creme para as mãos pra puxar saco com mais frequência, penso comigo mesma, mas pelo menos aquilo realmente o pega de surpresa.

— Ah. Sim. Bem. Certo. Está com ele aí?

— Eu estou com o meu. Título brilhante a propósito. Ensinar é Aprender! — gorjeia Perdita aduladoramente, entregando seu formulário.

Penso em explicar a Scroope que um formulário de candidatura é apenas um pedaço de papel cheio de mentiras escritas. Mas resolvo em vez disso por:

— Ah! Deus. Na pressa por estar atrasada, devo ter esquecido meu formulário — improviso. — Amanhã bem cedo eu poderia...

— Você poderia fazer uma apresentação verbal ao Sr. Scroope — sugere Perdita docemente.

Merda. Boicotada por uma Giz e Diz.

— Excelente ideia — diz animadamente o Sr. Scroope. — Normalmente, eu entrevistaria você separadamente, mas como perdeu tantos horários, Sra. O'Carroll, tive que encaixá-la na sessão preliminar da Srta. Pendal. Você diria que... — O diretor começa a ler do papel de Perdita —... usa informações sobre realizações anteriores consistentemente e eficazmente para estabelecer expectativas realistas para seus pupilos e monitora seu progresso para dar sugestões claras e construtivas com relação a seus programas de estudos?

— Programas de estudos? — Agarro-me à única palavra que consegui computar da frase inteira. — Os programas de estudo dentro das opções em Londres? Ah, você quer dizer aprender a ler, escrever e vender drogas? — blefo. — Ah, bem, pelo menos ensina as crianças a medir.

Meu sorriso não é retribuído. Na verdade, a reação do meu diretor faria um pedaço de granito parecer animado.

Perdita se oferece então para fazer sua apresentação também, permitindo-a enaltecer suas próprias virtudes por aproximadamente uma eternidade, antes de passar pela história de sua ilustre família desde, hum, a época das Cruzadas.

— Excelente. Bem, Sra. O'Carroll, a Srta. Pendal e eu tivemos uma significativa conversa sobre o que estou procurando para o cargo na diretoria durante esse período...

Gostaria de poder ter uma conversa com Perdita também... armada com um bastão de críquete.

— Mas como agora tenho uma assembleia da escola, talvez queira usar seu tempo de almoço escrevendo para mim sobre sua avaliação como professora, enumerando seus pontos fortes...

— Não incluem pontualidade, obviamente. — Perdita se intromete só para que possa dividir uma risadinha conspiratória com o diretor.

Tentar explicar o que faz de você um bom professor é difícil.

— Minha melhor qualificação, Sr. Scroope, é que adoro meus alunos e amo meu trabalho.

Estranhamente, o diretor parece não ter se convencido acerca de minha genialidade. Ele se levanta.

— Obrigado, Srta. Pendal. — Ele dispensa Perdita com um sorriso. — Mas Sra. O'Carroll, se puder dar uma palavrinha com você... Pode estar nessa escola há mais tempo que a Srta. Pendal — me diz quando estamos sozinhos —, mas deve saber que ela ganhou sua licenciatura com méritos. E escreveu uma tese, "Controle e Estrutura na Sala de Aula" — tagarela ele com aprovação.

Minha habilidade mais importante como professora é saber quem está fazendo careta pelas minhas costas e que cachorro de qual aluno realmente comeu seu dever de casa. Não são coisas que se pode realmente aprender na faculdade.

— Diga-me, por que você escolheu educação de escola primária? — Finalmente ele pergunta.

— Bem, suspeito que ensinar a alunos do ensino médio provavelmente seja mais gratificante que ensinar numa escola primária, considerando que os alunos são altos o bastante para cuspirem na nossa cara — brinco —, mas piadas à parte, na verdade gosto de ensinar aos mais jovens por causa de seu senso de humor. Semana passada mesmo a pequena Rosie Myttas-Perris escreveu em seu dever de geografia que o que junta os mares Vermelho e o Mediterrâneo é um canal de esgoto! E quando pedi a Adi Greenberg para contar de um a dez de trás para a frente, ela se virou de costas para mim e começou a contar. — Rio, parando abruptamente quando percebo que sou a única que acha engraçado.

O Sr. Scroope inspira com raiva. Na sala dos professores costumamos brincar que nosso diretor teria sido dispensado do esquadrão de Saddam Hussein por ser grosso demais. Quando ele perde a paciência, o que acontece diariamente, dá para suspeitar que esteja na profissão errada. O sujeito definitivamente deveria ter seguido a carreira chamada carteiro dos Estados Unidos da América.

— ESTÁ LEVANDO ESSA PROMOÇÃO A SÉRIO, SRA. O'CARROLL? O SR. DUNDEE ESTÁ INDO EMBORA NO FINAL DO VERÃO E PRECISAREI SUBSTITUÍ-LO

POR ALGUM PROFESSOR CAPAZ E CONSCIENCIOSO. VOCÊ É A CANDIDATA MAIS ANTIGA, E OS INSPETORES E ALUNOS GOSTAM DE VOCÊ, É VERDADE, MAS EU NÃO ESTOU VENDO QUALIDADES DE LIDERANÇA EM VOCÊ.

Enquanto ele discursa sobre "redefinir prioridades" e "diminuir equipe" e "equipe do tamanho certo", estudo sua peruca. Parece um espaguete molengo em cima de um ovo cozido demais. Examinando as marcas de café em sua mesa enquanto ele me interroga sobre o que supostamente escrevi em meus formulários, penso em perguntar o que ele escreve nos seus formulários de passaporte no campo cor de cabelo, considerando que está, você sabe, praticamente CARECA.

Atrás dele vejo Perdita desfilando pelo pátio com seu twinset e suas pérolas, descansada, relaxada, elegante, e, bem, perfeita. Ah, penso, se não fosse pelo meu marido...

Sexta-feira

O que os professores bebem na sala dos professores pode dizer muita coisa sobre eles. A maioria cambaleia escola adentro segurando espressos grandes do Starbucks. O Sr. Scroope é um tipo chá com leite e dois cubos de açúcar. Perdita, chá de ervas. Pelo resto do dia esquentamos a velha chaleira cheia de restos e bebemos aleatoriamente em xícaras com dizeres irônicos — "Professores Fazem com Classe", "Professores te fazem repetir até acertar". A xícara de Perdita, por outro lado, era sacrossanta. Também tinha escrito, ameaçadoramente, "Melhor Professora".

Me jogo num sofá puído que lembra um iaque morto há algum tempo e bebo um pouco do café da sala dos professores. Ele tem um gosto tão sem graça quanto estou me sentindo. Penso desanimadamente na minha última semana. Assim como as poças deixadas em volta da banheira, e os restos de unhas cortadas deixadas em criados mudos, as provas de que Rory foi expulso da escola Como Ser Um Bom Marido começaram a se acumular.

Alguém não disse certa vez que a vida é só uma coisa depois da outra? Para mães que trabalham é a mesma coisa, de novo e de novo, em um ciclo sem fim. Mas em um ritmo muito rápido. Como correr na areia movediça. Para mães que trabalham, cada dia se parece muito com andar por aí segurando uma granada com metade do pino para fora.

Não importa quanto eu quisesse ser uma daquelas mulheres que consegue trocar uma fralda com uma das mãos enquanto prepara um suflê com a outra, ao mesmo tempo em que participa de uma chamada em conferência, o que me tornei, em vez disso, fora em um clichê. Quando escuto as banalidades saindo de minha boca, é como se secretamente houvesse sofrido lavagem cerebral por fitas sugestivas chamadas Clichês de Esposas, Vol. 2.

Era de se estranhar que na sexta à noite eu me encontrasse com o mesmo comportamento, pernas doídas e flutuações de humor de uma aeromoça de voos internacionais? Talvez Jazz estivesse certa afinal. Talvez eu estivesse zangada com Rory, e essa era a razão pela qual não sentia carinho por ele na cama. Ah, maravilha. Agora eu tinha que encaixar meu mau humor num cronograma já apertado demais.

Também tinha a impressão de que era hora de um golpe de estado no Santo Reino do Matrimônio.

7. Mulheres que conversam

Na minha opinião, conselho é igual à sífilis. É melhor dar que receber.

Devo deixar meu marido? Essa era a pergunta digitada que piscava no monitor do meu computador na sala dos professores, quando eu e Jazz trocávamos e-mails uma semana depois.

Vacilei. Era uma das perguntas irrespondíveis da vida, equivalente ao motivo pelo qual "monossilábico" é uma palavra tão grande.

Mas eu não iria contaminá-la com minha influência. Olhei em volta da velha sala para as outras professoras. Duas divorciadas. Três separadas. Quatro infelizes no casamento. O problema é que as mulheres casam sem uma saída de emergência matrimonial. Ninguém nunca disse a nós: "Suas saídas são por aqui, ali e ali." Mas eu é que não seria a pessoa a mandar uma amiga saltar de paraquedas rumo ao desconhecido.

Outra mensagem apareceu na tela.

Jazz: Quando Studz chegou do Haiti em casa ontem à noite, disse a ele como e por que ele havia partido meu coração. O conselho do Grande Médico? Tomar duas aspirinas e me deitar. Com ele. Ele atribuiu meu choro constante a "excesso de atividade lacrimal".

Cassie: Canalha.

Jazz: Ele alegou que a horrível realidade de tentar suturar vítimas de minas terrestres deixou-o anestesiado. Disse que a guerra cloroformou sua paixão, e que as cenas horríveis que viu em sua mesa de operação deixaram-no eterizado... E que só tem esses casos para se sentir vivo novamente.

Cassie: Que irônico, considerando que você está prestes a matá-lo! Que vigarista! Como está tomando Viagra, ficou endurecido pelo crime. (Patético, eu sei, mas o melhor que pude fazer, tendo ensinado ciências a manhã toda.) O que mais ele disse?

Jazz: Perguntou se eu queria dormir em camas separadas. Respondi que sim, de preferência em outro hemisfério.

Cassie: Ele vai parar de sair com aquelas mulheres?

Jazz: Ele acha que obviamente esses casos preenchem alguma necessidade que não está sendo satisfeita com o casamento, e que enquanto continuar assim, o parceiro insatisfeito continua sendo infiel. Melhor que destruir o casamento, justificou, era procurar em outro lugar o que está faltando. De acordo com ele, a infidelidade é uma estratégia para manter nosso casamento. É um ato de preservação, não de destruição. É assim que justifica ser um traidor compulsivo.

Cassie: Justifica ser um verme duas caras e mentiroso, quis dizer. O que vai fazer?

Jazz: Colocá-lo para fora, suponho. Bem, não quero passar o resto da minha vida contando as camisinhas dele, quero?

Cassie: Você poderia esconder um GPS na cueca dele. Merda! Tenho que ir. Scroope está no pátio farejando como um cão de caça. É noite de reunião de pais e professores.

Jazz: Vejo vc hj na abertura da Hannah na galeria. Não atrase. Tem mais uma coisa que quero conversar com vc.

Cassie: Ajuda para encontrar um proctologista de mãos bem geladas para seu próximo exame retal?

Jazz: Achei um caroço. No meu peito.

Um caroço? Olhei para o pequeno cursor verde piscando neuroticamente na tela do computador. A mãe de Jazz havia acabado de morrer de câncer. E não era hereditário?

Dei minha aula da tarde e sentei durante a reunião de pais e professores num estado de angústia, com um nó no estômago. As meninas de 10 anos da minha turma haviam acabado de completar seus mais de 11 exames para ver em qual escola do próximo ciclo de estudos entrariam. A competitividade entre os pais era nauseante. Pais londrinos são tão desesperados para que seus filhos entrem na escola certa que começam a corrida já nas melhores clínicas, segurando seus exames de gravidez, palitinhos cor-de-rosa ainda pingando de urina.

— Minha filha tirou dez em tudo, então estamos confiantes de que ela vai ganhar a bolsa de música. Ela só está no quinto ano, mas ganhou os melhores elogios. Quer ser solista e cirurgiã cerebral. Você tem uma filha, não tem? O que ela disse que queria ser aos diretores das escolas que tem em vista?

— Trampolinista e espiã, acho que foi assim que Jenny disse.

— Ah. — Breve silêncio, seguido por um sorriso de pena. — Que, hum... original.

O pai excessivamente confiante usa o lindo mas aterrorizado sorriso de um acrobata na corda bamba. Uma das radiantes mães estava preocupada por seu filho ler quadrinhos de caubói em vez de livros clássicos. Qual foi o meu conselho?

— Hum... não se agachar usando suas esporas?

Meu próprio filho acabara de entrar numa banda chamada "Jerk to Inflate" e escrevera uma música chamada "Meu cão comeu o cérebro de Hitler", então eu realmente não estava em posição de dar conselho a ninguém.

Eram oito e trinta e cinco da noite antes de eu cambalear para fora da sala. Geralmente eu encontrava as outras professoras para um drinque para encerrar a "Competição de Pai Mais Gato", mas essa noite tinha que encontrar Jasmine. Estava correndo na direção da porta quando o diretor saiu de seu escritório como uma enguia sai debaixo de uma pedra.

— Hoje cedo, quando mandamos os alunos levantarem durante o hino nacional, aparentemente vários de sua classe plantaram bananeira. Quando foram à minha sala, afirmaram que disse a eles que ninguém havia especificado em que ponta deveriam apoiar.

— Bem, na verdade ninguém especificou mesmo. E sangue no cérebro inclusive revitaliza a...

— Eu gostaria, Sra. O'Carroll, que mantivesse seus sentimentos antimonarquia para si mesma... se quiser uma carreira com educação, quero dizer. E acha mesmo que essas calças são aceitáveis para uma mulher usar no trabalho?

O que eu gostaria de saber era quão aceitável era um diretor tão gordo usar um terno tão apertado que parecia uma camisinha cheia de mingau de aveia. E o quão inaceitável era levar uma bronca na frente de minha rival, Perdita, que espiava detrás dele com um semblante de um gato que acaba de roubar um peixe.

— Sim, senhor. Não, senhor — respondi acovardada. Era submissa demais, sabia disso. Possuía o tipo de complacência que pressagiava uma longa carreira de intimidação. Também significava que de agora em diante teria que me vestir igual a uma freira. Maravilha.

— Cassandra — começou Perdita, depois do diretor descer furioso o corredor, um navio de batalha de 60 anos com canhões de moral a pleno vapor —, sei que ambas estamos concorrendo à mesma vaga e que vença a melhor! Mas isso não significa que não possamos ser amigas. Por que não vamos tomar um drinque uma noite dessas?

Eu preferia ser presa através de minha vagina numa estaca em cima de um formigueiro. Que tal nunca? Nunca está bom para você? Foi o que pensei. Mas "Terei que ver a minha agenda" foi minha resposta. Eu realmente precisava de um curso de Urubu para Iniciantes porque Perdita não queria ser minha amiga. Sua vontade era revirar o meu cérebro como se fosse a carcaça de uma galinha. Os inspetores da escola estavam atrás de criatividade. Perdita era meticulosa, mas sem imaginação. Quando ela via a arte doida dos meus alunos no mural, expressava uma curiosidade condescendente, mas estava bem ciente de que aquilo me rendia Excelentes nos meus relatórios pelos inspetores.

Quando finalmente cheguei à galeria de Hannah naquela noite para a abertura para convidados de sua exposição mais recente, estava destruída não apenas por trinta entrevistas com pais, um esporro do diretor e pela ansiedade acerca de meu exílio na Sibéria dos Orgasmos, como também estava agitada pelo estado dos seios da minha melhor amiga.

Do lado de fora da galeria, tirei meus tênis e torturei meus dedos dentro dos sapatos de salto que levara num saco plástico. Enquanto me balançava precariamente numa perna só, me estabilizando enquanto segurava no braço de um porteiro cheio de esteroides, podia ouvir o murmúrio das vozes; das risadas, da presunção e do luxo. Olhei pela janela e gemi por dentro.

Não sou boa com gente chique. Hannah me levou numa caça às raposas certa vez com uma de suas clientes e minha roupa ficou presa no estribo, caí num arbusto de espinhos e fui mordida por um cão de caça. A raposa morreu, realmente, mas de tanto rir.

Caminhei pelo salão fingindo olhar as pinturas, mas na verdade estava observando Liz Hurley, Mick Jagger, Elton John e um magnata obeso do cinema a quem Jazz sempre se referia como "o homem que comeu o showbiz". Seus narizes eram tão empinados que eu ficava esperando que aeromoças saíssem deles com bandejas.

Também estavam presentes as turminhas aristocráticas de sempre — os patriarcas enérgicos e suas esposas alienadas e sofredoras de longa data, as amantes preferidas, os ligeiramente excêntricos filhos mais velhos viciados em cocaína recém-saídos da reabilitação —, todos sendo convencidos por Hannah a comprar pinturas de sua última descoberta. Parece-me que o valor da arte depende da carteira de seu dono. Sem dúvida fora por isso que Hannah retirara gordura de sua bunda e a injetara em suas mãos, considerando que puxar saco era parte de seu trabalho.

Desejei que Rory estivesse comigo, mas ele odiava arte moderna. Ele se recusava a vir e assistir a tubarões mortos mergulhados em formol. Achava que um tubarão morto não era um *objet d'art*, e sim um petisco de peixe mofado.

Desacostumada a usar sapatos altos e de bico fino, requebrei dolorosamente em meio à festa, procurando por Jazz.

— A obra fala com sua besta interior, não é? — Me perguntou um homem de vestido.

Socorro! Eu precisava achar Jazz, e rápido, nem que fosse por ser a única convidada que não falava aquela língua.

Jazz estava sentada nas escadas usando um sombrio vestido de festa, seus cabelos longos soltos, segurando uma taça de chardonnay e fingindo fumar um cigarro para despistar quanto aos adesivos de reposição hormonal.

— Desculpe o atraso, querida. O que houve? Fez uma mamografia? Como foi? — Sentei num degrau abaixo do dela.

— Bem, eles esmagam seus peitos num liquidificador até seu cérebro sair por suas orelhas, mas não é pior, no quesito dor, que um divórcio normal.

Um comentário daqueles deveria ser tratado com o cuidado que se tem ao passar por uma anaconda cochilando.

— Mas o que a médica encontrou? O que ela disse?

— Ela encontrou um caroço, que parece maligno. Fiz a biópsia imediatamente, por causa do meu histórico — explicou secamente. — O resultado sai em uma semana.

— Ah, Deus. Não vai ser nada, Jazz. Provavelmente só um cisto. — Eu parecia calma, mas meu coração martelava contra meu sutiã push-up. — Studz foi com você?

— Não. Ele tinha outro caroço em mente. Aquele caroço no umbigo inchado da Europa puramente interessado na procura de casos extraconjugais cinco estrelas, também conhecido como França.

Ela obviamente tivera tempo de pensar nessa tirada no hospital. Apertei sua perna compreensivamente.

— Eu teria ido com você à mamografia, amor.

Ela deu de ombros.

— Boba sou eu. Achei que na última hora ele se daria conta de que sua esposa é mais importante que uma reunião na UNESCO. Não admira que eu esteja com câncer, para ser sincera. Exceto por brincar com amianto, não existe risco maior para a saúde que um casamento infeliz.

Eu estava pensando numa resposta quando Hannah passou por nós. Ela se misturava à multidão, como sempre, num vestido laranja de veludo e turbante azul-turquesa.

— Ah, aí estão vocês duas! — Ela plantou um Jimmy Choo no degrau e nos olhou de cima a baixo. — Cassandra, que pouca autoestima você deve ter pra usar porcarias como essa quando estou sempre lhe oferecendo minhas desistências — reclamou. O lema de Hannah é: "Se o vestido couber, compre em pelo menos quatro cores". — Onde está Studz?

— Petição na UNESCO. Supostamente. Está vindo direto da Waterloo Station.

— Aquele homem vai morrer de tanto trabalhar.

Jazz sacudiu um ombro delicado e nu.

— Ah, bem. Vamos todos morrer um dia.

Fiz uma cara de "cala a boca" para Hannah.

— O quê? — murmurou para mim. — O que eu falei? — Mas ela estava nos olhando com tanta perplexidade que Jazz explodiu numa gargalhada.

— Tirei um caroço — anunciou. — E vou me divorciar.

Se Hannah pudesse erguer uma sobrancelha, tenho certeza de que o faria, mas, sendo adepta do Botox, tudo que tivemos foi uma discreta piscadela para denunciar sua aflição.

— Caroço? Porra. Bem, e acha mesmo que deveria estar fumando? — Hannah agarrou o cigarro que Jazz fingia fumar e o largou num cinzeiro. — E divórcio? Não pode possivelmente estar se divorciando. E quanto ao Josh? Que tipo de exemplo vai ser com isso?

Jazz acendeu outro cigarro desafiadoramente.

— Ser um bom exemplo para seus filhos adolescentes meio que tira toda a graça da meia-idade, não acha?

Hannah pôs suas mãos perfeitamente manicuradas em seus quadris magros graças à dieta do Dr. Atkins:

— Meus pais se divorciaram quando eu estava no jardim de infância, mas, de qualquer forma, não vamos falar de por que roí as unhas até sangrarem até ter, deixe-me ver, 27 malditos anos.

— Escute, querida — emendou Jazz —, eu também não acreditava em divórcio... até me casar.

— Qualquer um pode se divorciar. Fazer durar é que é difícil. — Hannah deu sermão. — Tenho certeza de que Studz está apenas tendo uma pequena crise de meia-idade, queridinha. Não pode abrir um pouco a cabeça até ele superar?

— Minha cabeça não foi aberta, foi esvaziada. Já tive humilhações suficientes, Hannah — explicou Jazz, sua voz apenas um sussurro desolado. — Acho, portanto, que estou divorciada.

— Falando no diabo... — Acenei com a cabeça na direção da porta. O incrivelmente bonito marido de Jazz havia acabado de entrar na galeria, de maleta e casaco de couro no braço. Ele cintilava. Ele reluzia. Ele ofuscava os lustres de cristal. O salão estava cheio de modelos magras como pinos de boliche. E foi o Dr. Studlands quem as derrubou de uma só vez. As mulheres pulavam nele como se fosse o último helicóptero partindo de Saigon.

Por um momento, Jazz fez sua expressão Madame Defarge, enquanto assistia, com olhos atentos, de camarote. Então sua expressão se desfez e ela abruptamente virou de costas.

— Estou tão cansada de ver meu marido andar por aí como algum tipo de rei medieval fazendo sua seleção de férteis donzelas.

A mão cheia de anéis de Hannah estava em seu braço, tranquilizadoramente.

— Quando saem os resultados da biópsia?

— Final da semana.

— Vamos cuidar disso antes de você passar por qualquer tipo de quimioterapia matrimonial — sugeri gentilmente. — Está bem?

— Isso. Não faça nada até lá, queridinha. Precisamos conversar com calma — aconselhou Hannah.

Então nós conversamos. Conversamos tanto que nossos lábios perderam peso. Foi como aeróbica facial. A dieta de Abrir a Boca.

Conversamos na fila do banheiro de um teatro em West End com sua combinação normal de 250 mulheres desesperadas e dois banheiros entupidos.

— Mas por que divórcio? — Hannah estava passando batom vermelho habilmente sem ajuda de um espelho.

— Porque, infelizmente, o uso de cálices envenenados parece não estar mais na moda no casamento moderno — zombou Jazz.

— A infidelidade dele realmente importa quando vocês têm tanto mais? — perguntou Hannah.

Me aei conta de como era extraordinário que as mulheres considerem um marido ser fiel um feito mais importante que, digamos, descobrir a cura para a coqueluche.

— Pascal prevê um retorno aos valores do século XIX. *Fidelité et séduction*, é como ele chama — continuou Hannah. — Gentis e encantadores e carinhosos.

— Isso significa apenas que ele não gosta mais de você — proferiu Jazz.

— Como ousa! — exclamou Hannah com rigidez.

— Se tudo que vão ficar fazendo são chamegos conjugais, bem, acabou, querida. A verdade é que sexo é como o ar — declarou Jazz. — Não é grande coisa a não ser que não esteja fazendo. Em especial quando ele obviamente está — concluiu ela com ênfase.

O sinal do intervalo anunciava os cinco minutos restantes, mas a fila do banheiro parecia apreciar muito mais do nosso pequeno drama ao Ibsen aclamado pelos críticos.

— Poderiam chegar a um acordo. Sabe, como os franceses fazem — sugeriu Hannah. — Não poderiam, Cassie?

Uma das grandes verdades da vida, assim como nudistas são sempre as pessoas que você nunca gostaria de ver nuas, é que nunca se deve interferir no casamento de uma amiga.

— Hum...

— Um acordo? Sim, que ideia esplêndida — interrompeu Jazz. — David pode concordar em transar por aí e eu concordo em matá-lo.

A fila do banheiro aprovou com aplausos. Parece que as mulheres estão reciclando maridos tão rapidamente que deveria existir uma lixeira só para eles. Vidro, alumínio, papel e Marido Chato e Infiel.

De volta ao saguão, fomos varridas pela multidão exultante, explodindo do bar como champanhe, e ainda assim me senti triste. Até mesmo a peça, *Hedda Gabler*, era realmente apenas uma espécie de *Desperate Housewives* norueguesa. Nossas angústias não eram novidade. Eu definitivamente suspeitava de que Hedda tivesse perdido seu orgasmo também — e veja só onde isso a havia levado! A julgar pelas crescentes evidências, o casamento mostrava-se tão excitante quanto uma afta, só que muito mais difícil de se livrar. Como um baterista com QI, um americano calmo ou uma modelo gorda, parecia que um casamento feliz era uma excentricidade da natureza. Mas Rory e eu ainda éramos felizes, apesar de alguns desentendimentos e um pouco de desencanto ultimamente... não éramos?

Conversamos durante as compras.

— O bom de ser mulher é que, não importa quão ruins estejam as coisas, sempre podemos ir às compras — declarou Jazz enquanto subíamos as escadas rolantes da Selfridges.

— Armani que estais no céu, santificado seja o vosso nome — ajoelhou Hannah.

— Li um artigo que dizia que os típicos sintomas de estresse são comer demais, comprar por impulso e dirigir muito rápido. Estão brincando? Pra mim isso é um dia perfeito — acrescentei alegremente. Eu tinha uma hora inteira de indulgências antes de ter que buscar as crianças na aula de tênis.

Enquanto nos perdíamos em meio às araras, delírios de liquidação e consumo sem culpa, Hannah tentava convencer Jazz de que ela precisava se vestir de forma mais sedutora para ganhar de volta a devoção de seu marido. Eu também estava na linha de fogo de estilo.

— Nunca vai conseguir a promoção com sapatos assim. De onde tirou isso, aliás? — quis saber Hannah, apontando para meus sapatos de camurça.

— De algum lugar do fundo de meu armário.

— Queridinha, seus sapatos estão tão no fundo do armário que são gays. Agora... — Ela checou para ver se Jazz estava ouvindo. — Precisamos conversar. Jazz não pode se divorciar. Maridos são tão parecidos que é melhor ela ficar mesmo com o canalha com cujos hábitos alimentares e peidos já está acostumada.

Na verdade eu preferia escutar um CD da Yoko Ono a ouvir Hannah me dando sermão sobre os motivos pelos quais Jazz deveria permanecer casada. Mas quando tentei me afastar, ela pegou meu braço.

— Quer mesmo condenar sua amiga a uma vida sozinha, comendo refeições prontas esquentadas no micro-ondas e vendo reprises de *Sex and the City*?

— Não acho que Jazz esteja interessada em encontrar outro marido, Hannah, apesar de um bilionário velho com uma grande coleção de arte e que esteja bem doente possa soar interessante, suponho.

Mas Hannah se recusava a achar engraçado.

— Divórcio é uma péssima, péssima ideia, Cassie. E você vai me apoiar, certo?

Afora masturbar animais enjaulados para inseminação artificial, não poderia pensar num pedido pior. Eu ia enrolar, mas como sempre não fiz exatamente isso.

— Humm, é claro.

Conversamos, nuas, no vestiário da academia depois da hidroginástica.

— Se nadar é tão bom para perder peso, como se explica leões-marinhos? — arfei, me equilibrando numa perna só como um flamingo asmático enquanto enfiava uma perna molhada na calça. Jazz permaneceu sem demonstrar nada. — Anime-se, amor. George Clooney ainda está solteiro. Isso sim é motivo para sorrir.

— Não. Motivo para sorrir é que a cada sete minutos, todos os dias, um marido, em algum lugar do mundo, morre. —

Jazz olhou em volta para ter certeza de que Hannah não estava ouvindo, mas nossa amiga sofisticada ainda estava no chuveiro passando seu último creme anti-idade, uma mistura qualquer de linguado picado da Transilvânia e bicho preguiça amassado.

— Precisamos conversar. Você tem que me apoiar frente à Hannah — pediu com urgência. — Sem a lubrificação do amor, os encaixes do casamento se friccionam até virarem poeira, não acha?

O que achava é que ela andava ouvindo Leonard Cohen demais.

— Hum...

Seus dedos apertaram meu ombro.

— Não há nada mais solitário que um casamento infeliz — continuou Jazz. — Gloria Steinem certa vez disse que a maneira mais fácil de ser sozinha era se casar. Sou como uma mãe solteira casada, e você também é, Cass. Mas Hannah é tão crítica. Você vai me apoiar, certo?

Mastigar a cueca de um halterofilista albanês teria sido uma opção melhor.

— Claro.

Minha melhor amiga pulou de alegria.

Eu também pulei — da ponte mais próxima.

No dia dos resultados dos exames de Jazz, o hospital ligou dizendo que precisavam fazer mais testes. Isso não parecia bom. Hannah e eu largamos tudo imediatamente. Depois de telefonemas frenéticos arranjando programas para as crianças e mais uma vez jurar arranjar uma babá (a maioria das crianças inglesas de classe média não faz ideia de que suas babás não são suas mães até terem cerca de 10 anos, o que pode ser bem traumático considerando que elas só sabem falar croata), fui da escola direto para a casa de Jazz.

Não estava preparada para Studz atender a porta.

Era um daqueles raros dias de inverno quando o sol, baixo no céu azul e sem nuvens, penetra fundo nos seus olhos. David Studlands estava aceso como se debaixo de um refletor num palco. E como sempre, cintilava.

— Entre — disse na sua voz suave, com uma das mãos quentes na minha lombar. — Quer beber alguma coisa? Jasmine foi buscar Josh na escola.

Ele me guiou até a sala de estar.

— Não, obrigada. Eu...

Mas Studz já estava me servindo uma taça de merlot. À luz do sol ele parecia subitamente mais novo. Tive uma breve lembrança de seus dias de estudante — cabelos despenteados, jeans gasto, um meio sorriso se derramando pelos lábios. Quando ele virara tão canalha?, me perguntei. Uma onda de fúria me invadiu, superando minha falta de ousadia.

— Não vou ficar de conversa fiada com você, Studz... mesmo sabendo quanto gosta de falar sobre seu pênis... pra não falar em como gosta de pensar com ele. Por quê? Por que diabo tinha que magoar Jazz dessa maneira? — Caí furiosamente no sofá.

— Ah, entendo. O conluio andou se reunindo em volta do caldeirão. — O marido de Jazz levantou as mãos. — Estresse. Exaustão. Estou praticamente com toda a responsabilidade da Fundação de Medicina para as Vítimas da Guerra nas mãos.

— Mesmo? — Olhei para ele sem piscar, como um lagarto. — E o que mais anda fazendo com as mãos?

Mas em vez de ficar ofendido, Studz apenas riu. Ele era o homem-teflon. Insultos não grudavam nele.

— Sabia que Jazz está prestes a pedir que você fique de joelhos e pergunte "Quer ser minha ex-esposa?" — Fiz uma pausa e Studz me olhou com olhos inchados e vermelhos. — Como pôde fazer isso com ela? — perguntei mais uma vez. — Você partiu o coração dela.

Ele deu de ombros.

— Homens vão atrás de mulheres mais jovens em busca de algo a mais — argumentou ele sem demonstrar emoção —, por medo da humilhação e horríveis machucados que podem resultar de pedirmos esse "algo a mais" em casa.

Studlands me olhou fixamente mais uma vez. Seus olhos, uma mistura ácida de laranja e verde, ficavam ainda mais melosos à luz do sol da tarde. Enquanto se movia em direção ao sofá me ajeitei para dar espaço, mas ele se sentou muito perto de mim. Podia sentir o calor da sua coxa ao lado da minha.

— Por outro lado, diferentemente da maioria das esposas, sempre achei que você devia ser muito criativa na cama, Cassandra.

— Ah, sim, sou mesmo — respondi friamente. — Faço origami, macramê e bordado.

— Existe vida depois da infidelidade? É claro que sim — continuou ele, suavemente. — O conceito de monogamia está morto.

— Para vocês homens talvez esteja. Homens bons em fidelidade são como aquele ditado que... eu não sei, que Gandhi era bom de prato.

— Qual é, Cassandra. Há quanto tempo você e Rory estão casados? Não gostaria da emoção das mãos de um estranho em sua pele? Do calor da boca de outro homem?

Ele estava olhando fixamente para mim — não, para dentro de mim — com certa selvageria em seu olhar, e logo sua mão já estava na minha coxa.

— Não está meio velho pra brincar de médico? — Bati na sua mão com raiva. Teria dito mais, porém minha melhor amiga havia acabado de chegar.

Josh andava atrás dela.

— Mamãe — ele me cumprimentou com um aceno, largando a mochila e indo até a geladeira —, me ajuda com meu trabalho de artes?

— Claro, querido.

Studz riu zombando tão alto como se estivesse assoando o nariz:

— Sua mãe? Usando o cérebro? Ela é do lar há tanto tempo que acho que ele já enferrujou, garoto! — condescendeu, voltando para seu escritório.

— Tem razão. Devo mesmo ser burra — replicou ela. — Digo, veja só com quem me casei.

Quando ficamos sozinhas, Jazz mordeu furiosamente a própria bochecha. Ela se serviu de um drinque. Estava tão chateada que se esqueceu de acender um dos cigarros que não fumava de verdade.

— Tenho pensado, Jazz — comecei. — Sabe como você vive me perguntando sobre o que deve fazer. E sabe como, junto com enfiar um garfo numa tomada elétrica, a coisa que menos gosto é de dar conselhos para uma amiga quando se trata de seu casamento? Bem, eu decidi que sim. Sim! Deve se divorciar do cafajeste. Esse homem é cruel. Me admira que não esteja em algum lugar por aí atirando virgens dentro de vulcões.

— Obrigada, Cass. — Ela relaxou visivelmente. — Pela maneira como Rory te trata, você também deveria se divorciar. Apenas lembre-se de que, estatisticamente, cem por cento dos divórcios começam com o casamento.

Olhei curiosa para ela. Estava falando sério? Ela realmente achava que eu poderia simplesmente guardar Rory no armário debaixo das escadas com todos os outros utensílios domésticos quebrados?

— Vou conversar com ele. Quando Rory perceber quanto tem sido egoísta...

— Conversar com ele? Haha! — gritou Jazz. — Ele não vai se lembrar do que está falando. Homens têm déficit de atenção. É meio como uma amnésia de conveniência. A única coisa boa disso é que se pode fazer piadas de como são inadequados bem na cara deles, pois não estão ouvindo mesmo.

— Quando explicar o que sinto, ele vai...

— Sentimentos! — Hannah chegava usando Prada roxo. Josh tinha deixado-a entrar no corredor, onde lutava para fechar um guarda-chuva. — É claro que homens têm sentimentos! Meu Pascal é muito emocionalmente inarticulado, queridinha. — Ela segurou a garrafa de vinho tinto da mão de Jazz e lhe deu dois beijinhos no ar com um olhar de "Está bem?".

— Isso é ilusão, Hannah. As mulheres passam mais tempo pensando sobre o que os homens pensam do que o tempo que os homens passam pensando.

— Bem, vou dar uma chance a Rory para mudar — decidi.

— Mudar? Haha! — zombou Jazz. — Nunca vai acontecer. É tão provável quanto o cara que conserta a máquina de lavar chegar na hora marcada, no dia combinado.

— Pode existir amor no casamento. Quero dizer, você ama Pascal... não ama, Hannah? — insisti.

— Queridinha. Estamos tão acima das nuvens que temos que olhar para baixo para vê-las. Ele está preparando salmão para o jantar agora mesmo. Prova de quanto me ama!

— Pascal tem que amá-la — interrompeu Jazz. — Você o sustenta. O casal inter-renda é o novo casal inter-racial. Eu os declaro marido e mansão.

— Sei que está ansiosa por causa dos seus resultados, Jasmine, e eu deveria ser legal, mas você pode ser tão megera às vezes — retaliou Hannah.

— Não, não posso. — Jazz acendeu um cigarro e fumou de mentira. — Se eu fosse uma megera de verdade, diria a Cassie que seu marido é um canalha preguiçoso e misógino, e nunca fiz isso, fiz?

— Só porque você está infeliz no casamento, Jazz, não menospreze o de Cassie ou o meu. — Hannah apagou o cigarro de Jazz veementemente e limpou as mãos.

— Ainda gosto mesmo de Rory, Jazz — acrescentei. — Não estamos exatamente nas nuvens. Mas apenas um pouco abaixo delas, com certeza.

— Talvez estejam. Mas mulheres precisam de intimidade emocional para continuarem atraídas por um homem. E como pode se sentir emocionalmente íntima de um homem de quem se ressente por não ajudar nas tarefas de casa?

Ela disse algo pertinente. Sim, eu adorava Rory, mas, ultimamente, minha maior fantasia sexual era descobrir que ele apanhara sua cueca do chão. Mas divórcio? Parecia tão extremo. Tão roupas íntimas de cetim e drinques com gim. Se reféns no Iraque sobreviviam acorrentados a um radiador, certamente eu conseguiria aguentar um pequeno peso em meus ombros. Meus pais ficaram casados durante quase quarenta anos. Como conseguiram?

Passar tempo com a família é como comer couves-de-bruxelas, uma tarefa indesejada que toleramos no Natal. Mas eu era próxima a meus pais, que dividiam seu tempo entre Sidney e Surrey. Então, no domingo seguinte, enquanto aguentávamos um tradicional churrasco inglês, comendo salsichas carcinogênicas meio cruas feitas de focinhos de porco e tetas de vaca, ao mesmo tempo em que o vento chicoteava nossas costas, encurralei minha mãe.

— Mãe, preciso de conselhos. Ultimamente Rory, eu não sei... tenho sentido que faço tudo e que ele está se aproveitando. Ele é tão emocionalmente distante.

Minha mãe riu de forma cáustica:

— Espere só até se aposentarem e ele descobrir a internet, querida. Toda vez que seu pai volta de viagem ele corre até o escritório e abraça o computador gritando: "Querida, cheguei." Digo, ele me ignora completamente o dia todo, até come em frente ao computador, e depois volta pra mim para uns tapinhas e cócegas à noite! Quando mal nos falamos! É enfurecedor.

Meu estômago se apertou. É isso que devo esperar?

— Mas não falou com papai sobre isso? Não reclamou?

— Falar? Ah, não, querida. Não adianta. Às esposas resta apenas beber gim e suportar — concluiu com sarcasmo, enchendo meu copo.

Posso até ter começado a me tornar fisicamente parecida com ela, mas queria mesmo virar minha mãe emocionalmente? Ser condescendente e conformada? Andar por aí, suspirando pela eternidade, com meus sentimentos congelados e sonhos embalados a vácuo?

Minha mãe podia ter apertado CTRL+ALT+DEL em sua autoestima, e o casamento de Jazz podia estar desmoronando diante dos seus olhos, mas o meu não ia entrar nessa mistura. Era só que Jazz estava tão infeliz que eu começara a ficar matrimonialmente psicossomática. Sim, era isso! Começara a desenvolver sintomas de divórcio. Mas Rory não era preguiçoso nem misógino nem emocionalmente inarticulado. Tudo bem, recentemente o ar andava escapando de meu casamento como de um pneu furado. Mas era hora de consertar as coisas.

Minhas amigas me avisaram que eu era ingênua... se eu apenas tivesse escutado.

8. Amar, limpar e obedecer

Num casamento, não conversar é pior que brigar. Portanto me determinei a conversar com meu marido na manhã de sábado, durante o café.

— Rory, acho que não me lembro de meus votos de casamento terem sido "Amar, Limpar e Obedecer".

— O que exatamente esses japoneses estão pesquisando nas baleias? — Foi sua resposta. Ele estava examinando uma matéria do *Animal Welfare*.

— Rory, está me ouvindo?

Ele mastigou um pouco de cereal, derrubando leite.

— Quero dizer, já mataram tantas e ainda assim não fizeram nenhum pronunciamento. Vão subitamente revelar que baleias sabem sapatear? Cantar à tirolesa? Calcular?

— Ótimo! Você nem escuta eu perguntar se está me ouvindo!

(Lembrete: Nunca tente conversar com um homem se um jornal, programa esportivo ou trabalho do escritório estiver a um raio de um quilômetro.)

— Hein? — Rory estava tão desacostumado comigo gritando com ele que ergueu os olhos surpreso e ofendido. Mas dessa vez eu não ia seguir a tradição anglo-saxônica de guardar tudo para um dia enfim explodir psicologicamente na seção de queijos da Sainsbury's.

— VOCÊ NUNCA MAIS ME AJUDOU EM CASA.

— Hein? — Uma cabeleira cheia e desarrumada caiu sobre seus olhos. — Isso não é verdade, gatinha.

— Rory, sua única contribuição para alguma coisa doméstica ultimamente foi quando seu irmão e a nova namorada estavam vindo e te pedi para arrumar o quarto do consultório e você colocou a babá eletrônica embaixo da cama para ouvi-los transando. Digo, quantos anos você tem mesmo?

Sorrindo atrevidamente ele respondeu à minha pergunta com um melódico arroto.

— Tinha esperanças de que um dia você crescesse e talvez descobrisse que um arroto não substituiu a conversa depois do jantar — suspirei, empilhando jornais na lata de reciclagem. — Tudo que peço na vida é higiene no banheiro. Fazer xixi na tábua da privada, deixar sua cueca largada no chão... você é como um animal marcando território.

— Mas temos faxineira.

— E daí? Ainda é necessário limpar para a faxineira. Além disso, ela só vem uma vez por semana, o que não é o suficiente para limpar toda a sujeira que você deixa.

— Onde? — Rory sorriu de forma preguiçosa. — Não vejo toda essa sujeira que supostamente deixei.

— Exatamente o que estou dizendo. Por que é que conseguem ver um seio a 100 quilômetros de distância, mas não enxergam uma meia suja no meio do chão? — explodi, tirando seus pratos do café da manhã. — E ainda tem a parte das crianças...

— Ei, isso não é justo. Ajudo com as crianças. E quanto ao último aniversário de Jenny? Levei aquele sheepdog da cirurgia e todas as crianças ficaram a festa inteira quietas em volta dele no jardim.

— Exatamente. Você faz toda a parte legal, deixando para mim o papel de tirana que tem que forçá-los a comer verduras e escovar os dentes e...

— Faço refeições balanceadas para eles!

— Sim, você dá a eles chocolate escuro e chocolate branco! Pra não falar na insistência quanto aos deveres de casa.

— Aquele Lego que comprei para eles era muito educativo.

— Sim. Você passou seis horas montando uma nave espacial com rotores e módulos lunares enquanto eu levava as crianças ao parque. E isso foi há cinco anos.

— Mas você é tão boa mãe, Cass. É claro que um pai deve dar sua opinião na criação e bem-estar de seus filhos, mas a coisa certa a dizer é: "Sua mãe tem razão."

Minhas ansiedades estavam fortes demais para eu conseguir rir. Eram mega-ansiedades a essa altura.

— Também sou eu sempre quem tem que faltar ao trabalho quando as crianças estão doentes. — Estava odiando o tom rabugento em minha voz, mas não conseguia evitar que minhas reclamações se acumulassem uma em cima da outra, como um grupo de acrobatas chineses. — Por que sou eu quem tem que achar um livro perdido da biblioteca ou uma chuteira sumida? — Era como se outra pessoa tivesse escrito tudo aquilo e eu estivesse só repetindo... um karaokê matrimonial com a banalidade de uma música pop.

— Eu faço coisas...

— Rory, estou há dois meses esperando você montar aquela cama nova da Ikea que compramos para o Jamie.

— Vou montar, tá bom? Sou homem. Adoro desafios em que não se precisa pensar.

Olhei para meu marido. Isso fazia tão pouco sentido quanto republicanos dizendo que vão fazer alguma coisa quanto ao aquecimento global.

— Mas quando? Por que não faz isso hoje? E podia aproveitar e lavar a louça. Os pratos não levitam limpos até as prateleiras sozinhos, sabia?

— Puxa, é tão bom vê-la positiva assim essa manhã.

— Ei, gosto de começar bem o dia. — Antigamente as falhas de Rory me faziam ter mais carinho por ele, um pequeno incômodo de atração e afeição. Agora esses mesmos defeitos me deixavam com os nervos à flor da pele de tanta irritação.

Meu marido se levantou da mesa e envolveu-me com seus braços musculosos:

— Claro que vou ajudar, pintinha. Pode sair e se divertir.

Eu estava prestes a perdoá-lo, mas aquelas palavras me congelaram.

— Me divertir? Não vou "me divertir". Vou comprar comida. — Hoje era meu "dia de folga", então é claro que ia ter que levar as crianças para cortarem o cabelo, deixar uma na aula de dança e o outro no tênis, ir à lavanderia, alugar filmes, comprar adubo para o jardim, encher o tanque do carro, escolher o presente de aniversário do irmão de Rory, pegar minhas receitas de remédio e depois deixar as crianças em festas diversas, no boliche e na aula de alpinismo, em extremos opostos da cidade. Se existe uma coisa que deixa uma mãe louca é largar seus filhos por toda parte. — E espero que faça uma faxina enquanto estou fora também, OK? Ia dizer que essa casa está pior que um chiqueiro, mas nenhum porco de respeito seria visto andando por aqui!

A julgar pelo peculiar odor vindo de debaixo do sofá, bandos de animais selvagens obviamente estavam escondidos ali esperando a morte. Ou talvez fosse apenas o cheiro do nosso relacionamento apodrecendo. Foi quando meu marido disse a coisa mais surpreendente:

— É claro, anjo. — E me soprou um beijinho de adeus.

Todo meu coração, pra não falar em outras partes do meu corpo, se aqueceu. Mal podia esperar para contar a Jasmine como ela estava errada. Rory não era autista ou emocionalmente inarticulado. Eu havia reclamado, ele havia escutado, se comprometido e mudado. Era sensível e carinhoso e meu amorzinho, e não havia necessidade alguma de colocar esse casamento na berlinda.

Três horas e meia depois eu estava de volta, cheia de sacolas de compras. Pude ouvir a música alta a duas quadras de distância. Enquanto lutava para entrar em casa, a vibração dos amplificadores chacoalhava minha espinha. Larguei as sacolas no chão e entrei correndo na sala apenas para encontrar Rory girando maniacamente. Meu marido é o Jimi Hendrix da prática de air guitar. Conhece todos os movimentos. Sabe tocar deitado, atrás da cabeça. O homem sabe tocar com os dentes. Uma vez ele vendeu uma air guitar no eBay por 50 libras.

Usando minhas plantas como os outros membros da banda, uma luminária como microfone, e o espelho como plateia devotada, ele estava berrando a letra de "Smoke on the Water" enquanto se debatia intensamente.

Não preciso nem dizer que a casa não estava se parecendo em nada com a casa modelo que eu imaginara. Parecia mais com um campo de treinamento do Serviço Aéreo Especial. Os pratos sujos ainda estavam debaixo do sofá e a cama da Ikea continuava dentro da caixa, no chão. Rory não ficou nem com vergonha quando me viu parada na porta, e apenas dedilhou sua guitarra invisível com ainda mais entusiasmo, caindo de joelhos em determinado momento para um solo particularmente intenso.

Achei que poderia ser o momento de contar a ele a mais útil dica doméstica de uma esposa: que as manchas de sangue de um marido podem ser eficazmente removidas do tapete usando uma mistura de amido e água.

Que grande surpresa: uma briga começou. Havia muita incredulidade de minha parte, por exemplo:

— O que ficou fazendo esse tempo todo?

— Bom, eu limpei um pouco.

— Limpou...? Por que por mais que existam ratazanas correndo pela mesinha de centro abrigando uma colônia de bactérias capazes de devorar uma criança pequena... um homem ainda acha que está limpo? Hein?

Também houve bastante sarcasmo, por exemplo:

— Que tal uma apresentação de PowerPoint mostrando se é melhor colocar a caixa vazia de suco de laranja na geladeira ou na lixeira? Isso ajudaria você?

Bastante hostilidade explícita, por exemplo:

— Qualquer bunda de marido largada aqui no sofá assistindo a esporte na TV por mais de quatro horas vai ser rebocada e apreendida à custa do dono. Estou sendo clara?

E muito martírio, isto é:

— Acho que eu vou ter que resolver, assim como resolvo Todo o Resto.

Passando ao modo mártir total, rasguei o plástico em volta das peças de madeira da cama da Ikea de Jamie e estudei o manual de montagem. Pegue uma chave Phillips. Abri com raiva a caixa de ferramentas e analisei o desconcertante conteúdo. Quem diabo era Phillip? E por que ele era tão sádico?

— Ah, tudo bem então. — Rory desligou a música a contragosto e cancelou o resto de seu show de rock imaginário. — Se me ajudar não vai demorar muito.

Três horas depois comecei a me dar conta de que a Ikea e seus produtos são responsáveis por mais términos de casamentos que infidelidade. Deveriam se chamar "Prateleiras do divórcio" — só que não eram para parecerem prateleiras, deveria ser a cama nova de Jamie, mas foi assim que ficou. Seis chiliques depois eu finalmente achei um bom uso para a chave Phillips. É um instrumento muito conveniente para cônjuges usarem enquanto se apunhalam até a morte.

Rory se afundou na garrafa de uísque. Fiquei tão deprimida que achei que precisaria de algo mais forte — um gole de solvente de tinta, talvez.

— Olha — cedi —, por que não chamamos uma babá para hoje à noite e simplesmente saímos para conversar?

— Sair? Para onde? Sair me irrita. Restaurantes têm sempre aqueles cardápios com sessenta palavras para descrever uma coisa que chega à sua mesa numa folha de alface, parecendo um sapo doente com um ramo de manjericão espetado em suas costas. Não, obrigado, Cassie. Além disso, o que há para conversar?

— Puxa, eu não sei. Nosso iminente divórcio?!

O dia seguinte, dois de março, foi meu aniversário. O aniversário de uma mãe vem em segundo lugar depois do aniversário de um porquinho-da-índia, naturalmente — nós mulheres sabemos disso. Mas teria achado uma xícara de chá e algumas torradas na cama uma esperança razoável. Mesmo das crianças.

Quando o aniversário é do Rory, compro e embrulho presentes das crianças, planejo um jantar de comemoração completo com direito a bolo em formato de coração e geralmente faço-o se sentir um sultão. Por volta da hora do almoço de domingo, quando ainda não havia tido sequer uma menção de que dia especial era aquele, falei:

— Olha, não estava esperando um avião escrevendo com fumaça no céu as palavras "Eu te amo, Cassie". Ou um letreiro em neon piscando uma mensagem de amor no Picadilly Circus, mas, você sabe, uma flor ou duas para meu aniversário teria sido uma boa. Ao menos lembrou as crianças?

Quando Rory me contou que esquecera e que não comprara nenhum presente para mim, eu sabia que estava apenas tentando me despistar. Obviamente havia planejado uma festa surpresa! Às nove da noite, senti uma pontada de dúvida. E uma pontada maior ainda às dez. Um pânico às onze. Seguida por um ultimato maníaco de "agora ou nunca" às onze e quarenta e cinco.

— Mas eu disse que não havia comprado nada — respondeu ele, perplexo.

— Mas achei que estava brincando! Como pode passar 12 meses pesquisando quinhentos sites na internet e lembrando cada preço para comparar antes de comprar um aparelho elétrico, mas não se lembra do aniversário da própria esposa?

— Não é minha culpa ter esquecido. Quero dizer, não é como se você tivesse dado alguma pista. Ficou na cama a manhã toda gritando "Cadê meu café da manhã de aniversário?" em intervalos regulares? Não. Mandou flores para si mesma de um admirador secreto? Não. Circulou a data no calendário das crianças na cozinha? Não. Além disso, como vou lembrar-me do seu aniversário quando não parece nem um dia mais velha? — concluiu ele bajuladoramente.

Boa tentativa. Mas estava começando a pensar que Rory e eu simplesmente não combinávamos mais. Se a vida fosse como lençóis, de repente ele era um cobertor tamanho king size e eu um forro de cama de solteiro. Deus! Até minhas analogias haviam se deteriorado para se adaptar ao mundo doméstico. Que diabo acontecera comigo?

Havia apenas uma coisa a ser feita. Ficar de mau humor. Decidi não falar mais com ele. Durante os cinco dias seguintes servi suas refeições em silêncio. Virava de costas para ele na cama. No final da semana, já estava uma pilha de nervos, assim como as crianças. Estávamos pisando em ovos. O esforço e a tensão eram palpáveis no ar. O gato havia começado a me olhar com um ar de superioridade como se dizendo: "É nova nisso, não é?"

Na sexta à noite eu não aguentava mais.

— Ah, Rory. Rory, meu amor. — Solucei de alívio.

— Ahn? — respondeu ele, dando-me sua atenção periférica total.

— Vamos fazer as pazes, Rore. Não aguento mais. Tenho chorado até dormir todas as noites. Quero dizer, essa tensão, a raiva, a atmosfera!

Ele apenas me olhou e perguntou:

— O quê?

ELE NÃO HAVIA REPARADO.

PARTE DOIS

9. Não fique zangada, fique irada

Enquanto tocava a campainha da mansão de Jazz e Studz em Hampstead algumas noites depois, ainda estava cismada com as falhas de Rory. Por que é que um homem prefere assistir a reprises de um fracassado campeonato qualquer de peteca entre dois croatas de quem nunca ouviu falar a se comunicar com sua esposa? Apesar de não estar mais certa de Rory realmente ainda se enquadrar na categoria "homem". Ele mais parecia um vaso de planta — ficava simplesmente parado ali, esperando água e alimento.

Parei logo de pensar no assunto pois, ao chegarmos ao corredor de entrada iluminado, percebi que Jazz havia atendido à porta sem camisa. E com isso quero dizer usando batom e glitter sobre um dos mamilos cor-de-rosa, e um adesivo com pingente de paetês no outro. Isso podia prenunciar ótimas ou péssimas notícias, não tinha certeza. Seria uma comemoração? Ou ela queria ficar com seus amigos de fora e deixá-los se divertir uma última vez antes de retirar um tumor assolador

— que, a propósito, já havíamos apelidado de "Studz". Jazz havia me avisado que durante os próximos meses poderia ligar pedindo coisas irracionais. Agora eu me preparava para uma noite de strippers masculinos em cima da hora usando sungas de látex.

— É apenas um cisto — ria Jazz, fazendo uma pequena coreografia, seus mamilos brilhantes balançando. Parecia banhada em felicidade.

Abracei-a com tanta força que fiquei cheia de paetês no queixo e um pingente entre os dentes.

— Onde está o grande espião internacional? Por que não está aqui para comemorar?

— Missão da Anistia em Darfur. Parte de seu programa de Como Evitar Sua Esposa — contou. — Posso não estar com câncer, Cassie, mas ainda estou nos estágios terminais de uma longa doença chamada casamento. — Ela parou para me servir uma taça de Krug Rosé, roubado da adega de seu marido. — Efeitos colaterais? Repugnância e consumo de álcool em excesso.

— Bem, então deve ser contagiosa porque pareço estar sentindo os mesmos sintomas. — Bebi de uma vez o vinho antigo e requintado. — Sim. Nós duas somos bastante felizes no casamento, exceto por um detalhe: nossos maridos.

Quando Jazz sugeriu que todas as esposas deveriam colocar vidro quebrado no café de seus maridos, diverti-me respondendo que aquilo com certeza os deixaria um caco antes mesmo do divórcio.

Jazz ergueu uma sobrancelha bem feita:

— Divórcio? Ah, não. Não vou me divorciar.

— Mas... achei...

— É necessário um esforço sobre-humano para terminar um casamento, meu bem. E a hora nunca é a certa. A mãe de Studz está doente, as provas de Josh estão chegando. Um divórcio faria tão mal a Joshie. Por que uma criança nascida de amor precisa ser condenada a... — Ela acendeu um cigarro e soprou um anel de fumaça para o teto. — ... ver sua mãe jogando concreto na privada e roubando as lâmpadas? — Afastando aquela cena, Jazz enfiou suas longas pernas, lindamente cobertas com calças de couro preto, embaixo de seu corpo no sofá. — Argh. Nem pensar.

— Mas acabei de me conformar com a ideia de um divórcio — argumentei. — Isto é, ficamos parados tanto tempo na mesma posição que desenvolvemos trombose matrimonial venosa profunda. Precisamos da versão psicológica de meias elásticas.

— Não. Nós precisamos é de milhas aéreas para sobreviver à jornada; pontos em milhagem na forma de um amante. Studz disse que a amarga realidade de sua mesa de operações o deixara eterizado. Bem, também fiquei eterizada, na minha cama de matrimônio. Vou seguir o conselho dele e simplesmente sair por aí tendo casos para me sentir viva novamente.

— Transar para se vingar?

— Exatamente.

— Minha nossa. Não vai se sentir culpada? Eu me sinto culpada por tudo. Sei que um dia vão descobrir quem roubou o sanduíche de manteiga de amendoim da sala dos professores do segundo ano e minha vida como fugitiva finalmente vai chegar ao fim. — Tirei o cigarro do meio dos dedos com unhas bem-feitas de minha amiga e o apaguei com um chiado em sua taça de champanhe cheia até a metade. — Estou bem certa de que a culpa representa para os adultos o que o câncer representa para os fumantes.

Os lábios de Jazz, cobertos de batom laranja vivo e ousado, se abriram num sorriso amargo:

— Meu marido me trai com qualquer coisa que ande e agora vou me vingar transando com o garoto que limpa a piscina. Deus. Talvez um dia eu resolva mergulhar em remorso — concluiu sarcasticamente, jogando um casaco de cashmere preto sobre os ombros nus.

Olho impressionada para minha amiga. Depois de sua proximidade com a morte, havia um insensível novo exterior nela. Enroscada no sofá em suas roupas pretas, parecia uma vírgula. Transeuntes parariam para pegar fôlego quando a vissem.

— A melhor coisa em ser mulher... — Hesitou ela enquanto seus lábios faziam uma breve pausa para acender outro cigarro.

— É nunca ter que fazer um discurso de padrinho de casamento? — sugeri.

— ... É viver mais que nossos parceiros e poder gastar todo o seu dinheiro. E é por isso que continuarei casada, mas preparando toda a comida de Studz com leite integral e não tirando a gordura de seu bacon. Estou alimentando-o como a um ganso. Depois de seu infarto, vou comprar um kit de autópsia caseira para verificar eu mesma se o sujeito tem realmente coração. No entanto, até ele estar morto e enterrado, você vai ter que me acobertar em todo tipo de atividade clandestina.

— Ah, um sonho tornando-se realidade. O que sempre quis ser: agente secreta. — Me contorci. — Acha mesmo que ter um caso seja a solução?

— Casos podem não ser a solução, querida, mas com certeza te ajudam bastante a esquecer do problema.

— Que é?

— Por que diabos casei com aquele porco?

Para provar sua teoria, o telefone tocou.

— Não, ele não está em casa. Mas pode passar uma doença para ele, por favor? — sugeriu Jazz num tom de voz irritadiço antes de desligar. — Era aquela paciente dele... a especialista em Sylvia Plath. Está vendo? Elas estão até ligando pra ele em casa agora. — Seus olhos verdes e dourados brilharam de lágrimas. — É tão duro não ser amada, Cassie. Só não quero mais me sentir morta. Isso! — animou-se Jazz. — Apenas me veja como uma agente funerária, querida. Não posso ressuscitar meu casamento, mas pelo menos posso fazer com que ele pareça melhor.

— Então não fique zangada, fique irada. Esse é seu novo lema? Mas onde exatamente vai encontrar esse seu sexy amante?

Jazz serviu-se de mais Krug numa taça limpa.

— Sei lá. Na internet, agências de encontros, classificados...

— Vai confiar na bondade de seriais killers desconhecidos?

— Tem razão — concordou ela com uma risada tensa. — Melhor ficar casada e infeliz sem vida sexual e ter câncer de tanta tristeza.

Ela girou o pendente para mamilo. Parecia que na verdade sua mamografia havia sido um telegrama da Mãe Natureza — um alerta para voltar a viver.

— A coisa mais difícil da meia-idade, amiga, é que ela passa — constatou melancolicamente. — Hoje à noite, começo a ver o que consigo fisgar.

Alguns dias depois, quando conto a Hannah que Jazz havia encontrado um amante em potencial, ela quase se afoga. Estávamos na nossa aula semanal de hidroginástica, nadando energicamente ao som de "Let's Get Physical". Depois de Hannah receber respiração boca a boca de um salva-vidas e jatos de água pararem de sair de seu nariz, minha elegante amiga desafiou a força do Botox e ergueu suas sobrancelhas até a linha dos cabelos.

— O clitóris claramente é a parte menos inteligente do corpo de uma mulher. Então por que Jasmine está pensando com ele?

— Jazz disse que secretamente toda mulher quer ter um caso.

— Hum. Acho que eu preferiria começar a usar heroína. Menos perigoso. O que vocês duas deviam fazer é reacender suas paixões. Vi um guru do sexo na televisão dizendo que casais deveriam ter encontros sexuais no meio da tarde.

— Meio da tarde? Está louca? Onde devo esconder as crianças? Debaixo da pia junto com o resto de substâncias letais encontradas num lar? — "Encontros" soava tão cheio de gaullismo. Mas a única coisa vagamente francesa em mim eram os tufos de pelos nas axilas que me esquecia de raspar no inverno.

De sua posição de supino numa espreguiçadeira à beira da piscina, os olhos de Hannah me interrogavam.

— E onde exatamente ela conheceu esse amante?

— Num chat na internet — respondi atrapalhadamente.

— Ah, que romântico. Para onde vamos? Para sua homepage ou para a minha? Então estamos falando de um perfeito estranho?

— Sim... exceto que duvido que ele seja perfeito. Citou como hobby "cuidar da aura". Ah, e acho que também falava alguma coisa sobre seu signo.

Hannah fez uma careta, seu rosto pequeno igual a um nó cheio de opinião.

— Algumas mulheres gostam de jogar um par extra de calcinhas na bolsa, passar batom, ir a um bar, ver que glorioso Deus do Amor o destino vai jogar em seu colo, e então vão para casa com ele para uma noite de sexo selvagem e violento... A maioria dessas mulheres nunca mais é vista com vida.

— Jazz garantiu que os e-mails dele são muito carinhosos e educados.

— Ah, isso já é um alívio. Ela encontrou o psicopata mais carinhoso e educado de Londres. Ótimo.

— Por isso quer que eu a leve até lá. Para o encontro. Só por precaução.

A piscina estava cheia de mães e crianças para aulas de natação, então Hannah não falou mais nada até estarmos nos chuveiros do vestiário, desviando de band-aids caídos e verrugas. Sua cabeça cheia de xampu subia sobre as divisórias como a de uma girafa.

— Que história mais sem sentido. Totalmente louca. Nós temos que impedi-la, Cassie.

Nós? Essa estava se tornando a palavra mais odiada do meu vocabulário. De jeito nenhum, pensei.

— Claro — respondi, por mais que preferisse lamber o vidro cheio de germes de uma mesa de frios.

— Então o que está dizendo? Que eu devo simplesmente desistir de sexo?

Hannah guardou nosso confronto com Jazz até a metade de nossa caminhada das manhãs de domingo em Hampstead Heath. Estávamos no alto de Parliament Hill, sem fôlego. Abaixo das silhuetas das árvores ficava a cidade rabiscada. O ar poluído no centro de Londres era espesso como sopa. Dava quase para comê-lo de colher.

— Sexo três vezes por semana gasta cerca de 7.500 calorias por ano e é o equivalente a correr 120 quilômetros — contou Jazz entusiasmadamente.

— Trepar com um homem que conheceu na internet vai ser tão divertido quanto correr 120 quilômetros — opôs-se Hannah. Ela estava de quatro, fazendo flexões repetida e negligentemente.

— Homem? Falei homem? — Jazz sorriu de maneira quase sinuosa. — Ele tem 22 anos.

— Diminua a velocidade: Área Escolar — observei, na voz severa de um guarda de trânsito.

Hannah ficou de pé.

— Ah, meu Deus. E se ele te estuprar? Ou bater em você? Ou te matar!

— Existem maneiras muito mais eficientes de se machucar uma mulher, sabia? Pode simplesmente casar-se com ela — disse Jazz num tom de voz amargo. — Enfim, estatisticamente mais mulheres são assassinadas por seus maridos, não por um estranho. Ele mandou uma foto. Seus bíceps parecem duas bolas de futebol apertadas dentro de uma meia.

— Ah, pelo amor de Deus, Sra. Robinson. — Hannah olhou severamente para Jazz. — Cassie, estava sabendo que Jazz havia se mudado para a Sunset Boulevard?

Parei meus supinos e deitei de costas na grama salpicada de narcisos.

— Hum, bem, sei lá. Só acho que CDs da Missy Elliot são ligeiramente impróprios para nossa idade, Jazz.

Jazz nos olhou de esguelha desanimadamente.

— Outra coisa boa de ser mulher, até mesmo uma mulher "da nossa idade" — explicou —, é que, diferentemente dos homens "da nossa idade", não precisamos pagar por sexo. — Ela ergueu uma das pernas sobre o banco e se alongou. — Podemos simplesmente arranjar um garotão para brincar.

— Com um garotão, você continua tendo que pagar por tudo; jantares, cinema, viagens — observei despreocupadamente, levantando o olhar para as árvores. — Pagar por sexo na verdade sairia mais barato!

Mas apesar de nossas tentativas de cortar as fantasias de Jasmine como uma faca passando por uma baguete, ela continuou determinada. Hannah me implorou com o olhar para não desistir.

— Além disso, quer mesmo voltar a frequentar boates? — acrescentei. — E aguentar aquela conversa de reciclagem? Aquela chatice interminável sobre o destino da camada de ozônio toda vez que quiser usar spray de cabelo??

— Ah querida, não tenho nenhuma intenção de ficar conversando!

E com isso, Jasmine rebolou colina abaixo, nos dispensando com um alegre aceno de mãos.

— Não vai ajudá-la. Ficou claro? — ordenou Hannah, antes de correr irritadamente atrás de Jazz.

Ah sim, tão claro quanto a vista de Parliament Hill.

E foi assim, num dia no final de março, que Jasmine Jardine, dona de casa de 43 anos e mãe, saiu de sua casa na região arborizada de Hampstead, entrou no Volvo da família, e dirigiu até a área mais suja de Southwark. Seu marido achava que ela estava indo ao cinema. Mas ela passou direto pelo cineplex Swiss Cottage e seguiu em frente, até chegar a uma esplanada em ruínas onde estacionou, ajeitou o cabelo, endireitou a costura de suas meias e rebolou até a porta de tinta descascada. Era seu primeiro encontro em mais de vinte anos. E a primeira vez em que estaria com um homem que conseguia lamber as próprias sobrancelhas (a mais recente revelação do garotão pela internet).

Sei de tudo isso porque estava no carro com ela, armada com uma lata de spray de pimenta e o telefone da delegacia local. Já era ruim o bastante termos que ir ao lado sul do rio, que os moradores do norte de Londres consideram território apache. As indústrias locais de Southwark eram espancamento de joelhos com bastões e tráfico de drogas. A região tem baratas tão grandes que dá para escutar os passos de suas patas gigantes e peludas. Enquanto eu esperava no carro e o tempo se arrastava, uma hora... duas... passou por minha cabeça que estava cuidando de Jazz há tanto tempo que só faltava uma prancheta e um jaleco branco. Quatro palavras cruzadas, três CDs de Mozart e dois pacotes de biscoito de chocolate depois, Jazz cambaleou pela rua, suas roupas desarrumadas, olhos arregalados e cabelos desgrenhados. Parecia um caso urgente numa revista sobre transformações de cabelos.

— Está bem? — Pulei para fora do carro, pronta para recolher os pedaços. — Devo chamar a polícia?

— Só se for para contar a eles sobre o novo jogo que inventei envolvendo língua e clitóris. — Subitamente ela saltou como se num teste para o elenco de Riverdance. — Uau! Meu Deus. Uau! Uau! UAU!!!

— Sério? Como eram os dentes dele? Tinha uma bunda bonitinha? — As palavras jorravam de minha boca. — Está se sentindo culpada? O remorso está te comendo viva?

— Remorso? Estou me sentindo eufórica! — exclamou alegremente. O que achei ser medo era na verdade um estado de pura exaltação. A mulher tinha a mesma adrenalina de realização de alguém que acabara de pular de bungee jump. — Cristo. Todos aqueles anos na escola católica não me ensinaram nada. Pecado é deixar o pecado passar! Sabia que uma vez me sentei ao lado do George Clooney num evento para angariar fundos? E que ele pediu meu telefone?

— Sim, bem. Obviamente é por isso que ele nunca se casou — observei sarcasticamente.

— Homens são como livros. Tantos por aí, tão pouco tempo para todos! — Jazz sorriu timidamente. — Olha, se o bom Deus não quisesse que tivéssemos casos, não teria inventado a lingerie! — Ela ajeitou a meia enquanto entrávamos no carro. — As mulheres são os novos homens! Estrogênio é a nova testosterona! — Ela deu um soco no ar.

— Sim. E besteira continua sendo a velha besteira.

— Escute — explicou —, não é a situação perfeita, mas a vida não é perfeita, é? Vai me dar cobertura essa noite, se Studz perguntar...

— Não sei não, Jazz. Odeio mentir. Eu...

— Do contrário, — ela agarrou meu braço ferozmente —, vou me tornar uma daquelas mulheres loucas que chocam ovos de pássaros dentro do sutiã.

— Bem, colocando dessa maneira... — Ligando o motor, tiro meus sapatos e dirijo só de meia-calça.

— Ele divide o lugar com um amigo. Estudante de música. Tãããão bonitinho. Podíamos sair em grupo! — sugeriu entusiasmadamente enquanto atravessávamos o escuro rio Tâmisa.

— Estudante? Tenho 44 anos! Estou tão velha que o Dr. Morte está na minha lista de discagem rápida. Além disso, sou casada.

— Sabe, não se pode culpar Madame Bovary ou Anna Karenina por se cansarem de seus maridos enfadonhos. O único motivo para se casar é que assim pode ter casos secretos... do contrário a vida seria tão chata que seria preciso casar! — Jazz riu desconsoladamente.

Por um momento fiquei parcialmente convencida por seu raciocínio rápido. Todas aquelas esposas infelizes, fileiras e fileiras de galinhas pondo ovos, agrupadas, chocando ovos em galinheiros cobertos, nossos galos mal-humorados e arrogantes desfilando empertigados no gramado. A previsibilidade daquilo tudo era tão claustrofóbica. Eu queria ficar ao ar livre! Fugir do galinheiro! Ser levada para a selva... ou talvez para um beco escuro com Russel Crowe.

— Hannah disse que eu deveria tentar reacender minha paixão por Rory. Você sabe... encontros no meio da tarde...

— Rá! Não se pode reacender uma paixão. Sou chef e acredite em mim, suflês não crescem duas vezes. Além disso, a vida, assim como cozinhar, é muito mais gostosa quando se muda a receita. Venha num encontro em dupla comigo em vez disso. Entre em contato com sua sedutora interior!

— Vai mesmo vê-lo de novo?

— Santo Deus, claro. — Jazz irradiava alegria, cantarolando sozinha alegremente. — Alguns erros são simplesmente divertidos demais para se cometer só uma vez. Então esqueça isso de reacender paixões, tá bom?

— Tá bom?

— Apenas lembre-se, todos os homens são canalhas e continuarão sendo para sempre a não ser que sejam Johnny Depp, que pode tudo. Entendeu?

— Entendi.

Pensei em como Rory me olhara quando nos casamos. É claro, agora ele só olhava seus animais de estimação daquela maneira. Talvez se eu tivesse pulgas ou patas sujas ele se tornasse mais atencioso. Durante os primeiros seis anos, ah, como havíamos sido felizes. Mas então, depois de as crianças nascerem, ele me compartimentalizou. Era esse o problema. As mulheres amam o dia inteiro, a noite inteira; aquilo significa toda a pizza da vida. Para os homens, é apenas uma fatia. Trabalho, amigos e esportes abrangem as outras fatias. Mas Jazz estava certa. Reacender a paixão era uma ideia ridícula. Não fazia sentido tentar voltar ao cardápio do meu marido... Fazia?

10. O motivo de eu não avisar quando vou gozar é porque você nunca chega perto

Estava em cima de meu marido, montando precariamente como um peão de rodeio aposentado. Era sábado à tarde, as crianças estavam no cinema, a clínica fechara à uma da tarde, e estávamos nos "encontrando" para "reacender nossa paixão".

Tentei mais uma vez um beijo, evitando o hálito de cerveja de Rory e possivelmente o resto de comida que tinha preso entre os dentes. Relembrei com carinho de quando ficávamos bêbados só de felicidade. Aquela rotina de caubói fazia tanto atrito que eu desmontava, me posicionando roboticamente desse ou daquele jeito. Não eram preliminares e sim rotina; fora um desperdício total ter depilado as pernas. Bufei de tédio — um barulho que Rory evidentemente confundiu com um gemido de paixão, pois começou a puxar e mexer aqui e ali. Seu toque era tão erótico quanto uma cortina de chuveiro grudando em meu corpo. Minhas reações eram automáticas, como o reflexo de um joelho que leva uma martelada. Deus. No que havia me tornado? Num molusco? Será que outros casais também passavam por essa rotina de apalpadas inúteis até um dos dois desmaiar? Ele insistiu por mais uns, hum, dois segundos no máximo, então lambeu seu dedo para mais lubrificação. Foi ali que me dei conta de quanto realmente estava infeliz.

Para resumir as coisas, molhei meu próprio dedo e acariciei sua próstata — um atalho sexual aprendido pela maioria das esposas entediadas ou ocupadas. Rory ejaculou com a satisfação de um arroto.

Enquanto ele tomava banho, deitei na cama com cheiro de nada a não ser da falta de significado daquele nosso encontro.

Rory voltou pingando até o quarto, mais ou menos enrolado numa toalha. Ele abriu a porta que dava no corredor e um pastor alemão cheio de pontos pulou na cama, com meu sapato de pele de leopardo novinho e agora mastigado pela metade entre os dentes espumando.

— Já chega! — escutei uma voz se elevando de raiva e percebi que era minha. Minhas emoções estavam à tona. — Pode não ter notado em todos esses anos que estivemos casados, Rory, mas eu realmente odeio animais.

— Ah, qual é, Cass — respondeu, com a toalha em volta da cintura, fazendo sua melhor pose de Johnny Weissmuller, de mãos nos quadris e peito inflado. — Ele só está brincando. Satã, desce daí garoto.

— Satã?! O fato de todo pastor alemão invariavelmente ser batizado de Hitler, Adolf, Eva ou Satã desmente levemente a ideia de que gostam de "brincar", não acha? Esse é o tipo de cachorro que arranca o rosto de bebês só pra pegar seu mordedor.

— Na verdade, é um cachorro muito sofisticado. Só faz suas necessidades em cima do *New York Review of Books*. Esse cachorro nem tenta transar com uma perna a não ser que esteja vestida de Armani — respondeu jovialmente enquanto se vestia.

— Mesmo que seus pacientes não estejam transando com minha perna, eles continuam fazendo coisas horríveis atrás do meu sofá, o que não aconteceria se você fosse um médico de verdade em vez de veterinário.

Não consegui ver seu rosto atrás da franja caída, mas senti que havia acertado em cheio.

— Não há nada de inferior na ciência veterinária — defendeu-se, tenso. — Meus pacientes certamente tiveram que aprender a ficar quietos perto de você, Cassie. Qual é. — Ele coçou o enorme cachorro embaixo da mandíbula babada. — Como pode não amar animais? — perguntou, recuperando sua postura.

— Ah, eu os amo. Ficam deliciosos com molho.

— O que há de errado com você ultimamente?

— Na minha certidão de casamento não havia nada sobre eu ter que tossir bolas de pelo. — Agora já estava de pé, vestindo meu jeans. — Isto é, essa casa já é suja o suficiente, graças a sua cegueira doméstica.

— Ah, Cassie — suspirou. — Por que sempre precisa se estressar pelas coisas pequenas?

— Porque são as coisas pequenas que importam, Rory. A realidade está no que é mundano.

— Mas está clinicamente obcecada. Faz anos que não te vejo sem uma escova de limpar privada nas mãos.

— Ah, e acha que estou fazendo isso por prazer? Não, estou fazendo porque você alega brutalidade psicológica se eu pedir para colocar sua cueca suja no cesto. — Suspirando melodramaticamente, começo a arrumar o quarto.

Rory me pega de surpresa, vira-me de frente para ele, segura meu rosto entre as palmas das mãos grandes, e dá um sorriso atrevido:

— Mas, Cass, é por isso que te amo. Porque lida tão bem com tudo.

A raiva não cabia mais em mim — grande como um submarino emergindo, as ondas aumentando.

— São apenas palavras, Rory, aquelas coisas que não falam mais alto que ações. Só pense nisso. — Me soltei dele e voltei ferozmente à arrumação. — Quantos hectares de torrada acha que já preparei para você? Quantos rebanhos de carneiro acha que já assei para seus jantares de domingo à noite? Quantas famílias de peixes já fritei? Pascal cozinha tudo para Hannah, sabia? O cara prepara salmão! Bem, também quero alguém que prepare salmão, droga!

Rory segurou minha mão.

— Quer parar de afofar travesseiros por um segundo?

— Ah, Deus, odeio isso — reclamei. — Odeio como posso estar te dando uma bronca sobre como devia me ajudar a limpar a casa enquanto você fica parado me assistindo limpar a casa. Trabalho o dia inteiro também, caso não tenha notado!

— Mas vocês mulheres conseguem equilibrar os dois. O cérebro da mulher tem uma conexão dez por cento maior entre os lóbulos esquerdo e direito. Se estiver martelando e a campainha toca, acerto o polegar. Não consigo evitar, entende? — Ele sorriu arrogantemente, achando que ia se safar pela natureza. — É genético.

— Ah, é mesmo? Aposto que não teria problemas fazendo mais de uma coisa ao mesmo tempo numa, digamos, orgia.

Rory agora estava andando atrás de mim, enquanto eu batia gavetas, enfiava roupas em armários e chutava cachorros.

— Se não convidasse tanta gente o tempo todo, não teria que limpar nada — disse Rory com um ar falso de truculência. — Se não é o Coven das Bruxas preparando venenos para maridos no caldeirão, é alguém para comer fondue.

— Você é tão antissocial, sabia disso? "Ah, não, hoje não podemos sair porque já saímos em outubro..." Bem, estamos em março, e para que exatamente ficamos em casa? Não é pelo sexo, disso tenho certeza.

— O que quer dizer com isso? — Manchas escuras começaram a crescer em sua camisa embaixo dos braços. — Aqui vai uma ideia nova, Cassie. Você podia tomar a iniciativa uma vez ou outra... e tentar coisas diferentes. Casais trocam de posição de vez em quando, sabia?

— Sim. Vamos trocar de posição. Você fica no tanque lavando roupa e eu deito no sofá, peido e vejo futebol. Acredite, um marido meio bêbado esparramado em frente à televisão não é exatamente o tipo de preliminar que uma garota gosta, não que você se importe. Não parece nem ter notado que não tenho um orgasmo há mais de um ano.

Ele pareceu estupefato.

— O quê?

— É um cirurgião. É bom com as mãos. Pode improvisar uma cisterna com uma garrafa de ketchup e um cabide em exatamente cinco minutos, e ainda assim não consegue achar meu ponto G? Localização! Localização! Localização! É o único mistério do ponto G, na verdade.

— E só está me contando isso agora? — Rory me lança mais um olhar de esguelha como o de um animalzinho maltratado. — Depois de quantos anos de casamento?

— Um homem sensível teria notado; não precisaria que dissessem a ele. Mas e daí, desde que você tenha o seu orgasmo... Então, simplesmente rola para o lado e ronca, como um homem das cavernas.

— Olha, eu avisei que se estiver roncando posso dormir na sala de cirurgia. — Ele desabou na cadeira da penteadeira, desorientado.

— Rory, seu ronco está num nível de decibéis que só seria tolerável se a sala de cirurgia ficasse na, digamos, Nova Escócia. — Agora ataquei a cama, lutando com o edredom até ele se render. — Mas é claro que não quer conversar sobre isso. A única coisa sobre a qual conversamos ultimamente é sobre como temos pouco sobre o que conversar!

— Na verdade, sabe, posso sim falar sobre sentimentos, e sobre como fico chateado até a morte tendo que conversar sobre sentimentos a porra do tempo todo! — Fuzilando-me com os olhos, ele se levanta. — Isto é, no que está tentando me transformar? Numa drag queen?

— Não. Só estou muito cansada de conviver com um Neandertal. Por que não vai matar um bisão com suas próprias mãos e dar vazão a sua masculinidade?

— Ei, se não fosse por nós homens, os seres humanos ainda estariam viajando pelos sistemas digestivos de ursos, tigres e leões. Quero dizer, o que está sugerindo que eu faça? — Já conseguia ver Rory enfiando as unhas nas palmas das mãos num esforço para controlar sua raiva. — Saia atrás de uma caverna em algum canto e hiberne até você ter vontade de começar uma discussão de novo?

— Eu não as começo, e sim, você.

— Olhe só para nós dois, Cass! Brigamos, e depois brigamos sobre o motivo de estarmos brigando. O que está acontecendo conosco?

— Precisamos de ajuda, Rory. É isso que venho tentando lhe dizer.

Ficamos olhando um para o outro por uma silenciosa eternidade; apesar do relógio ter marcado 27 segundos. Então os olhos do meu marido se estreitam com ar de quem entendeu tudo.

— Sabe quem você está parecendo? Jasmine. — Ele me sacode pelos ombros. — Quem é você? O que foi que fez com minha esposa?

— Sei que odeia Jazz. Sempre odiou. Mas diga-me, você a odeia mais ou menos que odeia todas as minhas amigas?

— Não a odeio. É só que ela está acampada na selva dos sexos, conscienciosamente patrulhando seu pedacinho de terra, como aqueles soldados japoneses da Segunda Guerra Mundial que ocasionalmente saem de partes obscuras de Bornéu só para descobrirem que a guerra acabou e que ninguém se deu o trabalho de informá-los.

— A guerra dos sexos não acabou. Essa é apenas uma nova fachada para encobrir o medo. Testei essa teoria cientificamente e...

— Quer dizer, conversou com suas amigas enquanto tomavam cappuccinos.

— Bem, humm, sim. Mas a questão, Rory, é que se estivéssemos num avião nesse momento, para mim ele estaria caindo.

— A culpa não é só minha, sabe. Pra mim você só vem com gelo e quatro pedras na mão.

— Sorte sua. Porque a única pedra que sinto há anos, está no meu sapato.

— Bem, talvez se parasse de me castrar, me sentiria mais seguro na cama. Isto é, como pode desrespeitar minha profissão desse jeito? Sabe que fui o mais novo da turma de graduação. Cheguei lá mais rápido que todo mundo!

— Ah, isso acontece em tantas coisas que costuma fazer, Rory.

Meu marido me olha como um cachorro que acaba de levar um chute.

— Eu pediria desculpas — começa sarcasticamente —, mas o Tratado da Testosterona obviamente me proíbe de admitir derrota.

— Obviamente. E ele permite algum tipo de Programa de Intercâmbio de Maridos?

— Então o que está dizendo? — continuou. — Que a validade do nosso casamento venceu?

— Se nosso casamento fosse um dos seus animais, teria que sacrificá-lo. Parece-me que estamos naquele estágio onde ou nos divorciamos ou procuramos um "casal interessante para horas de diversão sem inibições!".

Reflexivamente Rory deu um passo para trás. Pela expressão que tinha, teria sido melhor eu ter puxado o pino de uma granada. Os sons do relógio eram a única coisa que se ouvia em meio ao silêncio sufocante.

— Então realmente não tem mais orgasmo? Cristo. O que aconteceu com a gente, Cass? Costumávamos transar como coelhos.

Dei de ombros.

— Estamos com mixomatose matrimonial.

11. As três mosqueteiras

O casamento, definitivamente, é a maneira que a natureza tem de incentivar a masturbação. Só que para mim, masturbação é como dançar sem música, confidenciei a Jazz por e-mail.

"Você é jovem demais para o papa começar a te ligar pedindo dicas sobre celibato, Cass", respondeu ela. "Precisa de um garotão. Pense no assunto."

E pensei. Muito. Pensei quando tive torcicolo e me vi deitada de barriga sendo massageada por um massagista forte e grande, e tive que lutar contra a vontade de virar, tipo um executivo barrigudo, e pedir pelos "bônus".

Pensei quando a professora de educação física nos contou uma piada na sala dos professores. "Por que as mulheres casadas são mais gordas que as solteiras? Porque quando as solteiras chegam em casa, abrem a geladeira e vão para a cama. Quando as casadas chegam em casa olham a cama e vão para a geladeira."

Pensei enquanto lia a reportagem do *Guardian* sobre casamento, que dizia que 42 por cento das mulheres entrevistadas confessaram pensar frequentemente em fugir com outra pessoa. Metade desejava nunca ter se casado. E um terço achava sexo chato. Pensei quando acordei chorando, e percebi que ainda não havia adormecido. Rangia os dentes durante pesadelos e descobria que estava acordada.

Pensei quando visitei meus pais. Na Inglaterra, pais geralmente são encontrados no fundo do quintal, como fadas. Minha mãe chamava a cabana de meu pai de "antessala da morte". Ele desaparecia lá dentro durante horas seguidas. "Só vou lá de vez em quando para ter certeza de que ele está respirando".

Estava atrapalhada do lado de fora de sua cabana no domingo, congelando em volta de um fogo de churrasco úmido — quando meu pai lembrou que era meu aniversário de casamento.

— Vamos lá, Rory. Dê um beijo em sua linda noiva.

Eu estava calculadamente evitando o assunto. A maior surpresa que Rory poderia me dar em nosso aniversário de casamento seria lembrar-se da ocasião. E se alguém o lembrasse, eu teria que aturar algum triste tipo de sexo pseudocomemorativo mais tarde. Entra A Mão. (Pais, não se pode viver com eles — não se pode nascer sem eles).

Minha mãe foi a única que percebeu que eu estava encolhida, endurecida e imobilizada de ansiedade.

— Preciso de uma mudança — confessei. — De emoção... e não estou falando de uma peregrinação até Santiago de Compostela ou alguma excursão de rafting.

O conselho dela foi simplesmente para mergulhar no trabalho.

E foi o que fiz. Durante a semana seguinte me dediquei a escrever relatórios sobre os alunos. Estava tão perturbada, que em duas ocasiões quase escrevi a verdade aos pais: "Não permita que essa criança respire sob circunstância alguma." E, para o pai do aluno mais encrenqueiro da escola: "Faça uma vasectomia. Isso não pode se repetir."

Mas no final da semana, com os alunos descendo aos montes o corredor depois do almoço e o ar elétrico com o zumbido de seu falatório, senti-me desviada com sucesso de minha angústia matrimonial. Se apenas houvesse sido tão fácil me distrair do diretor. Mas lá estava ele, deslizando até mim, suas calças subindo até o peito, a barra não chegando exatamente até os tornozelos.

— Meu escritório — ordenou sombriamente. Se Scroope tivesse queixo, estaria bem erguido.

Já estava sentada do outro lado da mesa quando ele me perguntou se eu achava que ele era o tipo que "cairia no enervante parasitismo das fofocas da sala dos professores?".

Respondi que assim que entendesse o que significava aquela frase, avisaria a ele.

— Você disse mesmo para o Sr. Ratzinger que seu filho havia nascido inteligente, mas o ensino o havia arruinado? — Estava praticamente soltando fogo pelas narinas.

— Bem, é verdade, realmente acho que Jasper se beneficiaria em estudar em casa...

— Faz alguma ideia da imagem de fracasso que isso cria para nossa escola? Acha que essa iniciativa ajuda a transmitir confiança?

O Sr. Scroope sempre falava nesses termos. Aquele homem descreveria fazer amor como "fusão". Chamaria uma orgia de "espírito de equipe". Se referiria a seu aniversário de casamento como "avaliação de desempenho do núcleo". Seus filhos deviam ser "projetos piloto". Um divórcio, "subtração emocional".

— Humm...

— Acho que está na hora de reavaliar seus critérios medidores de sucesso.

E eu acho que está na hora de você fazer alguma coisa a respeito de seu mau hálito crônico, tenho vontade de responder, mas em vez disso sorrio covardemente. Se ser patética fosse uma categoria olímpica, eu seria medalha de ouro tripla, seria mesmo.

— Suas habilidades na sala de aula são criativas, conforme o inspetor está sempre ressaltando, mas também temos regras a seguir. Tive uma mesa-redonda com o Conselho e acho, por precaução, que é hora de você aceitar sugestões de algum colega mais... disciplinado.

E eu achava que era hora de um asteroide cair bem na cabeça dele, seguido por uma mesa-redonda sobre ele ser ou não o maior babaca do mundo. (Com direito a fórum aberto e dramatizações). Me arrepiei. Será que as pessoas sentiam o cheiro de submissão em mim? Eau de Inútil.

— Que tipos de sugestões?

— A Srta. Pendal generosamente ofereceu-se para revisar seu trabalho e certificar-se de que ele está se enquadrando nas políticas da escola. Apesar de ser uma concorrente, gentilmente está permitindo que você beba na fonte de sua sabedoria.

Na verdade, o que eu precisava era de um drinque forte, e precisava agora. Vou querer sabedoria pura com gelo, por favor.

E assim, durante a semana seguinte, tive que enfrentar a desonra de ter a Pequena Miss Sunshine observando meus planos de aula. "Nunca esqueça, você é única, Cassandra. Assim como todo mundo!", falou Perdita. Pior, ela também havia sido incumbida de chefiar o conselho de classe. Ele era, geralmente, um dia relaxado sem as crianças onde os professores bebiam mais chá que o normal e se davam ao luxo de ter um tempo extra de preparação. Mas Perdita fez a equipe se "unir" inventando jogos.

— De que devemos brincar primeiro? — cantarolou para um grupo mal-humorado, segunda-feira de manhã.

Olhei para nosso diretor com desprezo e pensei: "Que tal Roube a Peruca do Canalha Careca?"

Nossa, essa coisa de mergulhar no trabalho estava provando ser tão recompensadora, que seria melhor voltar a agonizar por causa da minha vida particular. Trabalhar, como todos sabem, é um pé no saco. Não é engraçado como as pessoas estão sempre dizendo que casamento dá trabalho?

— Está tudo arranjado. Um encontro em grupo.

Jazz atirou as chaves do carro para o alto e chutou o ar com suas pernas dentro de uma minissaia de couro, seus olhos faiscando de travessura. Fiquei espantada com seu exterior brilhante e volúvel. Queria tanto ser Jazz, aproveitar sua facilidade na vida, o jeito como sempre sabia exatamente quanto dar de gorjeta, e que observação sarcástica fazer... e como cruza as pernas de modo que todo homem que conhecia ficava com vontade de descruzá-las imediatamente.

— Devia vir também, Hannah, para um pouco de atividade extracurricular. — Debruçada para dentro da geladeira de Hannah, Jazz balançava seu bumbum como um pêndulo, para a frente e para trás, enquanto se servia. — Enquanto ainda temos idade. As Três Mosqueteiras.

Os ombros de Hannah contraíram-se em direção aos lóbulos de suas orelhas e ela respondeu altivamente:

— Pode-se até ser jovem apenas uma vez, mas obviamente dá pra ser imatura para sempre.

— Hannah tem me aconselhado a fazer terapia de casal — contei, tentando fingir que não era grande coisa. — Sabe como é, pensar como Jung em vez de como Nietzsche.

— Terapia? — Jazz estremeceu. — Está louca?

— Esse é o motivo pelo qual as pessoas normalmente fazem terapia — respondi, cabisbaixa.

— Fazer terapia para um casamento ruindo é como, sei lá... o coiote naqueles desenhos animados, tentando parar um trem com um galho.

— Achar que não precisa de terapia significa que obviamente precisa. — Uma frieza, a essa altura já familiar, dominava a voz de Hannah.

Escutar as duas tagarelando opiniões contraditórias sobre a minha vida fez meu cérebro se debater como um peixe moribundo. Olhei de uma de minhas melhores amigas para a outra. Lá estava eu de novo — o recheio do sanduíche da amizade.

— Bem? — exigiram as duas em uníssono.

Não queria me juntar às Tristes Adúlteras de Meia-idade Anônimas. Nem queria terapia — a única profissão no mundo onde o cliente nunca tem razão.

— Humm...

Uma coisa era certa. Eu definitivamente pulara a parte "na alegria" de meus votos de casamento e agora certamente estava "na tristeza". Precisava fazer alguma coisa. E rápido.

Mas como escolher entre minhas amigas? Como sempre, minha indecisão venceu.

PARTE TRÊS

12. Falha genital

O volume do orgasmo dela fez os *objets d'art* — peças fálicas e compridas de mogno colecionadas pela terapeuta em viagens para Nova Guiné — balançarem precariamente em cima das estantes de livro.

— Alguns meses tendo minhas aulas e vocês também poderão ter orgasmos quando quiserem! — prometia a terapeuta de casal num tom de voz aveludado. Isso não parecia encorajar a mulher com corpo de pera, pele seca, cabelo escorrido e olhos derrotados e espantados sentada a meu lado, analisando a terapeuta com horror.

O orgasmo espontâneo havia emanado de uma ruiva curvilínea de 30 anos que usava muito lápis labial, um sutiã push-up, e um crachá onde estava escrito Bianca. Essa Life Coach, Hipnoterapeuta Clínica e Curadora de Casamentos tinha aquela vitalidade interminável geralmente associada a funcionários de cruzeiros. Bianca se levantou da cadeira atrás de sua mesa... e então continuou de pé pelo que pareceram horas. Suas longas pernas eram bem torneadas e estavam cobertas por meia-calça arrastão.

— Então, há quantos meses você e sua esposa têm sido sexualmente disfuncionais? — Ela rebolou até Rory, que estava lindo sentado num pufe com cor de merda de cachorro. Bianca jogou suas madeixas cor de tangerina por cima dos ombros, segurou a mão de meu marido na sua e sorriu. Essa mulher sorria como o sol brilhava na Austrália da minha juventude: implacavelmente.

Rory olhou furioso na minha direção. Quando sugeri terapia, ele respondera que preferia ter pregos martelados dentro de cada narina. Mas depois que ameacei negar sexo a ele pelo resto da vida, subitamente cedera — apesar de que dirigir até Muswell Hill na hora do rush com um marido zangado do lado provavelmente não era o tipo de terapia matrimonial que precisávamos, na verdade.

Meu pufe, que estava tentando me comer viva, era tão gasto e barato que poderia ter sido feito de imitação de vinil. Minhas coxas grudavam nele em meio a poças de suor de nervoso.

— Disfuncionais, sim... — Bianca verificou sua prancheta. — Sua parceira acha que você não notou que ela tem demorado mais para se excitar. Qual é sua reação a isso... — Bianca olhou para o crachá escrito em lápis de cera alfinetado ao peito do meu marido —, Rory?

Ele virou seu semblante acuado na minha direção e olhou para mim com ainda mais raiva.

— Então? — insistiu Bianca, apertando a mão grande de Rory.

— Bem, ugh... humm. Segundo minha esposa, nosso casamento... — Rory se afundou ainda mais em seu pufe cor de lama enquanto procurava as palavras certas — ... está com uma junta solta. De pneu furado. Precisa de um ajuste.

Os olhos verde-menta da terapeuta, duros como balas de hortelã, faiscaram. Um marido que falava de emoções usando terminologia de carro? Ela estava mentalmente relembrando o telefone de seu contador para informá-lo de que conseguiria, sim, pagar por aquela varanda no final das contas, considerando que esse casal obviamente ia ficar ali durante anos!

Bianca andou pelo resto do grupo apresentando-se. Havia um pálido par de recém-casados. Um cara cujos óculos estilo John Lennon eram engolidos por seu rosto redondo e expressão lúgubre, e por sua gorda esposa bibliotecária, que anunciou que ele só conseguia ter ereção usando suas lingeries. No pufe ao lado dos dois estava um cliente passando pela terceira gravidez histérica... mesmo sendo homem. O sujeito, cuja peruca parecia um animal morto que, por acaso acabara de falecer no alto de sua cabeça, havia trazido uma amiga imaginária.

Em outras palavras, exatamente o tipo de gente com quem você gostaria de compartilhar seus mais íntimos segredos sexuais.

Enquanto Bianca colocava seu CD da Enya, acendia óleos essenciais no infusor, e fazia piadinhas de apresentação (como "Quantas terapeutas são necessárias para se trocar uma lâmpada? Uma — mas a lâmpada precisa realmente querer mudar!"), aproveitei a oportunidade para examinar o ambiente.

O Centro de Terapia, um prédio de tijolos de dois andares ao norte de Londres, era decorado como o lobby de um motel barato de meio de estrada. Era cheio de plantas sem vida, tapete cinza gasto, mesas beges baratas, luz fluorescente e janelas empoeiradas. O lugar tinha o mesmo ar aconchegante que teria um campo de concentração.

Também pude notar que era o tipo de lugar onde se precisava olhar frequentemente para baixo, porque quando voltei a prestar atenção na conversa, meu marido estava contando a

Bianca que, sim, sua esposa demorava mesmo um pouco mais para se excitar. "Tipo um dia e meio!"

— Humm, já pode calar a boca quando quiser — interrompi, envergonhada.

Mas não importa o quanto aquilo me deixava desconfortável e o quanto Jazz desaprovaria, concordar em pagar as 35 libras por hora para ter meus problemas sexuais expostos publicamente sem dúvida provava que eu realmente precisava de terapia.

— E depois... — contou Jazz vivamente, tirando o cabelo dos olhos —, ele comeu morangos de dentro da minha vagina. Estavam quase cozidos na hora que conseguiu devorá-los!

— Fico tão feliz que estejam cuidando de sua alimentação — respondi, tentando não parecer desconcertada.

Era mais tarde naquela mesma noite e estávamos sentadas em volta da mesa da minha cozinha escutando fascinadas os detalhes das aventuras eróticas de Jazz com seu garotão da internet. Era como uma aula de sexo.

— E então, depois de bebermos champanhe na banheira, o deixei colocar a boca da garrafa gentilmente dentro de mim. A água estava tão quente e a garrafa tão gelada...

— Opa! Obviamente dignidade é a única coisa que o álcool não preserva — opinou Hannah afetadamente, mas nada conseguiria interromper a epifania de Jasmine.

— Em seguida, ele pegou mais algumas pedras de gelo do balde de champanhe e as colocou dentro de mim, enquanto me lambia. Ah, que sensação, o meu calor e a língua quente dele e o gelo derretendo pelas minhas coxas — recordou, enquanto dava uma série de suspiros antes de concluir com uma imprudência jovial. — Então, como foi o seu dia, Cassie?

— Ah, ótimo — respondi desanimadamente. — Aprendi a colocar camisinha num pepino.

A segunda pior coisa em se fazer terapia é a sala de espera. Os jogadores compulsivos invariavelmente tentam induzir os viciados em sexo a apostar com os passivo-agressivos sobre quem consegue fazer os bulímicos vomitarem primeiro.

A pior coisa em se fazer terapia é o terapeuta. No começo de nosso tratamento, no final de abril, Bianca concluiu que eu tinha uma "vagina hostil".

— Como é? — Certamente eu devia ter escutado errado?

— Julgando por tudo que Rory me contou em nossa conversa particular, acho que você tem um distúrbio de excitação, Cassandra.

— Não — contrariei —, o que eu tenho é um emprego, filhos, um marido rabugento, pressão alta, saldo negativo no banco e uma promoção cada vez mais distante.

— Vagina hostil, é? — Rory se balançou em seu pufe e cruzou uma perna em cima do joelho oposto. Seu rosto se abriu num sorriso convencido. Era a primeira vez em semanas em que o via alegre. — Quer saber, Cass? Estou começando a achar que talvez essa baboseira de terapia faça mesmo algum sentido, afinal — gabou-se. — Parece saber explicar sua falta de tesão.

— Ei, quanto tesão sentiria depois de trabalhar o dia todo e chegar em casa só para ter que cozinhar, limpar... e ajudar pessoinhas a construírem torres de petróleo com cabides? E quanto ao seu pênis hostil, hein?

Bianca, que obviamente não gostava de ser interrompida, bateu palmas para recuperar a atenção da turma.

— Certo. Quem sabe os passos básicos para dar prazer a uma mulher?

Levantei uma das mãos.

— Encher a máquina de lavar louça. Não roncar. E dizer a uma mulher que ela não fica gorda quando usa lycra.

Era a vez de Rory falar:

— Ser mais cliterário, certo?

Cliterário? Meu Deus, pensei. De onde ele tirou essa?

Bianca abriu um sorriso de "vai ser o melhor aluno da classe" para meu astuto marido.

— Só gostaria de declarar que 99% dos homens estragam a reputação do resto de nós — continuou Rory perspicazmente, abrindo seu mais adorável sorriso em direção à terapeuta.

O sorriso que Bianca retribuiu era tão largo, que tive certeza de que seu rosto nunca mais voltaria ao normal.

— Bem, e eu gostaria de declarar que aposto que podemos ajudar sua esposa a superar suas inibições — assegurou com seu sotaque suave.

— Minhas inibições! — zombei. — Hum! Estamos falando de um homem que sabe calcular a área de cada quarto de nossa casa, determinar o gasto exato de gasolina de cada quilômetro numa viagem de Calais até o sul da França, onde ele encontra sem nenhum esforço a remota vila de pescadores que nem está no mapa, e, ainda assim, não consegue encontrar meu clitóris? Não, a verdade é que ele nem tem vontade de procurar!

As mulheres da sala deram risadinhas de identificação. Os homens resmungaram sobre mulheres serem exigentes demais. A embaraçosa solução de Bianca foi forçar-nos a assistir um vídeo sobre sexo, mostrando casais "dispostos" em momentos de penetração tão gráficos e mal-iluminados que fizeram minhas pernas ficarem bambas. Colegas de turma cujas pernas ainda funcionavam decentemente levantaram-se trêmulos e correram, deixando buracos no formato de seus corpos nas paredes. Uma coisa era certa. Em breve eu superaria minhas inibições sexuais. Principalmente porque agora seria celibatária pelo resto da vida.

Em meados de maio, a única coisa em que podia pensar era se estava enlouquecendo ou não. Por que outro motivo teria insistido em arrastar Rory para terapia? Hannah era inflexível em que eu deveria perseverar. Todo tipo de terapia era cheio de confrontos e dificuldades, me garantiu enquanto nossos calcanhares eram lixados no salão chinês de manicure local. As coisas iriam melhorar se eu insistisse.

— E não importa o que faça, não mencione suas dúvidas para Jasmine, queridinha. Ela odeia que esteja indo a uma terapeuta.

— Ah, querida, não odeio que esteja vendo uma terapeuta de casais — disse Jazz, entrando no salão atrasada como sempre. — Também vejo um.

— O quê? — Quase caio do meu banco sobre um balde de restos de pedicuro.

— E um instrutor de Pilates e um dentista, além de um professor de ioga e um cara que leva cachorros pra passear.

Hannah se sacudiu com tanta violência que acidentalmente chutou o balde onde estava com os pés de molho.

— O que aconteceu com seu garotão da internet? Não me diga que pegou algum tipo de vírus transmitido por computador.

Mas Jazz continuava imune às alfinetadas.

— Bem, meu número um ainda é meu divino garotão. Mas tenho esse pequeno Deus do Amor de emergência chamado Zen que apara minha grama. Transamos ontem de manhã pela primeira vez, e depois pela segunda, e pela terceira, quarta e quinta ao longo da tarde.

— Humm, Jazz, acho que vai descobrir que ter dois ou três relacionamentos ao mesmo tempo durante um mês te desqualifica como adúltera e qualifica como mórmon — observei. — E quanto ao Studz? Ainda está traindo você?

— Bem, não estou mais o seguindo, querida. Mas ontem à noite ele me disse que havia saído com nosso vizinho, o dentista. E, bem, isso era impossível. Porque eu havia saído com ele, mas obviamente não podia falar nada, podia? Uma situação bem moderna, não? Ame seus vizinhos mas não seja pega. Esse é meu lema.

— Jasmine — disse Hannah séria —, todos esses encontros de uma noite só, por mais que você negue, são apenas uma armadura, bastante frágil, contra o horror e desespero de um coração partido. Sabe disso, não sabe?

O rosto de Jazz se amarrotou por um segundo, antes de se recompor.

— Nunca tive encontro de uma noite só, Hannah — corrigiu alegremente. — Apenas alguns relacionamentos de uma noite só.

O meu relacionamento, enquanto isso, não sabia onde cair morto. Eu acho que existem muito poucas vantagens afrodisíacas em poder visualizar as oito mil terminações nervosas do cérvix de alguém se contraindo durante um orgasmo. Foi isso que pensei enquanto ficava segurando minha virilha e gemendo na frente de oito estranhos, num esforço de liberar meu chi sexual. Corando e suando, estava sofrendo de um tipo de ansiedade em público que não sentia desde aquelas horas hedonistas de dança folk forçada na escola primária Kogarah Bay.

— Os nervos de sua vulva sensorium já estão estremecendo? — Bianca quis saber.

— Humm...

— Menos de 50% das mulheres têm orgasmo durante a penetração. — A voz de Bianca era encharcada de sinceridade. — E vou lhe mostrar como consertar isso. Classe, abram os olhos.

Fomos agraciados com a presença de uma boneca inflável anatomicamente correta, deitada de pernas escancaradas no chão.

— Agora gostaria de um voluntário.

Prendi o riso. Finalmente tínhamos uma parceira para o homem de peruca e amiga imaginária. Nossa "terapeuta" havia finalmente ido longe demais. Mas, para minha surpresa, todos os homens ergueram as mãos candidatando-se. Um minuto depois eu assistia num estado de choque e descrença meu marido ser instruído a como acariciar sua namorada inflável até ela atingir o orgasmo. Recebeu conselhos sobre a pressão, o ritmo e que dedo usar. Depois de passar pelas técnicas de dedo, polegar e palma, Bianca instruiu-o a quando aplicar pressão ao púbis, quando tocar o clitóris de plástico, e quando e como acariciar seus lábios de borracha.

— A versão manual de estimulação é preferencial — aconselhou Bianca. — Você não dirige um carro com sua língua, dirige? Ao dominarmos a técnica de estimulação manual, podemos passar ao cunnilingus. Agora, se essa boneca fosse eu, minha genitália estaria inchada de sangue, minha pulsação estaria acelerada, os músculos se contraindo involuntariamente. Meus pés estariam arqueando e tremendo. Meus seios se encheriam... — À medida que sua voz subia, seu colo, que estava apertado até o peito pela lingerie de renda, pulava para cima e para baixo. — Suor estaria pontilhando meus seios. Meu coração bombearia freneticamente enquanto minha respiração ficaria mais rápida e superficial. Ah, isso. Mais rápido, mais forte, mais rápido. Mais forte!!

Enquanto a boneca atingia seu orgasmo imaginário, Bianca prestativamente fornecia a trilha sonora e os comentários.

— Ah, isso... Isso... ISSO!! Excelente, Rory! Não pare! Não pare!

Notei as bochechas coradas e a falta de fôlego do meu marido. Para alguém que odiava terapia, até que estava se dedicando bastante.

— Minhas narinas se alargam e agora meu clímax, com contrações em consistentes intervalos de 0.8 segundos, vão me levar a espasmos orgásticos. Mais rápido! Mais rápido!! Mais forte!! MAIS FORTE!! MAIS RÁPIDOOOO...

Os dedos de Rory estavam entrando e saindo e subindo e descendo da artéria pudenda plástica. E então Bianca gemeu tão alto que as paredes baratas de nogueira tremeram.

— Ahhhhhhhhhhhhhhhhoooooohhhhohohohohoh...

Na medida em que o ronronar de Bianca se tornava silencioso, o único som audível era o de botões de calças masculinas explodindo em toda a sala.

— Muito bem. Note como um brilho quente envolve minha cintura e meu peito. Até mesmo meus dedos do pé relaxam. No meu crime sexual, um paroxismo de prazer total foi alcançado. Parabéns, Rory. — Então ela esvaziou sua mulher inflável. — O exercício dessa semana será que todos vocês tentem essas técnicas em casa.

Olhei a mulher plástica se enrugando toda no chão com um suspiro triste. Mas éramos amadores! Não seria perigoso? Não tínhamos licenças para operar maquinaria tão pesada.

Porém, por insistência de Bianca, foi assim que Rory e eu passamos a semana seguinte, só nós dois, aninhados na cama — uma lanterna apontada para minha vagina, o Kama Sutra aberto na página 362, estudando diagramas e consultando os textos. O que, você pode estar se perguntando, poderia ser melhor que isso? Bem, do meu ponto vista, basicamente qualquer coisa.

"Basicamente qualquer coisa" também estava começando a resumir as recreativas atividades sexuais de Jazz. E ela havia pintado o cabelo de mais loiro, sem dúvida para que os homens a achassem com mais facilidade no escuro. Primeiro veio o encanador.

— Ele definitivamente consertou meus canos — cantarolou alegremente.

— Também preciso de um homem que saiba fazer trabalhos manuais, para trabalhar nos meus músculos pélvicos. — Cruzei as pernas, com vontade de ir ao banheiro, e olhei em volta da sala de leilão da Sotheby's. O lugar era como um orfanato para heranças. Hannah estava dando lances numa cômoda robusta, que parecia um baú cheio de gavetas que haviam comido demais.

— E ele é tão homem. Um homem de verdade, sabe? — acrescentou Jazz sonhadoramente.

— Homem? Ele não é um homem — zombou Hannah. — É um pedido de socorro matrimonial. Ser consertada secretamente por um brutamontes não é uma alternativa à altura de um relacionamento mais intelectual.

— Talvez não seja, mas por Deus, como é divertido! Olhem, dá pra sentir o cheiro dele no meu cabelo. — Jazz se inclinou em nossa direção. — Aqui, cheirem só.

— Eca! Sai pra lá! Não pode usar laquê, como qualquer mulher normal? — perguntei, horrorizada. Mas precisava admitir ter sentido uma pontinha de inveja. Diversão? Já havia me esquecido dessa palavra.

Sua próxima conquista foi um comediante alternativo.

— Alternativo a quê? Ser engraçado? — perguntei, olhando a foto "interessante" em sua propaganda. Estávamos fazendo nossa visita mensal a Costco, o armazém de atacado em North Circular, no Volvo de Jazz.

— Deixe-me adivinhar. Ele atua sozinho... e há mais gente no palco do que na plateia? — Hannah gargalhou, amassando o panfleto. — O que nesse mundo pôde te atrair por um perdedor desses?

— A primeira cantada que ele me fez foi perguntar se eu sabia quais dedos são melhores para as mulheres usarem ao se masturbarem. Então ergueu a própria mão e disse: "*Os meus*".

Hannah deu outra gargalhada ridicularizando-a.

— Não acredito que tenha caído nessa.

— É verdade, Jazz. Se rir fosse o melhor remédio, já estaríamos tão saudáveis a essa altura! — acrescentei. Mas por que estava me sentindo verde de inveja?

O próximo homem em seu menu fora um mecânico de automóveis, um motoqueiro chamado Jism.

— Aparentemente ele mudou de nome para voltar a frequentar os pubs de onde havia sido banido.

— Mesmo? — perguntei intrigada. — Isso é o que chamo de Alcoólatras Anônimos.

Era sábado à tarde e eu trouxera meus filhos para um mergulho na piscina de Jazz enquanto ela esperava por um homem que Studz havia chamado para estimar o valor de sua casa para o seguro.

— Ele é louco por mim — riu Jazz. — Meu motoqueirozinho.

— Deve ser um requisito de sua condicional — devolveu Hannah.

— Quando quer transar diz que é hora de "tirar o sabre de carne". Não é adorável? E não está brincando. Uma noite, usou uma camisinha fluorescente. Quando apaguei as luzes, achei que estava transando com Darth Vader!

— OK, OK, já chega — reclamou Hannah, séria. — O êxtase barroco, a compulsão grotesca de suas conquistas, francamente, é repugnante.

— Ah, bem — racionalizei para Hannah —, pelo menos com um cara tatuado, se o sexo estiver chato, sempre se tem alguma coisa para ler.

O próximo na roleta de relacionamentos de Jazz era o vocalista de uma banda chamada "Suicide Bombers".

— Um rockstar? Eca. — Me encolhi. — Como pode colocá-lo na boca? Isto é, nunca se sabe por onde ele esteve!

— Ei, não ache nada anti-higiênico a não ser que já tenha experimentado. Ele não me deixa tomar banho antes de fazer sexo oral em mim — relatou Jazz, com petulante despreocupação. — Na verdade ele prefere até que eu não tome banho durante alguns dias!

— Bravo — respondeu Hannah, com frieza. — As feministas devem estar adorando.

Estávamos na última fila de nossa aula de Pilates.

— Não finja que não está com inveja. Aquele homem tornou a masturbação prazerosa para milhões de mulheres. Ele diz que ama a minha bunda.

Para ser honesta, podia entender sua excitação. Ter seu bumbum admirado por um rockstar, que não apenas os conta pra pegar no sono à noite, mas que também já comeu mais deles do que comeu refeições quentes, muitas vezes as duas coisas juntas, é realmente um elogio. Senti uma inquietante pontada de pesar.

— É tããão excitante, querida, não acha?

— O que acho é que você devia vir com algum tipo de aviso e ser banida da sociedade — criticou Hannah.

— Você está tão chata, Hannah, que seria capaz de tornar água gostosa, sabia? — disse Jazz carinhosamente para nossa amiga em comum. — Tem alguma ideia de como é bom sentir-se desejada novamente? — Havia um rastro de tristeza em sua voz, que ela rapidamente apagou. Jazz era como um daqueles cards em 3-D que você compra para seus filhos e que mudam conforme você os inclina. Às vezes era uma femme fatale, às vezes mostrava a esposa magoada dentro dela. — Sentir-se desejada é meu novo hobby — explicou, indo para o vestiário. — É tão mais divertido que Pilates.

E mais ainda que terapia de casal, imaginei. Jazz podia ter um rockstar, mas eu estava começando a pensar que de tão doidona eu podia estar virando um.

Por último, mas não menos importante, estava o poeta performático que ela conhecera no Tate Modern. Ele não durou porque perdeu as chaves dela. Quando recebi a ligação de emergência de Jazz pedindo para ir buscá-la no hotel Marriott, achei que havia perdido as chaves do carro.

— Não, das algemas.

— Jazz, algemas só são aceitáveis quando se é uma agente disfarçada da Scotland Yard — censurei.

Quando Hannah e eu a pegamos na entrada lateral do hotel em Swiss Cottage para levá-la até um chaveiro, de casaco em volta dos ombros, trajando lingerie, e mãos algemadas na frente do corpo, Hannah balançou a cabeça desaprovadoramente.

— Queridinha, não tem medo de perder seu status de amadora?

"Amadora" basicamente resumia meus sentimentos pela terapeuta também. No final de junho eu já tinha conselhos o bastante para usar com vários maridos. Também tinha um palpite que se contasse à terapeuta sobre minhas ideias suicidas, ela teria me pedido para pagar adiantado. Até agora, já me convencera a comprar um vibrador de última geração que era "totalmente realista". "Ah, então ele goza, cospe, peida, fica mole e depois desliga?", perguntei tristemente. Quando vi o cheque que Rory fez a ela, fiquei tentada a inserir seu aparelho de slides, canetinha de laser, e talvez até mesmo um dos pufes, numa parte profundamente íntima de sua anatomia.

Depois, ela me pressionou a comprar adesivos de testosterona para curar meu "Transtorno de Desejo".

— Testosterona? — Olhei-a incrédula. — Ah, sim. Isso com certeza vai me deixar mais atraente. Para homens gays!

Também tentou marcar para mim um rejuvenescimento vaginal a laser, um pequeno preço a pagar, literalmente, de 3 mil libras.

— Um rápido corte no excesso dos lábios daria a você uma vagina de designer. Uma vagina Armani resolveria todos os seus problemas de inibição sexual — ronronou.

A única inibição que eu tinha agora era Fobia de Vagina Larga. Nunca mais faria sexo com meu marido por medo de perdê-lo naquele hangar de aviões que eu tinha no meio das pernas.

Quando achei que era basicamente impossível para minha terapeuta fazer-me sentir ainda pior em relação a mim mesma, ela resolveu que o que me faltava era experimentação. Tentei desenvolver taras, tentei mesmo. Usava as cuecas de Rory. Até saí sem calcinha. Mas, acredite, sem músculos pélvicos e sendo mãe de dois filhos, é preciso ter cuidado ao não se usar roupa de baixo. Em uma ocasião, uma das bolas de pompoarismo que Bianca me fizera comprar caiu durante uma reunião de trabalho. Tive que fingir que eu jogava minigolfe.

Quando reclamei, Bianca insistiu numa sessão individual durante a qual ela fazia biquinho antes de eficazmente marcar itens em seu questionário.

— Gosta das luzes acesas ou apagadas? — quis saber.

— Gosto das luzes acesas — os olhos de Bianca se acenderam por um momento, até eu continuar — para poder ler.

— Gosta de sadomasoquismo? — insistiu, balançando a caneta.

— Certamente não! Odeio levar surra. Até mesmo no Banco Imobiliário.

— Bem, e quanto a falar sacanagem? — perguntou Bianca exasperadamente.

— Sacanagem para mim é saber que James não lavou o rosto ou que o quarto de Jenny está igual a um chiqueiro.

— Você fala na cama? — perguntou já desesperada.

— Ah sim... geralmente sobre de quem é a vez de levar as crianças na escola e quando o encanador vai consertar o vazamento no banheiro.

— Bem, tem alguma pergunta para mim? — perguntou nervosa a terapeuta, batendo a prancheta na mesa.

— Bem, tenho, minha maior pergunta é...

— Sim? — Bianca se debruçou cheia de expectativa.

— Pode-se usar iogurte na vagina ou não? Só tenho isso na geladeira.

Bianca não achou engraçado.

— Precisa montar um portfólio erótico — anunciou polidamente. — Entendo que não se sinta muito à vontade, nem seja boa em sexo oral. Devia começar praticando felação numa verdura orgânica de formato fálico.

Me afastei.

— Meu marido te disse isso?

— Bem, é o que ele deu a entender.

— Ele deu é? Bem, eu só gostaria de dar a entender que também não me sinto muito à vontade com ejaculação precoce.

— Mesmo? — Bianca, de olhos cheios de ódio, fez uma anotação. — Já volto. — Ela correu para a sala de espera.

— Não é ejaculação precoce! É o que se chama na linguagem popular de "rapidinha". — exclamou Rory na defensiva, surfando para dentro do escritório de Bianca numa onda de autojustificação.

— Rá! Você é tão precoce, Rory, que ontem à noite eu ainda nem estava no quarto! Com quem estava fantasiando, a propósito, quando entrei? — exigi.

— Perdita Pendal, se quer mesmo saber.

— Perdita? — Fora a vez de ele acertar em cheio.

— Sim. Com seu arrumadinho terno de risca de giz.

— Eca! — recuei. — Não acredito que deixaria aquela mulher entrar em nosso quarto!

— Só existe uma maneira de lidar com ejaculação precoce — começou Bianca, tentando retomar o controle.

— Meu orgasmo vir primeiro? — sugeri zangada. — E de qualquer modo, não está meio cedo demais para termos esse diálogo? — perguntei só para irritá-la de verdade.

Bianca balançou a cabeça para sua instável aluna, antes de insistir que eu ajudasse Rory a dominar a arte da lentidão. O que isso significava, aparentemente, era entrar no site da Escola Londrina de Autoestima Através do Striptease. Meu coração se apertou. Engraçado, não é? Como a autoestima para uma mulher é a vulgar degradação para outra.

Tentar novas coisas sexualmente não é meu passatempo favorito. Por exemplo, isso cria terríveis rugas faciais causadas por apertar os olhos e gritar "Quer que eu faça o QUÊ?".

Esse sentimento foi reforçado quando Bianca demonstrou o kit de striptease em casa que sugeriu que comprássemos dela, completo com manual de coreografias, dinheiro de mentira, e uma cinta liga para segurar as notas.

— O ferro desmontável vai para o alto ou para baixo em sessenta segundos — garantiu-nos Bianca.

A história da minha vida, suspirei tristemente.

Havia insistido tanto para Rory fazer terapia de casal, e agora, enquanto olhava mulheres girando na tela do computador de Bianca, tudo que sentia era uma profunda sensação de desolação. Bianca era inflexível quanto a seu poder de nos ajudar a navegar em águas mais tranquilas — tudo que tínhamos a fazer era sermos mais pacientes com os desejos um do outro. Qualquer ligeira irritação que eu tivesse dali em diante teria de ser aplacada ao apenas enfiar meu rosto no travesseiro durante algumas horas e gritar, gritar e gritar.

Estava começando a achar que a única dica que um terapeuta de casal deveria dar seria: não fazer terapia de casal sob droga de circunstância nenhuma.

13. Infelizes para sempre

Parte de meu trabalho como chefe do sexto ano era criar um "ambiente de trabalho feliz". Infelizmente, na maioria das salas de professores, o clima de trabalho é úmido, com ventos fortes se aproximando. Ter que verificar a lista de professores logo cedo não ajudava muito a alegrar o dia. Se houvessem faltas, precisava passar as respectivas obrigações aos outros mal-humorados presentes. Professores se dividem em dois tipos — os Sarcásticos e os Bem-Dispostos. Os professores Giz e Diz quase sempre caíam na categoria que suspira e sorri de escárnio respondendo "Acho que posso".

Mas Perdita, seu sorriso imóvel como cimento, preso no rosto, agora tinha uma desculpa permanente.

— Eu ajudaria, mas estou tããããao ocupada revisando seu trabalho — disse hoje, respondendo ao meu pedido para tomar conta do playground na hora do intervalo. — Sei que é um pouco embaraçoso ter seu trabalho revisado por um colega de trabalho, mas Claude, isto é, o Sr. Scroope, insistiu que deixássemos tudo à prova de inspeções. E é melhor deixar o velho garoto feliz. Como gosto tanto das pessoas, estou disposta a ajudar. — Ela suspirou longa e sofridamente.

A fedida sala dos professores, com sua pia de cromo enferrujada e poltronas de braços puídos, encontrava-se situada diretamente atrás do refeitório dos alunos. Posicionada dessa maneira, nos fundos da cafeteria, seu apelido é "a Bactéria". Bem, a Bactéria estava zumbindo de atividade enquanto professores andavam de um lado para o outro preparando xícaras de chá e de café de última hora antes de tocar o sinal. A resposta de Perdita havia sido alta o bastante para assegurar que o máximo de pessoas ouvisse. Restos de cascas de maçã nos cinzeiros lotados, esqueletos de cachos de uva, casca de banana caída no chão, e ser diminuída na frente de meus colegas: devia ser por essas coisas que me tornei professora. Simplesmente não consegui resistir a todo aquele glamour.

Inspirei o ar lânguido de sapatos úmidos de criança e sanduíches em marmitas, fingi dar de ombros, e então desviei a curiosidade dos outros professores ridicularizando as respostas de minha última leva de deveres de biologia.

Mas estava espumando por dentro. Tinha implorado ao Sr. Scroope para repensar tudo, mas, obcecado com a inspeção iminente, ele apenas ficava repetindo sua ordem, como um robô. "Os inspetores estão chegando. Perdita tem que supervisionar suas aulas. Os inspetores estão chegando".

E assim, meu tempo livre depois da escola era passado na sala de aula de minha rival, que ela havia enchido de brinquedos, bichinhos de pelúcia, flores de mentira e placas com escritos "engraçados" do tipo vendido em lojas baratas. De caneta vermelha em mãos e fazendo carinhas felizes em todos os seus pingos nos Is, ela extirpava toda a frivolidade em minhas anotações de aula, substituindo frases engraçadas com um jargão ofuscante sobre "fazer do comprometimento da equipe uma ação" e "esclarecer papéis e responsabilidades individuais". Com que habilidade ela transformou minhas metas educacionais de "fazer o que se poderia ter feito ontem amanhã" numa baboseira sem sentido sobre visar "transformar habilidades em ideias para rápida solução de problemas" e "derrubar barreiras". Que diabo significa aquilo? As anotações da mulher eram tão torcidas, que eu pegava apenas o final da frase e o começo se contorcia como a perna escorregadia de um polvo. Era como ficar presa num elevador com um recrutador da Igreja Adventista do Sétimo Dia.

Cansada, tentei me safar da revisão de minhas anotações de ciências.

— Não se preocupe — falei alegremente —, estou planejando uma abordagem mais prática que teórica. Vou levar a turma a uma excursão no Museu da Ciência.

A aparência profissional de Perdita vacilou um pouco.

— Mas o Museu da Ciência me disse que todos os seus horários para escolas estão ocupados. Liguei semana passada.

— Ah, bem, agendei há um ano. — E com aceno alegre de dedos fui embora. Quanto ao clima de trabalho? Digamos apenas que um distinto gelo foi sentido no ar.

Mas meia hora depois, as coisas ficaram bem quentes de novo. Principalmente para mim.

— Acho que vou ter que recusar seu pedido de excursão até o Museu da Ciência — disse o diretor, seus lábios volumosos batendo um no outro numa percussão molhada de censura. Havia sido chamada mais uma vez até sua sala. — Foi me chamado à atenção que durante a última excursão escolar que você organizou para o zoológico, quando as crianças estavam voltando para o ônibus, sugeriu que corressem pelo estacionamento gritando "Corram e salvem suas vidas! Eles estão soltos!". Disseram-me que isso assustou tanto os turistas, que teve início uma pequena debandada em pânico. Essa descrição sobre tal incidente está correta, Sra. O'Carroll?

Os modos de meu diretor são tão severos que fazem as pessoas em volta dele se contorcerem e dizer coisas de forma nervosa.

— Humm, bem, humm... — Qual é, disse a mim mesma. Até uma tartaruga precisa levantar um pouco o queixo para chegar a algum lugar. — As crianças estavam cansadas demais e eu estava apenas tentando despertá-las. — Tentei manter a calma fazendo uma listagem de todos os empregos que poderiam ser piores. Um juiz em Bagdá, por exemplo. Um ligador de ignição oficial para um chefão da Máfia. Expert em identificação de fezes animais. Descongelador da cabeça de Walt Disney. Provador de comida de Kim Il-sung. — Na hora parecia engraçado — conclui timidamente.

— E acha engraçado a impressão que isso passa da minha escola?

Tudo que parecia era a natureza intrometida da minha colega de trabalho. Perdita fora a única outra funcionária da escola presente na excursão ao zoológico aquele dia.

— Ah, olá. Não estou interrompendo nada, estou? — Sua voz cantarolou da porta de entrada. Ela colocou uma xícara de chá forte na mesa do chefe. — Achei que poderia estar precisando de algo para despertar. — Honestamente, essa mulher saberia sorrir puxando saco até num funeral. — Quer que traga alguma coisa, Cassie? — Isso tudo era dito através do sorriso mais generoso.

Sim, poderia, por favor, tirar esse punhal de minhas costas?

— Não, obrigada.

Estava começando a achar que se Perdita fosse um cachorro, eu seria o poste dela. Disse a mim mesma para não me rebaixar ao seu nível, considerando que era, afinal, uma queda tão dolorosamente comprida. Mal sabia eu que estava prestes a cair de cara de qualquer maneira...

— Bem, dá um novo significado a "personal trainer" — foi meu único comentário quando Jazz, nossa tarada oficial, apontou seu novo brinquedo depois da escola mais tarde naquele dia. Hannah, Jazz e eu estávamos no Clube de Tênis de Regent Park, nos revezando para atirar bolas uma na outra sem muita dedicação, enquanto Jamie e Jenny faziam suas aulas em quadras próximas.

— Puxa vida, Jasmine — vociferou Hannah após examinar o treinador em questão com seus óculos de ópera. — Geralmente acho melhor nunca transar com alguém a quem se poderia ter dado à luz.

— Em minha opinião, qualquer homem maior de idade, vivo nesse planeta ao mesmo tempo que eu, é uma possibilidade, garotas.

Hannah lutou com as lentes e depois colocou os óculos em meus olhos. Um Adônis musculoso apareceu na frente.

— Nossa! Ele é lindo, Jazz. Acho que vou denunciá-la ao Serviço Social para eu ficar com ele! Então, onde é que vocês transam? — perguntei, olhando em volta voyeuristicamente. — No clube?

— É claro que não. Transamos na casa dele. — Jazz se abaixou para amarrar os cadarços do tênis. — Ele humm... divide o lugar com um velho amigo.

— Quer dizer com os pais dele? Transa com ele na casa dos pais dele? — protestou Hannah. — Isso é patético, queridinha. E o professor de tênis por acaso sabe de todos os seus outros casos?

— Não. E não conte a ele! É um pouco ingênuo. Só dormiu comigo porque falei que era minha primeira vez, você sabe, com alguém além de meu marido. Bem, era minha primeira vez naquele dia!

Minha risada ficou engasgada enquanto eu olhava para o outro lado da quadra.

— Mas que porra.

— Não vá dar ideias. — O sarcasmo de Hannah foi interrompido por meus dedos apontando e braços balançando freneticamente, porque ali, atravessando a quadra, estava Bianca, numa saia de tênis imaculadamente branca e cabelo puxado para cima numa coroa de profiteroles ligeiramente tostados.

— Quem é? — perguntou Jazz languidamente, erguendo o olhar dos pés.

— Bianca... nossa terapeuta de casal. Não vou à aula dela há semanas. Disse que estava com uma gripe terminal. Deixei outra mensagem hoje garantindo que estava quase morrendo.

Jazz seguiu a direção de meu olhar.

— Ah, meu Deus! Eu a conheço.

— Conhece? Você e Studz fizeram terapia? — estranhei.

— Não. A filha dela faz natação onde Josh treina. Seu nome é Serendipity, dá pra acreditar? Ela estuda na escola da sua filha, não sabia, querida?

— Não. Nem sabia que ela tinha uma filha. Coitada.

— É bom acreditar. Bianca só a veste de algodão cru da Fair Trade. Manda a garota para os treinos de natação com sanduíches de lentilha no pão caseiro. A mulher já foi irrigada em todos os orifícios. Uma vez ela me disse que sabia que as outras mães deviam comentar sobre ela coisas como "Como ela consegue? Que inspiradora!". Bem, deixe-me dizer, o que as outras mães realmente falam é "Rápido! Se escondam! Lá vem ela!".

— Rápido! Se escondam! — me vi dizendo. — Lá vem ela. — Abaixei-me atrás de um arbusto decorativo.

— Como pode aceitar conselhos dela? — zombou Jazz. — A mulher é louca! Ela já se sentou no colo do seu marido? Ela gosta de sentar em maridos há tempos. A versão feminina de um saqueador viking. Já teve casos com o professor de natação e dois pais de alunos. Sim. Totalmente tarada pelo marido das outras.

— Verdade? — Senti palpitações crônicas enquanto meu esfíncter se preparava para a batalha.

— Ela também é uma bulímica matrimonial — insistiu Jazz. — Casa, divorcia, casa, divorcia... Não tem como não desconfiar da parte "até que a morte os separe" quando a noiva tem o hábito de pegar seu próprio buquê... Não acredito que esteja ensinando casais a ficarem juntos! Isso é hilário — gritou Jazz.

Uma sombra gelada passou por cima de mim e apertei os olhos para o alto. Se ao menos eu não fosse tão banana. Precisava de uma bananactomia, urgentemente.

— Minha nossa. Que recuperação rápida você teve, Cassandra. Fico feliz. Apesar de estar triste por ter perdido minhas aulas.

Para minha surpresa, lancei a ela um olhar mordaz e intimidador.

— Acho que vou perder muitas outras de agora em diante, na verdade. — Era como se tivesse passado por um transplante de coragem e transfusão de audácia.

— É mesmo? Acho que Rory está aprendendo muito com meu grupo de autoajuda.

— Um grupo de autoajuda é uma contradição, sabe — apontei pedantemente. Jazz e Hannah, espantadas com minha explosão nada característica, aplaudiram meu atrevimento.

— Sinto muito que não esteja decidida a salvar seu casamento tanto quanto seu marido — espumou Bianca.

— Se eu escutar mais do que tem a dizer vou ficar decidida, sim. A me internar num hospício.

E foi exatamente o que disse a Rory naquela noite. Estava cansada de ser explorada. Era como se minha autoestima fosse comandada por energia solar e não acontecia nada a não ser chover e chover dia após dia. Mas agora chega. Não ia mais me encolher por aí. Na manhã seguinte, em vez de cancelar a excursão ao Museu da Ciência como haviam mandado, pedi a meus alunos que fizessem seus pais escreverem para o diretor expressando sua decepção. Também mandei um e-mail para Bianca cancelando o restante de nossas sessões de terapia. Mas, infelizmente, o feitiço virou contra o feiticeiro. De repente, Bianca estava sempre por perto. Inexplicavelmente. Como cenouras numa poça de vômito. Sabe como você nunca se lembra de ter comido cenouras, mas lá estão elas quando vomita? Bem, nem Rory nem eu nos lembrávamos de ter convidado Bianca algum dia, mas lá estava ela. A porcaria do tempo todo.

Primeiro ela apareceu atrás de conselhos sobre animais de estimação, que, pelo que eu sabia, não tinha. Outro dia apareceu vinda de Camden porque sua máquina de lavar roupa estava no conserto. Em seguida atingiu o feito de confundir e deleitar uma vizinhança inteira cheia de maridos excitados, rebolando até o varal e pendurando uma fileira de lingeries eróticas; tornando minha devoção ao Deus do Algodão sem graça diante dos olhos de Rory.

Um dia, no começo de julho, chegou usando a parte de cima de um biquíni e shorts minúsculos.

— Está simplesmente quente demais para usar roupas hoje — suspirou.

— Sim, roupas estão tão fora de moda — respondi ironicamente.

— É. Concordo com você, Bianca. — Ouvi meu marido dizer, olhando para seu corpo curvilíneo. — Cass, o que acha que os vizinhos diriam se eu tirasse o lixo pelado? — perguntou, coçando a barba que começara a deixar crescer contra minha vontade.

— Pra que se dar o trabalho? Os vizinhos já acham que é um Deus do Sexo. Isto é, olhe só para você. Obviamente todos sabem que não casei pelo dinheiro. — Estava tentando brincar, mas sentia-me enjoada de desconfiança.

— Puxa vida, Cassandra. — Bianca analisou meu comentário com a velocidade de um réptil. — Estou sentindo uma pontinha de animosidade? Vamos examinar seus motivos. Poderia ser porque é passivo-agressiva?

— Não, é porque acho que você é uma charlatã. Isto é, vocês terapeutas são quem realmente precisam de terapeutas. A cura das esquisitices pelos esquisitos. E é por isso que não queremos mais que venha aqui. — Andei até meu marido e fiquei parada a seu lado. — Não é, Rory?

Bianca estava com a expressão calculista de um louva-a-deus. Antes de meu marido poder responder, disse em sua voz suntuosa e acetinada:

— A tragédia da vida de Rory é ele ter uma tremenda capacidade de amar mas exatamente a pessoa que deveria retribuir o rejeita. Não me admira que ele veja a clínica como um refúgio.

— Senhoritas, senhoritas — interrompeu Rory —, acho que a clínica de Bianca está me tornando uma pessoa mais evoluída. Identifico-me com sua energia.

Identifica-se com sua energia? Evoluiu? Era mesmo meu marido falando ali? A barba, os terríveis CDs de relaxamento, os incensos, as velas... O Sr. Prefiro-Morrer-Do-Que-Fazer-Terapia havia se tornado garoto-propaganda da lavagem cármica.

— Isto é, a ideia foi sua, Cassie — continuou. — Foi você quem quis que eu entrasse em contato com minhas emoções.

— Diria que entrou mesmo em contato com suas emoções, Rory. Suas emoções egoístas, arrogantes e perversas.

— Bem, ele entrará em contato com muito mais semana que vem — vangloriou-se Bianca.

— O que quer dizer com isso?

— Eu ia te contar — disse Rory covardemente. — Bianca vai dar uma aula de formatura.

— Como é isso?

— Bem, prefiro chamar de uma surpresa sensual interativa — gabou-se Bianca. — Em minha casa.

Senti meu peito apertando. Tinha um pressentimento de que qualquer festa na casa de Bianca só exigiria uma regra de etiqueta: Tirem suas roupas e socializem. A porta da frente da mulher sem dúvida tinha uma placa dizendo: "Pode entrar! Nunca usamos roupas mesmo!"

— Posso contar com sua presença também? — quis saber maliciosamente, antes de dar uma risada falsa. — Acho que esse é basicamente o objetivo de uma orgia!

Perguntei-me quantas vezes ela já devia ter feito aquela piadinha. Ainda assim, Rory riu ruidosamente.

Talvez agora fosse o momento certo para dizer a ela que meu marido estava se recuperando de sua operação de troca de sexo. Uma coisa era certa. Era hora de dar um fim na Dra. Freud...

14. A surpresa sensual interativa

Não gosto de surpresas. A maioria das surpresas são tão surpreendentes que poderiam te dar um ataque cardíaco. E essa semana estaria cheia delas.

A primeira surpresa na verdade foi agradável. Eu estava na sala dos professores quando Scroope entrou anunciando que mudara de ideia quanto à minha excursão ao Museu da Ciência. Isso acontecera por causa da quantidade de cartas desapontadas que recebera de pais de alunos. Ressentido, ele me parabenizou por ter a precaução de agendar a viagem ao museu com um ano de antecedência, reiterando pelo bem dos "Giz e Diz" o quanto os inspetores eram a favor de excursões. "Portanto, estou dando permissão para que leve sua classe. Conforme planejado", pronunciou secamente.

Assim como em seguida me deu uma aula sobre bem-estar e segurança e os intermináveis formulários de Avaliação de Risco que eu precisaria preencher como, por exemplo, risco de engasgar até a morte com uma uva na lanchonete do museu, risco de cair num canal, risco de um ataque terrorista; e depois avaliar cada risco como alto, médio, e baixo. Olhei furtivamente para Perdita, debruçada sobre seu chá de ervas. Ela estava me encarando colericamente. Declarar que Perdita era competitiva e invejosa é como dizer que a al Qaeda é apenas ligeiramente fanática. A avaliação do risco de Perdita me apunhalar pelas costas era de risco muito, muito alto. Temi mais que nunca por minha promoção.

Fui emboscada por minha próxima surpresa enquanto descia lentamente a Marylebone High na manhã do sábado seguinte indo buscar Jenny da aula de teatro. Uma Mercedes preta ronronou ao passar por mim antes de dar uma volta cantando pneu por cima da faixa. Enquanto pedestres fugiam, a janela do motorista desceu e a cabeça loira de Jasmine saiu de dentro.

— Estou transando com um assassino! — gritou alegremente para mim do outro lado da rua de seu carro novo (o Volvo não combinava mais com sua nova imagem de vamp), para grande espanto de quem passava. — Vou visitá-la mais tarde.

O "assassino" era o dramaturgo preso Billy Boston, recentemente célebre por sua peça de estreia, escrita enquanto estava na prisão, agora sendo encenada no vanguardista teatro Tricycle. "Ele não só é sexy, querida, mas também finalmente poderei me livrar do meu marido! Faz ideia de como é difícil achar um amante que entenda de armas?", rira ela.

Billy Boston tinha tatuagens, piercing no pênis, piercings nos mamilos, uma juventude passada em reformatórios e orfanatos, duas condenações por lesões corporais e roubo, uma por homicídio, um julgamento pendente e um vício em drogas. Em outras palavras, um homem difícil de encaixar numa mesa de jantar.

— Ah, entendo — comentei mais tarde em minha casa. — Então ele costumava ser um marginal drogado e violento, mas depois deu tudo errado?

Estava na metade de um cesto de roupa para passar quando Jazz chegara, inebriada por seu próprio escândalo.

— O assassinato na verdade foi legítima defesa contra um traficante. Mas ele não usa mais drogas. Só usa a mim!

— Sai dessa, Jazz. Um homem desses acharia uma agulha de heroína num palheiro — devolvi, pressionando o ferro contra uma das teimosas mangas de Rory.

— Sabe qual é a média da quantidade de vezes que uma pessoa transa em sua vida? Duas mil, quinhentos e oitenta. Bem, transei mais vezes que isso em uma semana! Desisti de todos os outros.

— O quê?! — Essa surpresa foi tão grande que queimei meu dedo. — Cristo! — Lambi a carne chamuscada. — Meio comportado da sua parte não é, ter apenas um amante e um marido ao mesmo tempo?

Liguei para Hannah imediatamente. Hora de pedir reforço. Ela se apressou e chegou em minha casa em apenas dez minutos.

— Só está bêbada de sexo, só isso — disse para Jasmine.

— Não, é mais que isso. Estou tão apaixonada por Billy que não consigo nem fazer compras.

— Jesus — admiti. — Dessa vez é sério.

— Está apenas tendo alguma fantasia à la D. H. Lawrence. Está apelando, Jasmine Jardine. Para curar seu coração partido — declarou Hannah.

— Bem, é melhor do que ter suas pernas quebradas... que é como Studz vai ficar depois que meu namorado assassino tiver terminado com ele. O cara roubou meu coração — suspirou Jazz.

— Bem, naturalmente que sim. Afinal, é um ladrão — alertou Hannah.

A campainha tocou e olhei meu relógio. O coração do meu marido, para não falar de outras partes de sua anatomia, estaria sendo ilegalmente requisitado na casa de Bianca em exatamente meia hora.

— É a babá.

— Timing perfeito. Saia comigo hoje à noite, Cass. Vou encontrar Billy no Boom Boom Bar, em Shoreditch. Montes de marginais e mulheres da vida. Bem pesado — entusiasmou-se Jazz. — Billy tem um amigo super sexy. Poeta de prisão. Ex-presidiários são tão intensos. Ele vai te idolatrar. É exatamente do que precisa, querida.

— Deixe-me ver se entendi — interrompeu Hannah. — Vão sair em grupo com marginais? — Ela olhou para o céu. — Cure-as, meu bom Deus, pois estão com os gostos deturpados.

— Não posso. Tenho uma orgia agendada. — Fingi jovialidade, mas estava tomada de horror. — Ah, bem, pelo menos não preciso me preocupar com que roupa usar.

— Bem, se mudar de ideia e tiver vontade de uma Foda Lenta no Boom Boom Bar... — interrompeu Jazz.

— Tenho certeza de que não vai ter nada de sexo grupal, Cass — confortou-me Hannah. — Provavelmente é apenas um chamariz para uma aula mais avançada.

— Uma foda lenta?

— É o nome de um drinque, bobinha.

Fiquei surpresa ao me sentir desconfortável. Mas, para ser sincera, havia tanto tempo que eu não transava, que provavelmente ficaria enjoada com o movimento. Precisaria pedir para o cara dar umas paradinhas

A única parte útil de informação que aprendi com a terapia é que se chegar atrasada a uma orgia envolvendo chantilly, provavelmente já terá ficado azedo.

Tendo vacilado tanto tempo sobre entrar ou não no flat de Bianca em Camden, quando finalmente resolvi entrar, as coisas estavam bastante avançadas. Literalmente. Quando meus olhos se acostumaram ao escuro, podia ver casais entrelaçados, pernas em volta de cinturas, como gêmeos siameses sexuais. A bibliotecária gordona estava se debatendo como uma baleia disparatada enquanto o contador mordiscava seus mamilos. O homem de peruca dos tornozelos peludos e meias cinzas estava beijando a namorada inflável. Uma orgia da qual você não está participando parece tão divertida quando uma sonda anal inserida por extraterrestres. E então meu coração parou com um susto. Avancei na escuridão iluminada por velas. Seria Rory? Seria Bianca? E estariam se beijando? Meu estômago se revirou. Meus dedos do pé se encurvaram como se estivesse calçando um par de chinelos turcos. A imagem queimou meu cérebro como uma broca de titânio. Devia ser um belo beijo, pois Bianca estava se mexendo tanto que achei que estava tendo um filho — ou uma filha quase do seu tamanho. A variedade de reações disponíveis para mim como Homo sapiens parecia completamente inadequada à situação. Estava precisando de combustão espontânea. Ou ir para outra galáxia, na velocidade da luz.

Quando Bianca me viu, ela parou de beijar meu marido e me encorajou a me juntar ao grupo, com a frase:

— É apenas experimentação. Uma nova técnica minha... reiki com a língua.

— Rory — comecei —, se conseguir extrair sua língua de dentro do umbigo de nossa terapeuta, acho que é hora de irmos embora.

— Cadê seu senso de aventura? — perguntou Rory. — Bianca disse que você não tem tato erótico.

— Na verdade, não é erótico, nem exótico. É psicótico. Não existem circos suficientes para a quantidade de aberrações nesta sala. Não precisam de terapia, precisam de um exorcismo. Estão possuídos. Não sei exatamente como Bianca conseguiu esse emprego de terapeuta de casais, mas ficaria muito surpresa se não envolver um ritual satânico em determinado momento.

— É tão lógica, Cass — suspirou meu marido. Diferentemente da sexy e sofisticada Bianca, cujos limites obviamente não tinham limites.

— Se insistir mais um pouco em furar nosso programa, ela vai achar petróleo — riu Bianca.

Rory riu junto e senti meu rosto ardendo.

— Escute, Rory. Pode ficar aqui assistindo estranhos lambendo as genitais uns dos outros ou esperar até sua esposa ser condenada pela Lei da Saúde Mental. Você decide.

Ele me respondeu dando um beijo, ou melhor, um "reiki de língua", na nuca de Bianca.

Avancei até eles, tentando arrancar Rory dos braços da ladra de maridos, mas escorreguei com meus sapatos de couro numa poça de chantilly derretido. Derrapei e na queda devo ter batido a cabeça porque quando voltei à consciência, minha testa estava sendo banhada por um coprofílico confesso. "Dava para ficar melhor que estava?", perguntei-me.

Sim, dava. Eu também tinha uma surpresa sensual interativa para Rory. Disparei dali para encontrar Jazz e seus amigos prisioneiros no Boom Boom Bar para uma foda lenta.

15. Alta infidelidade

Não foi tão difícil reconhecer Billy Boston. Uma tatuagem em pontilhismo de Pamela Anderson nua estava estampada em seu bíceps esquerdo; Marilyn Monroe decorava o outro. Ele tinha olhos pequenos e juntos, o que me fez imaginar se o lobo frontal do cara havia sido martelado. Eram olhos que gritavam "penitenciária de segurança máxima". Ele parecia tanto um criminoso que não pude acreditar que o gerente do bar já não estivesse mandando imagens gravadas dele para a polícia.

Se Jazz, que estava usando o que só poderia ser descrito como vulgar, fosse um cachorro, estaria cheirando a virilha dele.

Abri caminho na direção deles pelo Boom Boom Bar, que estava cheio de adolescentes com sombras de olho em cores pastel e seus companheiros descabelados, balançando-se dolorosamente, cacheando e enroscando, e pulando de um para o outro. Não havia um penteado bem definido em lugar algum. Mas passando pela pista de dança, outra raça dominava. As gatinhas de quarenta anos. Com seus jeans descolados e as músicas do Justin Timberlake em seus iPods, essas mulheres eram o oposto da alcoólatra Mrs. Robinson. E Jazz era a mais glamorosa de todas.

Minha melhor amiga indicou o banco a seu lado e apresentou Billy, cuja primeira observação foi:

— Mais gente chique, é? Gosto de vocês, gatinhas da parte rica da cidade. — Ele esmagou minha mão com um aperto quiroprático. — Vocês falam tão bem, saca? Vocês são articuladas.

Então Billy foi até a outra ponta do bar para pedir para mim alguma coisa chamada "Mamilo Molhado". Ele andava como se estivesse num trampolim, pulando, leve pelo seu próprio vapor.

— Ele não é puro sexo? — Jazz estava arrebatada, ajeitando sua microscópica minissaia para a meia sete oitavos aparecer. — Quando o olho, tudo o que consigo pensar é "me possua".

— Mesmo? Quando o olhei, tudo que pude pensar foi "piolhos".

Para mim ficou claro que Billy tinha quase 30 anos — e possivelmente teria para sempre. Mas o amigo poeta presidiário que Jazz apresentou depois era totalmente diferente. O homem de Trinidad e Tobago sentado no banco ao meu lado colocou um cotovelo sobre a bancada e disse olá num tom de voz tão suave e lábios curvados num sorriso tão lindo, que o efeito geral, a voz e o sorriso, tão destoantes de seus olhos dissimulados, era completamente enervante. Não tinha certeza de se seu nariz deslocado era original ou se havia sido quebrado, mas dava a Trueheart Jones um charme meio diabólico e perigoso. Isso foi ainda mais acentuado com seu primeiro comentário:

— Espero que não tenha se machucado quando caiu do céu. Mas, ei — ele colocou uma das mãos grandes e quentes nas minhas costas —, aqui estão suas asas.

Para uma mulher sensata, que só usava palavras como "asas" ao preparar frango para o jantar, isso poderia parecer batido. Mas para uma mulher enlouquecida cujo marido estava agora numa orgia banhada a chantilly, parecia música para seus negligenciados ouvidos.

Durante os últimos 15 anos, "gato" significava apenas um dos pacientes de meu marido. Mas aqui estava um flertando comigo. Coisas assim não costumam acontecer com mulheres casadas mães de duas crianças. Deixe-me verificar meu termômetro de autoestima. Isso aí — vazio. Quem era esse delicioso estranho? Jazz estava devorando homens como se fossem canapés e eu estava começando a entender por quê. Eu queria algumas horas mágicas e misteriosas, ouvindo sobre as histórias de outros homens e inventando as minhas. Aquela selvageria louca que podia escutar na música, onde isso esteve em minha própria vidinha? Minha tímida existência havia sido tão excitante quanto uma lata de atum.

— Está flertando comigo? Sou velha demais para você — flertei de volta. Não me sentia tão excitada assim desde que meu sutiã aumentara para 44 quando estava amamentando.

— Gosto de sentir o tempo na pele. Não menos do que gosto de vê-lo num rosto. Onde não há indícios de acontecimentos, não posso ter curiosidade. E onde não há curiosidade, não há como ter desejo.

OK, então a poesia era meio estranha, mas achei estranhamente encantadora. Não podia nem culpar o álcool. Estava apenas surpresa e cativada. Ele era todo boca... e todo calças.

— Então é um poeta?

Ele deu de ombros.

— Ganhei um prêmio. Enquanto estava na prisão. Mas na tradição de todos os grandes discursos de agradecimento do Oscar, não pude estar presente para apreciar. — Ele sorriu ironicamente.

Eu ri. Parecia que se passara um século desde que um jovem bonito falara comigo dessa maneira.

— Poesia é um grande dom literário, principalmente porque não se pode vendê-la. Estou certa?

Ele riu e experimentei uma pontada inesperada de prazer quando percebi que fazia tempo demais desde que me sentira divertida.

Então ele estendeu seu braço em volta de meus ombros. Arrepios grandes como espinhas irromperam minha pele. De repente comecei a me sentir tão quente, que tive medo de que os sprinklers começassem a funcionar e o alarme de incêndio disparasse. Esse era o tipo de homem que saberia fazer uma garota acordar já sorrindo. Andar poderia se tornar difícil, mas sorrir seria moleza. E ele estava bajulando a mim. Teria que ficar com minhas pernas cruzadas pelo resto da noite. Na verdade, estavam cruzadas com tanta força, que duvidei voltar a senti-las durante os próximos... ah, dois anos ou coisa parecida.

Mas o que estava pensando? Estava na idade onde, se um homem me pedisse para "vestir algo mais confortável", escolheria botas Ugg e calças de moletom.

— Sabe, tenho que ir. Tenho marido, e filhos, e deveres para corrigir e... — falei apressadamente e corei —... só vim até aqui num momento de loucura irracional. Eu...

Mas o poeta não se abalou.

— Então me conte, baby. Esses sentimentos de loucura irracional foram causados por alguma coisa excepcional? Ou foram se formando ao longo de um casamento normal?

Aqui estava eu, leitora do Guardian, adoradora de Simone de Beauvoir, e ainda assim adorei quando ele me chamou de "baby".

Fui correndo para minha casa em Kilburn, uma casa entorpecida pelo desespero. As crianças, sentindo que estava acontecendo alguma coisa entre seus pais, haviam se tornado grudentas e reclamonas ultimamente, além de desobedientes quando eu estava fora. Haviam colocado a coleção de formigas vermelhas de Jamie embaixo da cadeira da babá e ela estava ameaçando não voltar nunca mais. Sentia-me tão culpada por tê-los abandonado pelo Boom Boom Bar, que tive certeza de que escreveriam a continuação de Mamãezinha Querida. Os cachorros de Rory, também carentes de atenção, choramingavam pedindo para passear. Havia pilhas de contas a pagar, correspondências fechadas e pedidos urgentes de irados donos de animais de estimação. Tentei esperar acordada por Rory, o ciúme martelando minha cabeça na forma de uma enxaqueca, mas depois de um tempo acabei dormindo profundamente. Quando acordei de madrugada e vi sua cabeça amarrotada e amarfanhada nos travesseiros, uma onda de alívio me invadiu.

Estiquei inseguramente uma das mãos por cima dos lençóis. Homens não sofrem de DDA e sim DDE — Distúrbio de Déficit de Ereção. Rory podia esquecer aniversários e pratos favoritos mas sempre prestava atenção quando sexo estava sendo oferecido. No entanto, ele se esquivou de meu toque.

Foi como se eu tivesse sido atirada de cabeça no mar gelado. A água enchia meus ouvidos. O silêncio não era natural.

— Rory — finalmente sussurrei. — Só sinto muito por ter feito você frequentar a terapia. Todos os terapeutas deviam ser colocados numa nave espacial e lançados para um buraco negro sem terem como voltar ao planeta Terra. Vamos esquecê-la. — Toquei seu braço, desesperada para que o menor gesto ou um relance de carinho em sua voz me tranquilizasse. — Vamos voltar a ser como éramos. Pode tocar air guitar e eu fico correndo atrás do hamster, e podemos ser felizes de novo.

Gentilmente encostei meu rosto na boca de meu marido, mas seus lábios permaneceram imóveis como pedras. E frios.

— Acho que tem razão, Cassie. Está mesmo faltando alguma coisa em nosso casamento. Acho que devo me mudar para a clínica por um tempo.

Cada uma daquelas palavras me queimou.

— A clínica? — repeti sem demonstrar emoção. — Por quê?

— Porque...

Imobilizei meus lábios resolutamente para não começar a chorar. Simplesmente achava que não havia como aquela frase terminar bem.

— Porque preciso de espaço.

— Espaço? — Quem era ele, Buzz Aldrich? — Como assim, espaço? Está... me deixando?

— Não.

— Alguém o mandou fazer isso? — Fazia força para absorver o baque. — O que exatamente aconteceu noite passada? Transou com outra mulher? Foi com B... B... — Não conseguia suportar o gosto do nome dela em minha boca. — Aquela mulher?

— Quem é você? Procuradora da Coroa? Foi só reiki com a língua, só isso.

Enterrei meu rosto no travesseiro por um momento para que ele não visse o que eu estava sentindo.

— Acho que oficialmente acaba de perder todas as suas chances de ganhar o prêmio de Marido do Ano — falei, implorando pelo milagroso conforto de um sorriso dele.

Mas nenhum sorriso acendeu seu rosto.

— Volto para pegar algumas roupas e outras coisas. — Seu tom de voz frio deixava claro que a conversa havia acabado. E então ele saiu.

Foi simples assim. Fácil assim. Para assassinar uma mulher.

16. Adúlteras assanhadas de NW1

— Nããããoéézzzzuaculpa — murmurou Jazz, servindo-me uma dose de uísque e abrindo uma barra de emergência de chocolate Green & Black.

— O quê? — Num estado de desespero entorpecido, deixara as crianças com seus amigos no cinema, dando-me exatamente noventa minutos para pensar em minha vida. Como uma criatura selvagem com instintos maternais num documentário sobre natureza, depois daquilo dirigi automaticamente até a casa de Jasmine.

Jazz retirou suas moldeiras para clarear os dentes e tentou mais uma vez:

— Não é sua culpa.

— Acha que ele me largou? Deus! O que vou dizer às crianças? Isto é, como poderão não notar que seu pai está dormindo na clínica veterinária? Talvez eu possa dizer que ele tem que dar remédios para os gatos operados ou algo parecido? Estou tão aflita, Jazz.

Apesar de ser domingo, Jazz estava mais uma vez esperando outro especialista para avaliar o valor de sua propriedade em busca de uma segunda opinião. Quando perguntei por que Studz não podia ficar esperando, ela respondeu:

— Ah, ele está recebendo algum prêmio por seu trabalho humanitário. Sem dúvida vão recompensá-lo com um estetoscópio maior ainda. — Mas havia um nervosismo amargo por trás de seu jeito brincalhão. Ela serviu-se de um uísque também e bebeu tudo em um só gole. — Billy foi convidado para um festival de literatura na Austrália e me pediu para ir com ele.

— Se está realmente apaixonada, por que não foge logo com o cara?

Foi quando Josh entrou na cozinha. Ele tinha um corpo tão masculino, mas sorria timidamente enquanto entregava a sua mãe suas roupas para lavar. Existe uma indeterminação peculiar nos adolescentes; Josh era ao mesmo tempo infantil, mas prematuramente adulto.

— Ele ainda precisa de mim. — Ela deu de ombros depois dele sair.

— E Studz continua te traindo com meio mundo?

Ela suspirou.

— Bem, ele recebe um monte de telefonemas estranhos. Lembra-se daquela expert em Sylvia Plath? Está ficando mais e mais atrevida. É intrigante. Manda mensagens para ele o tempo todo. É assédio textual. Coisas como: "Seu pai era extraterrestre? Porque não existe nada como você no mundo." Também manda cartões postais. Já conheço sua letra a essa altura. "Qual sua posição favorita em sexo extraconjugal?" — Ela engoliu outra dose de Chivas Regal. — E é por isso que resolvi transar para me vingar. E você devia fazer o mesmo. O amigo poeta de Billy, Trueheart Jones, aliás, esse não é o melhor nome do mundo? Ele é tãããão bonitinho, e gostou bastante de você. Se alguém pode curá-la de falta de orgasmos, seria um poeta de Trinidad e Tobago chamado Trueheart.

Olhei alarmada para minha melhor amiga. Sair para encontros aos 40 é como voltar a ser adolescente. Na época você evitava luzes fortes porque mostrava as espinhas. Agora é porque mostram as rugas. Estava simplesmente velha demais para isso.

— Não tenho idade para vadiar em festas e depois correr para casa e escrever tudo no diário, Jazz. Não poderia trair Rory. É tudo tão... vulgar.

— É mesmo? Bem, da próxima vez em que for a um jantar, dê uma boa olhada nas piranhas, desculpe, esposas, sentadas em volta da mesa. Da última vez que chequei, metade está tendo casos. São fáceis de identificar depois que descobre quais são os sinais. Ela troca seu terno por uma minissaia Moschino. Não come mais carboidrato. Sua bunda está dois números menores e seus peitos dois maiores. Subitamente virou especialista em coisas sobre as quais não entendia nada antes: voos de asa-delta, rap, Mahler, alpinismo, flauta tibetana... seja o que for que seu novo amante goste. Seus dentes ficam tão claros quanto seu cabelo. Suas pernas, com pés calçando Manolo Blahnik, agora parecem tão compridas quanto as histórias que ela conta para explicar as noites até tarde no escritório. Tendo sido cronicamente subestimada, ela agora está cheia de autoestima.

— Mesmo? — Ah, Deus, como eu gostaria de ter mais autoestima. — Mas estaria traindo a pessoa com quem compartilhei minha vida, meus filhos, meus maiores segredos...

— Sim, o marido que agora está compartilhando com sua terapeuta de casal.

— Rory não está me traindo, tá bom? Então ele beijou Bianca. Grande coisa. Talvez fosse mesmo apenas reiki de língua. Talvez ele realmente precise de um tempo sozinho. Ele nunca seria infiel a mim.

— Acorda. Homens transam com qualquer coisa. Inclusive tortas em temperatura ambiente ou gado que esteja amarrado e razoavelmente manso. Você precisa deixá-lo com ciúmes. Você é tão linda, Cass. Nossos sonhos podem ter se despedaçado mas nossos rostos, não. Por que não se exercita um pouco mais?

— Ei, na minha idade, tento apenas ser limpa e pontual. — Era minha vez de entornar uma dose do forte Chivas Regal. — O que odeio em academia — arfei, minha garganta queimando — são as recomendações para se usar roupas largas. Se eu tivesse roupas que estão largas, não teria que ir à academia afinal, teria? Mas esse também é o motivo pelo qual não posso ter um caso. Isto é, digamos que vamos para a cama às oito? Se eu passar a noite lá significa que serão 12 horas. Não consigo encolher a barriga por tanto tempo assim. Além disso, o que iria dizer a ele?

— "Nossa, que pênis enorme você tem" parece fazer maravilhas.

— Não conseguiria passar por todas as mentiras e traições, Jazz. Sentiria-me igual a, não sei, Iago! De qualquer maneira, não há nada sério entre os dois, sei disso.

— Qualquer coisa não muito séria já é séria o bastante. E você pode mentir. Por Deus, não é como se estivesse testemunhando sob juramento. Olha, você não estava procurando alguém para ter um caso. Está apenas sexualmente frustrada e emocionalmente faminta.

Bem, aquilo era verdade. O encontro no bar permanecia na minha memória com uma clareza cristalina, como se tivesse tomado uma droga que intensifica os sentidos. A sensação da mão de Trueheart Jones em minhas costas ardia quente em minha cabeça. Apesar de negar, como queria desesperadamente explorar o doce império da satisfação sexual.

— Na nossa idade, provavelmente é bom ter alguém. Quero dizer, nunca se sabe de onde vem o próximo pênis, certo?

— Deus, Jazz, se eu soubesse que ia ter um caso, não teria deixado minhas pernas colarem uma na outra — respondi jocosamente. — Além do mais, não tenho lingerie para isso. O segredo da Victoria's Secret é que ninguém acima de um manequim 42 consegue entrar naquelas roupas.

— Vamos à Agent Provocateur. Eles fazem lingeries para todos os tamanhos.

— Na verdade, estava pensando em uma coisa mais substancial. Como uma roupa de esqui. Ou o Santo Sudário.

Como poderia ficar nua na frente de um homem de 29 anos? Como poderia ficar nua na frente do primeiro estranho pela primeira vez em vinte anos? Porque esse é o problema em trair — mais cedo ou mais tarde você tem que tirar as roupas. Jazz me avisou para desligar o aquecimento e deixar as janelas abertas, e depois sugeriu que ambos nos despíssemos na cama, porque estava tãããão frio... Mas e se o motel barato onde sem dúvida acabaríamos indo não tivesse janelas que abrissem? Não, não, eu teria que criar situações onde ele só me visse deitada de lado — a única posição infalível para fazer os seios pós-amamentação de uma mulher parecerem maiores... Infelizmente nessa posição os homens tendem a te enxergar ou como bêbada ou como uma trágica tetraplégica. Poderia andar de braços cruzados empurrando meus peitos para cima.... Mas o único visual que isso proporcionaria seria de uma louca fugitiva do hospício contorcida numa pose permanente de camisa de força. E suspeitava que nenhuma das opções fosse particularmente útil para seduzir.

— Quando conseguir levá-lo para a cama, nada disso vai importar mais. O negócio é levá-lo até lá. E para isso pode simplesmente mentir — sugeriu Jazz. — Homens mentem sobre suas proezas nos esportes e histórias de infância o tempo todo. Então por que também não podemos mentir um pouquinho? Sutiãs com bojo de silicone, enchimentos...

— OK! Traga-me meus peitos! — exigi.

— Ah, obaaa! — exclamou. — Precisa taaaanto de uma temporada na reabilitação visual.

Sua primeira tentativa envolveu enchimentos removíveis de sutiã, mas eles ficavam achando o caminho para fora, e eu deixava um rastro de almofadinhas brancas em formato de pétalas por todo lugar que passava. Lembre-se, isso seria muito útil se alguém estivesse me procurando. Especialmente meu marido. Poderia simplesmente trilhar o caminho para ele, João e Maria, até meu libertino paradeiro.

Enchimentos de gel foram sua técnica seguinte para fazer de meus montículos, montanhas. São bolsas de silicone que você usa no sutiã, só que eu sem dúvida me esqueceria de onde estavam — isto é, até Trueheart encontrá-las durante as preliminares.

"Merda, que porcaria é essa?", perguntaria ele, segurando a ilícita e trêmula água-viva entre o indicador e o polegar.

Humm.. Acreditaria que é uma maneira inovadora de descongelar frango? Não, isso era ridículo. Não ia transar com ele.

— Sei que não vai transar com ele, meu bem, mas pode pelo menos usar uma calcinha fio dental bonita só por precaução. Caso tenha um acidente ou coisa parecida — respondeu Jazz, levando-me até o departamento de lingerie da Selfridges.

Pessoalmente, prefiro calcinhas cem por cento algodão do tamanho de uma pequena nação emergente. Sabe, calcinhas que também poderiam ser usadas como velas num iate. Mas Jazz logo me colocou dentro de baby-dolls que precisariam de um diploma em engenharia para entender. Depois de dez minutos lutando com toda a renda, minha cabeça estava saindo da abertura da virilha, um dos seios se encontrava na abertura do pescoço e meus pelos pubianos estavam elegantemente presos na trama elaborada.

— O que está fazendo aí dentro? — Jazz bateu na porta do provador.

— Ah, só estou ocupada representando mal as mulheres.

— Certamente não está!

Quando me dei conta, estava num salão de beleza sendo depilada. Acredite em mim, a dor da cera pode matar, e não há muito sentido em estar macia e depilada quando se está morta. Em seguida fui penteada, depois que meu cabelo estava tão pesado que mal conseguia mexer a cabeça, tal era a quantidade de laquê. Um ser estranho estava me olhando do outro lado do espelho. Finalmente, vieram as pinças. "Não são pelos no queixo. São apenas cílios que caíram". Homens têm tanta sorte. Não apenas só precisam de um par de sapatos e numa só cor, durante toda sua vida adulta, como também têm a opção de deixar crescer o bigode.

Determinada a tirar leite de pedra, Jazz tentou me enfiar nas apertadas calças de grife de última moda, mas o espaço já estava ocupado por pernas.

— Gostei daquele vestido — falei para a vendedora da Joseph —, mas você teria num tamanho para alguém de estatura maior? — O único vestido que achei vagamente favorável tinha escrito na etiqueta de preço: "Guess".

— Nossa, eu não sei. Mais que o salário de uma semana?

No final, me decidi por um novo guarda-roupa na Top Shop e fiquei a noite toda acordada escrevendo Pucci e Prada nas minhas bolsas, camisas e sapatos baratos.

Jazz também acreditava nas propriedades milagrosas de cremes faciais e me fez comprar toda loção e poção que prometia atrasar a passagem do tempo. Não é necessário dizer que ela não pareceu muito impressionada com minha gaveta de maquiagem, que continha apenas um rímel em miniatura que secou depois do terceiro cílio, além de um batom grátis de uma cor tão horrível que nem um agente funerário teria coragem de usar num cadáver. Mas os segredos de beleza de Jazz finalmente conseguiram me transformar... O problema era que nunca poderia ir espontaneamente a algum lugar novamente, eu precisaria começar a me arrumar com pelo menos 48 horas de antecedência.

Em seguida vieram as meias elásticas, fáceis de entrar e de sair como uma, digamos, roupa de mergulho. Estava longe de se adequar a um striptease. Usava-as no colégio para me acostumar e eram boas, mas tirar minhas meias extrafortes para diminuir as coxas naquela noite mostrou-se ser um esforço tão grande que tive uma distensão muscular e tive que ser levada para o hospital.

Sentei na sala de emergência rapidamente desistindo da ideia de ser infiel. Casos pareciam ser moleza, mas na verdade eram incrivelmente perigosos. E não apenas fisicamente. Isto é, e se Trueheart levasse a sério? E se ficasse chato e irritante? Sempre havia a possibilidade de eu gritar o nome do meu marido na cama. Aquilo devia ser o bastante para afastá-lo... Ou talvez eu pudesse ficar mais exigente sexualmente — de um jeito estranho. Ou podia dizer a ele que tinha alguém me perseguindo e precisava de vigilância policial. Aquilo faria um ex-presidiário sair correndo.

Mas e se fosse Trueheart quem estivesse me perseguindo? Então poderia dizer a ele que tinha uma ordem judicial contra meu marido para que ele ficasse longe, considerando que ameaçara matar qualquer homem que dormisse comigo.

Cristo. Mas e se eu começasse a gostar dele? Não existe um bom momento para contar a seu marido que está se divorciando dele por um poeta de 29 anos incrivelmente musculoso

— ah, e condenado à prisão por tráfico de maconha. Não, não, não poderia ir em frente com isso.

Para confirmar meu ponto de vista, estava na casa de Jasmine quando a loira especialista em Sylvia Plath ligou.

— Olha — Jazz ladrou ao telefone —, sei que está tendo um caso com meu marido. Mas espero que saiba que você é apenas uma entre muitas, benzinho.

Não, não. Não me colocaria numa posição tão vulnerável. Mas ainda assim, pensar em Trueheart Jones continuava deixando um calor em minhas coxas. Alguma coisa tinha que ceder e podia ser o elástico em minha calcinha. Talvez ele tirasse minha vida sexual do ponto morto...

Marquei e desmarquei o encontro duplo com Jazz. E marquei e desmarquei de novo. Mas, no final, vacilar não serviu para nada. Saí pelos portões da escola numa quarta-feira depois do ensaio do coro, triste com a perspectiva de uma longa noite em vista — Jamie estava na colônia de férias, Jen dormindo na casa de uma amiga e Rory ainda estava morando na clínica — e ele estava bem ali ao meu lado, habilidoso como um gatuno.

Contra minha vontade, senti uma adorável pontada de expectativa. Flutuei até ele. Aconchegada no abrigo de seu imenso braço, fui levada por Trueheart Jones a um passeio pelo Regents Park. Podia sentir o calor emanando de sua pele enquanto pisávamos na grama e em meio às rosas. Atrás do teatro a céu aberto, ele passou a ponta de um dedo em minha nuca. Um espasmo de apetite tomou conta de mim e não era de comida. Estava com desejo de carne e ossos de homem. Ele tracejou a gola de minha camisa, onde encontrava as clavículas, e uma eletricidade me atravessou do pescoço até o joelho, e mais alguns lugares entre os dois. Estava tão excitada que esqueci de sentir culpa. Estava tão excitada que esqueci de gritar para "trazerem meus peitos". Habilmente, ele colocou as mãos debaixo de meu velho sutiã cinza, encontrou meu mamilo, e o apertou. Não com delicadeza como Rory apertava. Mas com força.

— Já amamentei duas crianças... — precipitei-me como que pedindo desculpas.

Eu mal terminara a frase quando seus lábios estavam em meu seio, quentes, molhados, surpreendentes. Ele não chupava como Rory fazia, e sim me mordia, levemente. A sensação subiu por minha espinha e desceu por minhas pernas. Ele me apertou contra seu corpo. Estava sob um ataque de libido. E, ah, como me rendi alegremente enquanto entrava debaixo de minha saia e subia por minha coxa, tão lentamente quanto tai chi chuan. Estava debaixo do elástico de minhas grandes calcinhas brancas de algodão com dois dedos em círculos.

— Quero tanto você.

E subitamente eu soube por que metade das esposas aparentemente tem casos. Não é porque querem orgasmos sensacionais. Apesar de, sim, sim, sim!!! Elas os querem, sim. Mas é porque uma mulher precisa que um homem a deseje. Ao menos tanto quanto ele deseja que seu país vença no críquete.

Conforme aquela sensação aumentava, me dei conta de estar me contorcendo contra Trueheart Jones. Estava prestes a estar no meu melhor! Assim como Jean Brodie em Primavera de uma Solteirona! Eu ia sair da seca! A qualquer momento iria gritar de um jeito animalesco antes de desmoronar acabada, numa pilha ofegante e suada... Mas assim que imaginei isso, comecei a me afastar, como uma heroína melosa de algum romance do século XVIII. O clima sensual, o casulo de respiração e pele que ele envolvera ao meu redor, se despedaçou.

— Preciso ir embora.

— Tá bom, mas preciso que se deite para eu te lamber. — Sua voz quente estava grossa de desejo.

Engoli em seco. Meu corpo cedeu imediatamente sim, sim, sim... Mas uma tempestade quente de sentimentos tomou conta mais uma vez. Eu amava meu marido. Pertencia a Rory. Ele estava impregnado em mim, de corpo e alma. Era ele o meu homem.

— Ei, achei que queria ir até o fim.

— Ah, eu quero. Mas só até o fim desse encontro. Sinto muito, Trueheart. Sinto muito mesmo.

Correndo na Circle Line até a estação de metrô de Baker Street, percebi que havia reciclado Rory rápido demais. Ele era como aquelas coisas que você guarda durante anos e acaba resolvendo jogar fora dois dias antes de precisar. Existe uma linha tênue entre luxúria e insanidade. E eu acabara de me impedir de apagar aquela linha.

17. Até que o homicídio nos separe

A noite tinha um cheiro quente de madressilva que levantava meu humor enquanto passava pela sala de cirurgia e ia diretamente até o quartinho nos fundos. Tudo que conseguia pensar era no calor devaneador e suave do abraço do meu marido. Estava ardendo com aquela necessidade — a necessidade de sentir Rory perto de mim. Aquele era meu mantra conjugal. Rory ainda não havia voltado das consultas a domicílio então deitei no quarto vazio, determinada a esperá-lo, mas depois de algumas horas desmaiei, vestida, de bruços sobre a cama. Em meu alívio distraído por ter escapado da traição, o último pensamento frívolo que passou por minha cabeça foi que havia tanto tempo que não via meu marido, que temia atirar nele achando que era um ladrão. Mas era eu quem estava planejando um roubo. Invasão domiciliar emocional. Iria roubar meu passaporte de volta ao coração do meu marido.

Acordei em meio à adrenalina e angústia. A madrugada dava à sala de cirurgia uma melancolia e uma aparência derrotada. Bastante parecida comigo. O travesseiro a meu lado estava vazio. Onde estava Rory? Senti o zigue-zague de dúvida passando por mim como um pêndulo de suspeita balançando de um lado para o outro. Descendo da cama, procurei por pistas no quarto. Apertei o botão de mensagens da decrépita secretária eletrônica. A fita estava tão velha que a mensagem deixada estava arranhada e cortada mas a voz definitivamente era de mulher. E estava marcando um encontro. Freneticamente comecei a tentar inventar desculpas para meu marido estar indo encontrar uma mulher. Talvez sua mãe tivesse voltado dos mortos? Talvez ele houvesse desenvolvido características do Dr. Doolittle e pudesse conversar com animais — e eles pudessem falar com ele? Talvez Rory fosse travesti e estivesse marcando um horário com sua costureira? Todas essas explicações pareciam mais plausíveis do que ele estar tendo um caso. Especialmente quando a lógica ditava que só poderia haver uma candidata.

Quis chamar a polícia e fazer com que procurassem por digitais em todo o corpo dela porque agora estava imaginando as mãos de meu marido em todo seu corpo nu. Faixas de ansiedade envolviam todas as minhas costelas, apertando cada vez mais. O nervosismo pontilhava meus lábios de suor, e eu caía na areia movediça psicológica. Homens são criaturas de hábito. Não deixam o conforto de suas casas a não ser que exista outra mulher. Fui invadida pelo terror. É claro que ele estava se apaixonando. Uma palavra encorajadora da ladra de maridos e ele fugira de nosso casamento tão rápido que não deixara nada pra trás a não ser o contorno de seu corpo na madeira da porta da frente enquanto a atravessara correndo. Por que eu demorara tanto a admitir? Eu era um gênio, obviamente.

Enquanto cambaleava para fora da clínica veterinária tive certeza de que os animais estavam zombando de mim de dentro de suas gaiolas. Coelhos sabem sorrir de lado? Porque tenho certeza de que vi um rindo disfarçadamente.

As velhas casas geminadas de Camden jogavam sombras como túmulos em cima do meu carro enquanto aguardava do lado de fora da casa de Bianca. Sentia-me oprimida pelo medo e baixei a janela em busca de um pouco de oxigênio. Eram oito da manhã e Rory abria a clínica às oito e meia, então se estivesse ali, teria que aparecer brevemente. Como previra, um momento de parar o coração mais tarde, a porta amarela da frente de Bianca se abriu e lá estavam eles, juntos, nos degraus. Olhando em meio aos pés presos com ventosas do boneco do Garfield de Jenny, vi Rory beijando-a. Esforcei meus olhos até que doessem, observando-os. Ah. Agarrei o volante e entrei em desespero. Minha pele se arrepiou como se eu estivesse sendo observada em vez de o contrário. Rory parecia tão forte e bonito. Sim, todo mundo adora apaixonados — a não ser que ele seja a droga do seu marido.

— Achei que era experimentação! — Havia saído do carro e já estava berrando antes de me dar conta do que estava fazendo. O ar que inspirava era tão cáustico quanto ela. — Achei que não havia significado nada! — Sentia-me como se estivesse sendo engolida pelo vento. — Rory, quero que entre no carro e venha comigo agora mesmo.

Ele ficou parado em estado de choque. Bianca, no entanto, chegou perto de seu ouvido, sem dúvidas sussurrando seus feitiços. Estava usando uma camisola curta de seda com calcinha de renda. Seu cabelo estava propositalmente desarrumado e usava cílios postiços que teriam ficado mais adequados numa girafa. Parecendo mães que trabalham pela manhã. Não.

— Rore? — Mas Rory apenas ficou parado ali, encarando. — Quando digo que quero uma resposta logo, estou me referindo a ainda nessa encarnação. — Parecia ousada, mas sentia uma enxurrada de tristeza presa na garganta.

— Na verdade — respondeu Bianca —, vamos morar juntos. A dor veio com tudo, rápida e intolerável, como abrir as persianas num dia de verão quando você está de ressaca. Um sorriso malicioso se abriu em seu rosto.

— Para onde? Seu iglu eco-sensível? Rory, ela é uma farsa. Não consegue enxergar isso? — A rua, o mundo, parecia inclinar e começar a deslizar até um tipo de abismo horrível. O medo começou a sair de meus poros. Olhei para minha inimiga. Bianca obviamente havia frequentado a Escola Eva Braun para Amantes. — Não liga para a família que está destruindo?

— Eu ligo para Rory, em toda a sua complexidade — gabou-se Bianca em seu tom de voz suave. — Posso cuidar de suas necessidades de uma maneira que você nunca poderá.

— Nossa, quantos anos de ioga são necessários para poder puxar seu próprio saco desse jeito? É um feito e tanto! — Podia sentir meu sangue coagulando de raiva.

— Eu posso cuidar de sua criatividade e enxergar seu potencial bruto. Você não faz nada a não ser apenas sufocá-lo.

Quis fazer uma observação sarcástica de Wilde, usar uma referência Shakespeariana, um comentário cáustico. Mas em vez disso, derramei-me em lágrimas.

— Rory! — Se ele não me segurasse iria me despedaçar como uma mina terrestre explodindo. — Não pode conversar comigo sozinho? — Por mais desorientada que estivesse, sabia que era um sinal certeiro de seu casamento não estar bem ter seu marido apontando uma mulher para o seu peito. — Para de apontar essa coisa para mim — gesticulei para Bianca. — Está me deixando nervosa.

— Sinto muito. Mas aonde Rory vai, eu vou. Esse é o tipo de devoção do qual ele sentia falta nesse casamento — falou Bianca com autodomínio praticado.

Eu havia sido atropelada por um caminhão psicológico. E meu marido é quem estava dirigindo.

— Escute — disse a ele. — Está obviamente tendo uma crise de meia-idade. Mas não podia apenas se preocupar com a calvície, como a maioria dos outros homens da sua idade?

Rory coçou sua nova barba. Ele estava aderindo ao look líder revolucionário já há algumas semanas. Mas era contra mim que estava se revoltando. Ou talvez, agora só me achasse revoltante?

— Sei que foi minha culpa obrigá-lo a fazer terapia — continuei —, mas quando pedi que demonstrasse mais afeição não quis dizer que arrumasse uma amante!

Bianca sacudiu a cabeça.

— A verdade é que você não o satisfaz sexualmente.

— Bem, tenho uma dica sexual para você, Rory. A melhor maneira de ter certeza de que sua esposa vai ficar molhada durante o sexo é manter sua porcaria de amante fora de sua vista!

— Amante? Para sua informação, Cassandra, Rory e eu somos almas gêmeas. Somos emocional e psicologicamente complementares. Mas é claro, também temos tanto para descobrir sensualmente um sobre o outro. — Ela apertou sua mão e lançou um de seus olhares aveludados. — Na verdade, ele vai estrelar um vídeo que estou fazendo chamado O Corpo.

— Ah, é mesmo? Seu papel é grande? Deve ser bem pequeno. — O que não era uma resposta ruim, considerando que estava em meio a um ataque de nervos. Senti uma pontada de nojo apertando meus intestinos. Como ela podia fazer isso comigo? Conosco? Uma fúria assassina tomou conta de mim. Morra! Morra! Mas eu só tinha a gigante pistola d'água de

Jamie no carro. Tive uma visão de todos aqueles tipos artísticos de Camden, cheios de migalhas do café da manhã, bebendo seu champanhe e sacudindo suas cabeças condescendentemente ao me verem perseguindo meu marido e sua amante pela rua atirando jatos d'água nos dois com uma arma de plástico. — E quanto às crianças, Rory? — implorei. — Se não pode pensar em mim, ao menos pense nelas.

— Ah, mas estamos pensando. Já recebi uma mensagem de Jamie dizendo que mal pode esperar para me conhecer. Olhe. — Bianca mostrou o telefone de Rory com uma mensagem acesa. "Ela parece legal, pai", dizia. — Ahhh — derramou-se Bianca —, que adorável.

Tive que esperar o zumbido em meus ouvidos parar antes de poder falar de novo.

— Rory, não seja bobo — avisei desesperadamente. — Bianca odeia crianças. Ela faz sua própria filha se entreter com brinquedos unissex de feiras de artesanato de países de Terceiro Mundo. Quero dizer, isso é abuso infantil. E antes de se mudar para o Tofu Towers — apontei para o prédio —, só pense nisso. Bianca pode fingir ser toda orgânica, puxa, com certeza ela deu seu primeiro orgasmo orgânico, mas a mulher está cheia de Botox. Não acha isso meio hipócrita?

— E ele vai me levar para conhecer Jenny hoje — miou Bianca.

Tentei responder mas em vez disso o que saiu foi um grito angustiante:

— Onde? — Minha vida subitamente era um espelho quebrado.

— Dia dos Esportes. Nossas filhas estudam na mesma escola — falou Rory, finalmente. Tentei tocá-lo mas ele me enxotou como se fosse um mosquito. Um pernilongo que queria esmagar. — Serendipity é um ano mais nova, mas tenho certeza de que as duas vão se dar bem.

— Mas, Rory, você nunca vai ao Dia dos Esportes! Fui eu quem sempre foi. Esse é o primeiro ano em que não participo da corrida das mães, mas foi porque a data coincidiu com minha excursão ao Museu da Ciência.

— Tudo bem. Bianca vai correr.

— Sim — gabou-se ela. — Algumas pessoas gostam de ficar em forma.

Perigo! Perigo! Perigo! Buzinas de terror trombeteavam em minha cabeça. Meu rosto estava apertado de indignação. Como ele podia fazer isso comigo? Rory podia ser veterinário, mas parecia que quem tinha o diploma de criação de animais domésticos era eu.

— Então, quer mesmo meu marido, não quer? Bem, deixe-me buscar então sua tigela de água e brinquedos de morder. E, aliás, pode ser uma boa maneira de me livrar de você também, Bianca. Se eu jogar uma bolinha, sem dúvidas você vai sair correndo atrás dela.

Bianca abruptamente puxou Rory de volta para sua casa e bateu a porta. Senti-me desolada com a perda dele. O que me chateava é que fora eu quem batalhara e retreinara Rory, que finalmente entendia agora a importância de aniversários e que só existe uma resposta para a pergunta "Estou gorda?". Só para outra mulher ir embora com a nova e melhorada versão. Era como reformar uma casa, deixá-la perfeita — só para ser despejada. Havia sido sexualmente substituída por uma nova proprietária. Uma proprietária mais jovem, mais magra, mais firme e com lingeries mais bonitas.

E era tudo culpa minha. Em vez de arrastá-lo para a terapia de casal era melhor ter acendido logo um cigarro ao lado de um barril de petróleo. E em breve, Bianca estaria conhecendo minha filha e correndo com todas as outras mamães gostosas na Corrida das Mães.

Dirigindo até a escola, fantasiei matá-la e fazer parecer um acidente com o aparador de grama. Podia ver-me agora numa penitenciária de segurança máxima com descansos de mesa de crochê jurando que sofria de Transtorno de Múltiplas Personalidades. Múltiplas? Quem estava tentando enganar? Droga, sequer tinha uma! Bem, tudo isso estava prestes a mudar.

Me preparei. A bandeira xadrez havia sido baixada. Estava começando a corrida. E eu ganharia meu marido de volta honestamente. Mesmo que tivesse que trapacear para isso.

18. Os mais belos sobrevivem

Quando uma mulher descobre que seu marido está tendo um caso, a maioria das opções imediatas parecem pueris:

1. Escrever nos documentos dele, onde perguntam: "alguma característica distintiva?" "Não tem pênis."
2. Sair com o herói que ele idolatra de seu time de futebol dos sábados; o que nunca passa a bola para ele.
3. Espalhar um boato de que vocês terminaram porque ele sofria de incontinência.
4. Inscrevê-lo em sites embaraçosos; sites sob vigilância da Scotland Yard.
5. Desistir de chocolate. Você vai sentir tanta falta que nem vai mais sentir falta do seu marido.
6. Pegar o talão de cheques dele e em todos os canhotos escrever favores sexuais.
7. Ganhar da megera na Corrida das Mães.

O Dia dos Esportes é um exercício em humilhação ritual. A maioria das mães gosta de passar esse dia escondidas no banheiro. É desnecessário dizer que eu estava antecipando-o apenas um pouco mais que teria antecipado minha própria execução por injeção letal mas meu ódio por Bianca vencia todos os outros sentimentos. O único problema era: como me livrar da excursão ao Museu da Ciência?

Não havia sentido em dizer que estava doente. O Sr. Scroope não aceita nem certidões de óbito como desculpa. Mas não ganhar de Bianca na corrida seria realmente como meu funeral.

Quando se é professora, você fica em dia com todas as desculpas imagináveis. Os bilhetes dos pais justificando faltas de seus filhos fornecem bastantes risadas na sala dos professores.

"Por favor, permita que Kylie falte no dia 29, 30, 31 e 32 de fevereiro."

"Por favor, desculpe Jackson por existir. A culpa é do pai dele."

"Por favor, dispense Chardonnay por ter estado ausente ontem. Seu pai e eu atiramos nela porque estava doente demais."

Até mesmo adúlteros como Rory tinham desculpas. "Por favor, me dispense do meu casamento, pois estou cansado de fidelidade". Era ele quem tinha um caso e, ainda assim, eu é quem me sentia culpada. Mas que desculpa eu poderia dar por abandonar 20 crianças no Museu da Ciência?

Planejamento é parte vital de qualquer excursão. Pergunte só a Robert Falcon Scott sobre a Antártica. Planejei levar os alunos até o museu e então deixá-los lá com Lucy, a outra professora do meu nível que é uma boa amiga, e os seis pais ajudantes chamados para o dia. Então correria até o Dia dos Esportes de minha filha em Hampstead, competiria na Corrida das Mães e pegaria a linha Northern de volta a tempo de retornar com todos para a escola.

Sabia sobre os perigos de se fugir de uma excursão escolar. Sem dúvida era uma ofensa digna de demissão. No entanto, a política da escola dizia que uma professora precisava de três advertências por escrito antes de poder ser demitida. O que ao menos era mais justo que o casamento. Três advertências de divórcio por escrito seriam preferíveis à súbita rejeição que Rory sentia por mim.

Ah, sim. Planejamento pode fazer toda a diferença entre não ganhar uma promoção e não chegar nem perto.

A caminho do Dia dos Esportes de Jenny, estava tão nervosa que devorei duas barras de chocolate, engoli de uma só vez um cappuccino e acabei com um pacote de batata frita. Não exatamente a melhor maneira de se preparar para uma corrida. Tive que voar do metrô até o campo de esportes, quase 300 metros, mas aquilo só me rendeu um mau jeito na cintura, um chiado no peito e uma vontade de morrer. Estava tão incrivelmente arrasada que mal conseguia ficar de pé. Atravessei o último pedaço com a velocidade de um caracol em meio a uma poça de melado. Hampstead Heath estava entupida há semanas com enlouquecidas mães sem fôlego tentando acompanhar seus personal trainers, tentando alcançar uma energia olímpica para suas corridas das mães. E aqui estava eu, arrastando os pés, como se correndo através da neve.

Também havia um problema com o que estava usando. Tendo saído correndo da clínica, dormira com as roupas que usara no dia anterior — uma saia e camisa de mangas curtas. Felizmente havia calçado tênis antes de ir até o apartamento de Bianca. Mas havia tirado meu velho sutiã cinza durante a noite e, na pressa esta manhã, não havia recolocado. "Não importa", disse a mim mesma. Meus sutiãs não davam muito suporte afinal de contas. Um sutiã de real suporte diria que não estou três quilos acima do peso e que não tenho estrias.

Ao chegar ao centro esportivo, as corridas das crianças estavam acabando. Cheguei bem a tempo de torcer por Jenny. Sentei com os outros pais, nos remexendo nos assentos como se gigantes dedos invisíveis nos fizessem cócegas para ter a melhor visão da linha de chegada. Cabeças balançavam como pipocas explodindo na panela entre os flashes das câmeras digitais e o zunido de filmadoras.

— Ma-mãe! — Jenny se encolheu quando a abracei na linha de chegada em êxtase por seu terceiro lugar. — Não está de sutiã. Eeecaa. Que vergonha. — Num gesto de reconciliação, ela se ofereceu para fugir de casa se eu a constrangesse assim de novo. Tudo que pude pensar era que seria bom ela começar a arrumar suas coisas logo, porque em breve sua mãe estaria correndo de saia enfiada na calcinha e seios ao vento.

— Viu seu pai? — perguntei, tentando manter a histeria e a dor escondidas.

Ela sacudiu um polegar em direção à parte fechada. Serpenteei o mais casualmente possível naquela direção. O vento chicoteava a grama alta de um lado para o outro, fazendo-a fervilhar e se contorcer como um mar de cobras verdes. Estava quieto atrás dos banheiros e bem isolado. Tentando controlar minhas emoções, olhei por trás do prédio. Lá estavam eles, beijando-se. Não conseguia respirar. Estava ofegando. Era uma situação de emergência. Se eu estivesse num avião, uma máscara de oxigênio estaria caindo dos compartimentos superiores.

Depois de desfilarem de volta para junto dos outros pais, fui até onde haviam estado. Deixaram duas marcas perfeitas de seus sapatos afundadas no solo. Como na cena de um crime. Mas ao menos Bianca estava usando saltos gatinha e um vestido de verão, o que significava que talvez eu não precisasse correr afinal.

Foi quando a corrida das mães foi anunciada pelos altos falantes. Mães devotadas subitamente largaram os braços de seus filhos como se dançando flamenco e correram até a linha de partida.

Em outros tempos, talvez houvessem algumas mães divertidas, gentis, correndo com os pés dentro de meias calças, talvez equilibrando um ovo numa colher; o maior perigo sendo se sua saia envelope abrisse e você caísse. Mas agora não. Não desde a invenção das mães alfa, aquelas mulheres com suas cozinhas de bancadas de granito, luzes e placas de carro dizendo "Mãe nº 1". Haviam tido carreiras meteóricas e procriaram mais tarde; desistindo dos empregos prestigiosos para serem mamães poderosas. Mas o assassino instinto competitivo ainda as habitava. As tradicionais mães de coxas grossas, mulheres que testavam os limites da lycra, tinham tanto medo das supermães, com cada músculo e tendão flexionando intimidadoramente, que haviam desistido de competir e agora ficavam apenas tristemente sentadas nas arquibancadas.

De repente, Bianca tirou seu vestido revelando um uniforme de corrida de lycra de última geração por baixo que se adaptaria às Olimpíadas. Ela tirou seu salto gatinha e calçou tênis brancos demais para não serem novinhos em folha e comprados para esse propósito, refleti colericamente. Então ela se ergueu como uma guerreira amazona. As flores pareciam se dobrar com o vento perante ela. Cristo. Até a Mãe Natureza adorava aquela megera devoradora de homens.

Andando até a pista ao lado da minha, Bianca, completamente maquiada, incluindo cílios postiços, me olhou de cima a baixo.

— Não interessa se vai ganhar ou perder porque... vai perder. — Ela se alongou, tão languidamente confortável em sua pele como um gato.

— Bem, só espero que tenha trazido uma equipe médica com você porque vai precisar — blefei, enfiando a blusa dentro do elástico da calcinha, um visual que provavelmente não viraria moda nas próximas Olimpíadas. — Se tiver sorte seus cílios podem amortecer sua queda.

Estava sendo torturada por pensamentos a respeito do que as outras mães já sabiam. Estaria imaginando os olhares furtivos pelas minhas costas? Essas perfeitas deusas domésticas assadoras de bolo, o tipo que faz você querer enfiar a cabeça no liquidificador, não estão competindo pela atenção dos homens, mas sim, para serem melhores umas que as outras. "Viu como ela está cheia de celulite?", "Seus filhos são como animais. Por que ela não os educa direito?", "Aposto que ela ganhou implantes de silicone de Natal". Julgavam mais que a Suprema Corte.

— Em seus postos... — Nos inclinamos para a frente em nossas posições na linha de partida. A linha de chegada branca parecia horrivelmente longe. Olhei pela fileira de competidoras. Mães normalmente calmas haviam adquirido um semblante que lembrava caçadores prestes a espancar filhotes de foca no Polo Norte. Unhas para fora, cotovelos avançando, elas escavavam a linha de partida como touros que acabavam de avistar seu matador. — Preparar...

— Jenny e eu nos demos maravilhosamente bem, a propósito — comunicou Bianca. — Ela tem tanto... potencial. Uma pena você não tê-la estimulado. Mas ainda há tempo e uma menina da idade dela é muito maleável.

— Fogo!

Se o comentário de Bianca tinha como objetivo me distrair, na verdade o efeito foi o oposto. Alimentada pelo ódio, corri como se tivesse tomado anfetaminas. Corri como se houvessem sapatos Jimmy Choo de graça na linha de chegada — sendo distribuídos por um Brad Pitt pelado.

A mulher à minha esquerda corria como um avestruz, com a cabeça e pescoço esticados, a parte de cima do corpo aparentando não ter alguma relação com as pernas. Outras corriam de pescoços encolhidos, como pequenos animais silvestres. Mas eu sentia que estava ultrapassando todas elas. Rajadas de vento estapeavam meu rosto enquanto me jogava à frente, deixando para trás as outras corredoras. Enquanto elas ficavam mais escassas, olhei por cima do ombro. E lá estava Bianca. Tirando as outras de sua frente, jogando-as nos arbustos. Aquela olhadela me custou alguns segundos e me virei para focar na linha branca esticada pela secretária da escola e pelo professor de música. Podia sentir Bianca me alcançando; tão perto quanto um sussurro. A linha de chegada estava cada vez mais próxima. Eu arfava, sem ar, minhas pernas pesadas, quando senti o empurrão. Sacudi meus braços enlouquecidamente mas senti que estava caindo. Ricocheteei de lado, quase fazendo uma lobotomia frontal completa na diretora da escola. As outras participantes tropeçaram no meu corpo até estarmos todas deitadas na grama, com nosso emaranhado de leggings pretas e camisetas de cores vivas fazendo-nos parecer balas de gelatina tendo um ataque epiléptico.

— Sua idiota de merda — gritou uma das mães. — Por que diabo fez isso?

— Eu... Eu... Fui e... empurrada. — Meus pulmões lutavam por um pouco de ar fresco.

— Devia ser desclassificada, sua piranha estúpida!

— Mas... mas... — Minhas justificativas estavam perdidas em meio a um murmurinho de fúrias descontentes. Isso é que é cair do topo. A luz embaixo das árvores diminuiu, parecendo malévola. A má vontade me cercava. Estava tendo dificuldades para respirar.

— Mãe, você está bem?

— Claro. Sempre sangro pelas orelhas desse jeito — bufei. — E meu tornozelo frequentemente se dobra dessa maneira bastante curiosa.

Encontrei a panturrilha de Jenny e a agarrei como apoio, levantando-me.

— Ela me empurrou. Você viu? — arfei. — Estava ganhando e Bianca me empurrou.

— Ah, mãe, não seja má perdedora.

Rory estava se movendo relutantemente na minha direção com Bianca não muito atrás, segurando sua garrafa de champanhe de vencedora.

— Devia ganhar algum prêmio também por competir sem sutiã. Uma medalha pela coragem, talvez. Está bem? — perguntou ele de má vontade.

— Ela me empurrou! Essa vaca me empurrou! Será que ninguém acredita em mim? — Amaldiçoei meu nome internamente: Cassandra, aquela cujos avisos foram despercebidos. Ninguém acreditara nela sobre o cavalo de Troia também.

— Bolhas! — Os olhos de Bianca estavam acesos com um triunfo frio. — Adoro bolhas!

— Adora? Bem, então por que não vai peidar na banheira?

— Mamãe. — Jenny me calou. — Pare com isso. Já não passou vergonha demais por um dia?

— Você quer, humm, sabe, juntar-se a nós? Bianca trouxe um piquenique de almoço — perguntou Rory hesitantemente.

É claro que ela trouxera.

— Não. Eu, eu tenho que voltar ao trabalho.

No sol do meio-dia, a fatia de sombra do prédio havia se transformado numa fina linha. Manquei um pouco por ali antes da corrida louca de volta à excursão de ciências. Desolada e arruinada, achei que fosse começar a chorar, mas então, me recompus. Não havia molhado as calças, então, no geral, havia alcançado algum tipo de vitória.

Como disse, planejamento é parte vital de qualquer excursão. Eu havia cronometrado as coisas para ter uma hora para voltar até minha turma. Mas o que não havia planejado era, primeiro, um tornozelo torcido, e, segundo, uma "pessoa no trilho" — um eufemismo do sistema de transportes de Londres para um suicida que se atirou no metrô. E, finalmente, um celular descarregado.

Depois de correr até a estação houve tal atraso que, quando o metrô finalmente chegou, tive que remar com os cotovelos até achar um lugar no vagão, onde sentei imóvel durante os dez minutos seguintes. O metrô de Londres não tem ar-condicionado. Minha blusa, já cheia de suor por causa da corrida, grudava em mim como uma pele de algodão. Quando anunciaram que aquela linha teria de ser fechada, cambaleei escadas acima em busca de um táxi. Quando não apareceu nenhum, subi num ônibus.

As ruas estavam engarrafadas com os gigantes carros típicos do norte de Londres. O ônibus corria numa velocidade geriátrica. Peguei o celular para ligar para minha colega, Lucy, mas a bateria estava tão acabada quanto eu. Dormira na clínica veterinária na noite anterior e não tivera chance de recarregá-lo. Tentei dizer a mim mesma que era tudo parte da grande aventura de se morar em Londres mas por dentro estava tendo um ataque de pânico. Comecei a inventar criativas promessas a Deus sobre todas as caridades que faria se conseguisse voltar ao Museu da Ciência a tempo.

Quando o ônibus entrou na Baker Street, saltei, literalmente, e desci mais uma vez para o metrô. Duas estações e chegaria. Enquanto esperava e esperava pelo trem, com mais e mais atrasos sendo anunciados, comecei a pensar em carreiras alternativas; trabalhos como castradora de frangos ou cheiradora de axilas para testes de desodorantes acenavam para mim.

Da estação de South Kensington fui pulando como um canguru até o museu. Quando entrei no foyer não havia nem sinal da minha classe. Andei por ali durante um tempo. A dor saindo pelos meus poros em formato de suor rançoso, freneticamente gritando o nome de minha amiga professora: "Lucy? Lucy!!". Minha camiseta havia sido rasgada na corrida e encontrava-se coberta de manchas de grama da queda, meu cabelo estava todo embaraçado e desgrenhado, eu estava pulando num pé só, meus peitos sem sutiã balançando e os guardas pareciam estar me olhando de maneira alarmada. Quando furei a fila para perguntar se a escola primária North Primrose já havia ido embora, me disseram para esperar minha vez ou ir para o inferno.

Considerando que estava me arrastando por causa do tornozelo extremamente dolorido e inchado, no meio de um ataque cardíaco e 45 minutos atrasada para a volta com o ônibus escolar, a essa altura o inferno parecia ser um destino melhor.

Após 40 libras numa corrida de táxi, estava de volta em Primrose Hill. Enquanto ficara presa no trânsito, aproveitei para preparar minha defesa. Iria alegar despreparo mental e me aposentar antecipadamente. Para apoiar minha alegação, só precisaria colocar uma tela antimosquito em volta da minha cadeira na sala dos professores e tocar só bongô.

Do jeito que estava, andava tendo bastante prática em sobrevivência na selva. A única maneira de entrar escondida na escola era andar de lado, de costas para o muro, embaixo da câmera de segurança e depois engatinhar ao passar pela janela da sala de Scroope.

Eram três horas quando minha operação secreta se concluiu com uma bem-sucedida infiltração no primeiro andar e uma entrada estilo faroeste pela janela lateral da sala de Lucy, onde ela entretinha seus alunos e os meus. Não sendo uma "Giz e Diz", Lucy sussurrou que havia me dado cobertura tão bem que eu devia a ela uma cerveja. Exausta de alívio, escapuli até minha sala para pegar o registro — e congelei de choque, imobilizada como uma gárgula por seu olhar de aço.

— E onde, se é que se pode saber, você esteve? — Perdita Pendal entrou no meu caminho mais velozmente que as Forças de Resposta Rápida do Pentágono e com a mesma dedicação à diplomacia pacífica. — Sabe qual é a penalidade por abandonar sua turma numa excursão? — Quando Perdita falava, seus lábios finos e pintados pareciam duas minhocas lutando. — Acho que é uma ofensa digna de demissão.

Milhares de imigrantes ilegais, possivelmente portando antraz, estão estabelecendo células terroristas em toda a Inglaterra, e as forças de segurança conseguem encontrá-las? Não. Uma hora e meia atrasada da volta de uma excursão escolar e Perdita havia descoberto. Por que ainda não está trabalhando na unidade antiterror da Scotland Yard é um mistério para mim. Fechei a porta da sala e preparei-me para rastejar.

— Olha, foi uma emergência. A turma está bem. Nas excursões devemos deixar uma proporção de um pai para cada dez crianças, certo? Bem, verifiquei que houvesse uma porcentagem de seis para um, chamando pais a mais. E Lucy estava lá. Era uma crise de família. Ninguém precisa saber. Isto é, tudo deu certo no final.

— Deu? — disse ela com o ar de uma governante vitoriana.

— Perdita, estou implorando. Por favor, não conte a Scroope. Cubro todos os seus turnos no playground pelo resto do ano, se não contar nada. — Meus joelhos já estavam ralados de tanto rastejar mas perseverei. — Tenha um pouco de compaixão. Alguma lealdade entre professoras. Solidariedade entre irmãs? — implorei. Mas Perdita tinha a solidariedade de um cartel de drogas colombiano.

— O dever vem antes da amizade — respondeu sombriamente. Seu tom de voz ríspido deixava claro que implorar não iria adiantar.

Às quatro da tarde, quando as crianças explodiram pela porta da frente em direção a suas casas, encontrei Scroope. Seu rosto estava rígido, sua boca fazendo bico como um reto se esforçando em movimentos pré-evacuação.

— Meu escritório — ordenou.

Arrastando meu pé machucado para minha perdição, perguntei-me se poderia ajudar contar a ele sobre coisas muito piores que aconteciam em excursões escolares. Uma amiga da faculdade havia levado suas alunas do sexto ano para acampar em New Forest, onde comeram cogumelos... que eram dos tipos alucinógenos. Dava ao termo "viagem escolar" um significado bem literal... Mas mudei de ideia quando vi os olhos dele de perto. Olhei em volta em busca de uma arma para me proteger, imaginando desesperadamente se talvez pudesse usar raios de sua impressora a laser para atingi-lo... Os humores de meu diretor flutuavam de desagradável a satânico. E isso num bom dia. Quando sua raiva vinha, era como um tornado.

— ABANDONOU SUA TURMA?!!!

Durante a meia hora seguinte ele simplesmente disparou, como o furacão Katrina, jorrando palavras em vez de chuva. Estava apoplético de raiva sobre as violações de saúde e segurança. Suas cordas vocais pareciam cabos enquanto ele gritava sobre os riscos, os perigos e as possibilidades, sobre as possíveis consequências de um ato tão imprudente. Eu era irresponsável, imoral e imatura... Se dependesse dele, falou, me demitiria na hora. Sim, professores precisam receber três advertências por escrito antes de poderem ser demitidos. Mas isso fora tão grave que levaria ao Conselho e pediria que considerassem demitir-me imediatamente.

Deveria ter me defendido mas agora simplesmente me pergunto como foi que pensei que poderia ter me safado daquela. Se escrevesse uma autobiografia, seria intitulada "É hora de dar uma boa olhada em sua patética vida, idiota de merda".

Mantive os olhos na parede pintada de bege atrás dele e, enquanto continuava discursando, me vi pensando em quais matérias ele deveria ser bom ensinando antes de sua inexplicável subida ao posto de diretor. Servilismo e tremulação, talvez? Técnicas de tortura? Meu presente de despedida seria uma placa para seu escritório dizendo: "Você não precisa ser um canalha misoginista e misantrópico para trabalhar aqui, mas já ajuda."

Depois de Scroope me expulsar de sua presença, sem dúvida para poder brincar um pouco mais com sua coleção de armas, bati a cabeça contra a parede. Mas era como se a escola e suas tribulações estivessem em Plutão. Pareciam tão insignificantes comparadas ao resto de meus problemas. Havia perdido o coração do meu marido e envergonhado minha filha, o que significava que basicamente havia atirado-a nos braços sinistros de Bianca. Tinha a sensação de que a luz no fim do túnel era de um trem. E eu estava amarrada nos trilhos.

19. Estou naqueles dias, portanto legalmente posso te matar

— Ele está transando com a terapeuta? Está brincando. Onde fazem amor? No divã dela? Depois de 55 minutos ela diz: "Nosso tempo acabou"?

— Não tem graça, Jazz. Mas estou te dizendo, se as coisas p... p... piorarem, vou ter que pedir pra você parar de me a... a... ajudar — solucei.

Depois da escola, havia dado dinheiro a Jamie e Jenny e os deixado no McDonald's, e me xinguei por ser uma mãe tão ruim. Com a veia da culpa pulsando, relembrei como eu pedira ao médico no dia em que Jamie nascera para me acordar depois da cesariana — quando ele tivesse "ah, mais ou menos, 7 anos". Mas a culpa não era suficiente para me impedir de abandoná-los para um lanche McMerda enquanto eu corria até Jasmine.

Ela estava mostrando a casa para mais um avaliador. Aparentemente, Studz queria mais uma estimativa do valor da casa para assuntos de seguro. Ultimamente, corretores estavam constantemente entrando e saindo de seus carros pretos, que me lembravam tubarões.

— Aqui — disse Jazz. — Beba isso enquanto despacho esse cara. — Ela pousou um gim tônica na mesa da cozinha, tirou seu pão recém-assado do forno e depois virou suas atenções para o vendedor bem-vestido de terno.

— Então, antes de ir embora — apontou claramente para ele —, só por curiosidade, quanto acha que eu conseguiria pela propriedade?

— Ah, a casa vale 3 milhões, facilmente. Não tenha dúvidas. É uma bela propriedade. Obra-prima georgiana. Cozinha de última geração, escada em espiral magnífica, piscina, biblioteca de paredes de madeira e pé-direito alto inigualável, impecavelmente bem-cuidada. — Ele falava como um panfleto enquanto admirava as garrafas de cristal, as organizadas pilhas de catálogos da Christie's, o reluzente piano de cauda. Essa casa era fruto do amor de Jazz.

— Deus! Você certamente ganharia uma suculenta comissão por ela, não ganharia? Se eu quisesse vendê-la, quero dizer — comentou Jazz, abrindo a porta do corredor como se dando uma indireta. — Quanto ganharia com isso?

O homem de cabelos avermelhados fechou sua maleta com um estalo.

— Uma mixaria por essa casa, senhora. É propriedade do banco.

Jazz se endireitou como um ponto de exclamação.

— O quê?

— Hipotecada, querida.

— Isto é um engano. Terminamos de pagá-la há mais de uma década.

— Sim, mas depois hipotecaram de novo alguns anos atrás e mais uma vez recentemente.

Jazz soltou uma risada nervosa.

— Não, não hipotecamos.

— Bem, quem acha que me mantém empregado vindo aqui fazendo as avaliações? Eu posso sair sozinho, sim?

— Deve ser algum engano. — Ela foi atrás dele pelo corredor.

Corri para o lado dela. Jazz segurou meu braço como se estivesse se afogando. Antes de se estabilizar sobre os pés, Studz entrou na cozinha vindo da piscina. Parecia forte e elegante como um jogador de tênis profissional.

— Ah, veja quem chegou. O heroico campeão dos oprimidos. — A voz de Jazz transbordava de sarcasmo enquanto voltava pelo corredor. Instintivamente saí de vista para a sala de estar. — Acabei de ter uma conversinha muito interessante com o moço da avaliação que me contou que você hipotecou nossa casa. Isso é verdade?

— Sim. Realmente é — respondeu calmamente. — Preciso de mais dinheiro para fundar minha nova invenção... Tenho uma equipe trabalhando num soro anti-idade. Muito mais eficaz que colágeno. Isso que está tomando todo o meu dinheiro. Também está demorando mais que eu esperava para ficar perfeito. Estamos fazendo testes na África. Mas têm surgido muitos contratempos e efeitos colaterais...

— Está usando seus pacientes mais miseráveis como cobaias?

— Por que não? Fiz muito por eles. Agora podem fazer algo por mim.

— Achei que gostava do prestígio de ajudar aos fracos e oprimidos.

— Sim, sim, o prestígio eu tenho. Agora quero dinheiro. Mas é preciso investir para se ganhar. Por isso a hipoteca.

Assisti Jazz recuando como se ele fosse bater nela.

— E fez isso sem me consultar? O que sou? Uma criança? Mas espere. A casa está nos nomes de nós dois! Paguei a porcaria da entrada, quando você ainda estava estudando medicina.

— Lembra-se daqueles papéis que pedi para você assinar uma vez, quando estava correndo para o aeroporto? Não eram papéis do seguro. Eram documentos me concedendo o direito de assinar por tudo em emergências.

Jazz se dobrou ao meio como se atingida por um soco.

— Essa é a minha casa! Não se importa com sua família? Com seu filho?

— Vai ser bom para ele crescer com dificuldades, como foi comigo. Não tive ninguém segurando minha mão...

— Sim, você teve! Você teve a mim! Eu, por todos esses anos de merda. Como pode fazer isso com seu próprio filho? É doentio. É loucura.

Studz ainda não tinha percebido que eu estava ali. Tentei pensar numa boa desculpa para ir embora, como "Minha nossa, acho que estou em trabalho de parto!" Mas foi quando o telefone tocou. Jazz tirou-o do gancho.

— Olha — gritou no bocal —, ele não tem dinheiro. Melhor você procurar outra pessoa para foder.

— Me dá esse telefone — ordenou Studz. Ele arrancou-o da mão dela e falou monossilabicamente. Sua desenvoltura havia desaparecido. Não havia calor em seu tom de voz. Apenas ansiedade e raiva.

Jazz o examinou minuciosamente. Para mim, David Studlands era tão indecifrável quanto sua letra de médico. Mas Jazz o conhecia do avesso.

— O que está havendo? É sua ex-paciente viciada em Sylvia Plath, não é? Não me diga que ela está te assediando! — Jazz explodiu numa gargalhada nervosa. — Isso seria bem feito.

Studz pareceu momentaneamente abalado.

— Como sabe sobre Maryanne?

— Ah, eu sei lá. A impressão da vulva dela na sua cara meio que denunciou. É para isso que está indo o dinheiro não é? Para pingentes de diamante e coberturas em Mayfair. Não está indo todo para sua pesquisa anti-idade. Está?

Era terrível testemunhar os espasmos de um casamento morrendo. Eram como dois peixes fora d'água lutando por suas vidas. Eu estava sentada escondida numa das cadeiras de antiguidade de Jazz. Suas pequenas e esbeltas pernas davam a impressão de que ela poderia sair galopando. Como eu tinha vontade de fazer isso naquele momento.

— Ela está ameaçando me denunciar ao Conselho de Medicina — suspirou Studz. — Poderia escapar com uma ordem de supervisão de dois anos mas...

— O quê? Está falando sério? Essa mulher está te chantageando?

— Graças a você, sim. Porque foi contar a ela sobre eu ter outras amantes. Depois disso ela ficou revoltada. E está ameaçando me processar.

— É um cirurgião. Não pode simplesmente costurar tudo isso de volta? — replicou Jazz gelidamente.

— Não se for afastado. E o que seria da minha vida sem meu trabalho?

Jazz cerrou os punhos.

— O que vai ser da minha vida sem meu lar?! Seu canalha! O primeiro dever de um médico é não causar dano ou mal a ninguém. Esse é o juramento de Hipócrates. Você devia ser afastado da medicina. Transar com uma paciente é completamente errado. Todo médico sabe que isso é uma ofensa digna de destruir carreiras.

— Cristo! Não é culpa minha. Pacientes mulheres frequentemente se apaixonam por seus médicos. Freud chamava isso de transferência. Não foi nada mais do que uma gafe...

"Uma gafe?" Pensei. Sim, uma gafe bem no estilo de "nunca vá parar no meio de um conflito por terra no Oriente Médio".

— A princípio foi estimulante. Maryanne é uma intelectual. Conversar com ela era tão revigorante — detalhou Studz, inconsciente do quanto estava magoando sua esposa. — Então ela ficou inebriada. Deixava poemas na minha maleta. Grudava bilhetes amorosos no meu carro. Aparecia em lugares onde sabia que eu estaria. Isto é, eu deveria processar a ela por assédio. De qualquer maneira, quando descobriu sobre as outras mulheres ficou psicótica. Transtornada. Seguia-me por toda parte. A mulher precisa de ajuda. O que ela esperava? É destino biológico dos homens perseguirem novas conquistas sexuais. Somos programados para...

— Programados? O que vocês são, um videocassete? — zombou Jazz.

— É o ciclo natural da...

— Apenas máquinas de lavar têm ciclos, David.

— É claro, terminei com ela. Mas foi aí que as coisas ficaram feias. — Seus olhos inquietos varriam toda a sala. — Ela foi num advogado e fez uma declaração dizendo que me procurou por causa de depressão e tirei vantagem de sua insegurança. E que o caso só piorou ainda mais sua doença. Ela vai testemunhar que explorei física e emocionalmente sua vulnerabilidade.

— Que provas ela tem? — perguntou Jazz, com o rosto pálido.

— Bem, existem mensagens de texto que ela guardou, creio eu. É melhor você saber logo a pior parte. Ela está ameaçando vender sua história para o *News of the World* com detalhes sobre como a levei para clubes de sexo em Nova York e Paris, onde pedi que fizesse sexo com estranhos enquanto eu assistia.

Jazz afundou numa cadeira. Durante esse tempo todo eu fazia minha melhor imitação de um vaso de planta. Na verdade, ficava tentando andar na ponta dos pés até a porta mas cada vez que me movia, perdia a coragem.

— Se você apenas gostasse de praticar sexo seguro, David, e simplesmente fosse foder a si mesmo — disse ela em voz baixa.

— Você não faz ideia da opinião ruim que tenho de mim mesmo e de como não a mereço — resmungou Studz egoisticamente. — Não passei minha vida inteira tentando ajudar as pessoas?

— Sim, o mundo precisa de mais homens como você, Studz, dispostos a enfrentar seus problemas e desafiar as injustiças... Essa é uma frase das anotações que escrevi para meu discurso em seu funeral, porque vou te matar. Por que não me contou sobre a chantagem antes, antes de hipotecar nossa casa pela porra da terceira vez?

— Teria sido uma quebra da confidencialidade entre médico e paciente — brincou sombriamente, servindo-se de uma fatia quente do pão que Jasmine assara.

— Agora você tem moral! Isso ajuda muito. Respeitei você no melhor e no pior. Você simplesmente não me respeitou em nada... Vou fazer o que já deveria ter feito há muito tempo, David. Vou me divorciar.

— Não posso arcar com um divórcio. Ou com o escândalo. Se você se divorciar de mim vou ganhar a custódia. — De meu esconderijo, observei-o casualmente passando geleia em seu pão. — E você não vai ganhar pensão. Acha que o look "dormindo nas cruéis ruas londrinas" vai ficar bem em você?

Jazz gargalhou e disse:

— Nunca vai ganhar a custódia. Quem acreditaria que você é um bom pai? Nem sabe que tem um filho. Está apenas vagamente ciente de que existe alguém um pouco mais baixo morando na casa.

— Ainda assim, um pai como eu é melhor que uma mãe vagabunda. — Ele abriu e fechou novamente sua toalha, dando-me uma vista clara de sua infame masculinidade.

— Você é o vagabundo, David. A garota de Cats, a burra de Hollywood para a UNICEF, a repórter da Newsnight, nossa massagista, sua pesquisadora, a...

— Ah, mas pode provar? Enquanto isso tenho um dossiê completo sobre suas olimpíadas sexuais. Incluindo seu atual ex-presidiário. Pelo que ele foi condenado? Assassinato, não foi? Ah, o juiz vai adorar isso. — Ele deu uma grande mordida em seu pão e mastigou prazerosamente. — Quando parou de me cobrar sexo, adivinhei que estava se dando bem em outro lugar e mandei que a seguissem. — Ele limpou migalhas de seus lábios cruéis. — Consegui umas boas fotografias também. Especialmente aquelas do celular daquele estudante, o que ele *perdeu* não foi... de você sendo penetrada por uma garrafa de champanhe. Vai ser bem embaraçoso quando essa vir à tona. Isto é, a champanhe não era nem vintage. Santo Deus, acho que nem francesa era! — concluiu como uma víbora, lambendo a geleia dos dedos, um de cada vez.

Jazz olhou para seu marido cambaleando de descrença. Se meus olhos soltassem raios laser mortais como os de super-heróis da Disney, teria vaporizado-o naquela hora.

— Lembra-se de no dia do nosso casamento quando disse que morreria por mim, David? Bem, acho que é hora de cumprir sua promessa! — Jazz lançou-se então com um grito selvagem até a garganta de seu marido. Ela conseguira deixar duas profundas marcas de arranhões em seu peito antes de ele conseguir afastá-la. — De jeito nenhum vai ganhar custódia — ofegou Jazz. — Eu limpo para vocês dois. Cozinho todas as refeições para os dois. Duvido até que saiba que dia Josh faz aniversário! O que o faz pensar que eu mesma não resolva ir até o *News of the World*?

Studz sorriu maliciosamente, esfregando o leve rastro de sangue em sua bochecha.

— A fogueira de publicidade, os relatos luxuriosos em todos os jornais... Não faria isso com Josh.

Studz casualmente abriu uma cerveja e olhou de cima a baixo sua esposa com uma impertinência presunçosa. Lá se fora sua imagem de campeão dos oprimidos. Dr. Studlands parecia ter a mesma compaixão e carinho de, digamos, Don Corleone.

— Josh tem 17 anos. Ele já pode escolher com quem quer viver, sabe? — ressaltou Jazz. — E ele vai querer viver comigo.

— Não quando eu contar a ele que sua mãe é uma vagabunda. E que se não escolher morar comigo, posso ter que provar isso no tribunal. Com direito a fotos e tudo — declarou com uma indiferença a sangue-frio.

O homem parecia ter tido seu gene do remorso removido.

Jazz caiu para trás contra a bancada da cozinha. Assisti horrorizada ela pegar a faca de pão de 15 centímetros largada ali e dar o bote. Mas seu marido segurou seu pulso, apertou-o com força, e a faca caiu no chão da cozinha, tendo apenas roçado em seu braço.

— Faz alguma ideia de como seria fácil para mim livrar-me de você? Sou médico. Sei como erradicar pessoas de maneira que ninguém nunca descubra... Não é má ideia, na verdade. Vou ficar com seu seguro de vida.

Studz riu enquanto desfilava pelo corredor. Saí do esconderijo a tempo de ver Jazz agarrar a faca e correr atrás dele. O horror invadiu meu estômago enquanto eu também descia pelo corredor. A porta da frente estava batendo contra a parede. Desci dois degraus de cada vez, apesar da agonia em meu pé. E lá estava ela, esfaqueando-o vezes e mais vezes, mergulhando a faca até o cabo.

Os pneus do Jaguar de David sibilavam melancolicamente e então soltaram um último suspiro moribundo. E com isso ela se sentou na entrada da casa, devastada, gemendo de dor com o que seu marido fizera e soluçando de repugnância por si mesma, pela maneira como havia perdido o controle.

— Quem imaginaria que poderia me comportar assim? Uma mãe de classe média educada como eu? — choramingou no meu ombro.

Foi quando me vi concordando com Jazz. Era hora de Studz ter uma morte lenta e dolorosa, envolvendo múltiplos orifícios.

20. Quando coisas humilhantes acontecem a mulheres desesperadas

Existem duas coisas inevitáveis na vida. As pessoas morrerem e os maridos te largarem por mulheres mais jovens. Isso era tudo em que conseguia pensar enquanto colocava algo vagamente comestível no micro-ondas para as crianças, temperado com a culpa por deixá-los mais uma vez, achava uma babá que eu pudesse subornar pelo chamado tão em cima da hora (se apenas supermercados fornecessem babás em lata; simplesmente abra e esquente), caçava Hannah num baile de caridade para a Serpentine Gallery e convencia-a de que a situação era urgente o suficiente para abandonar o evento. No carro a caminho da casa de Jazz, coloquei-a a par do fato de Studz estar com problemas financeiros. Finalmente chegamos, de corações apreensivos, em Hampstead Heights.

Quando nossa cavalaria de duas mulheres bateu em sua porta, Jazz nos recebeu de avental, cabelo num coque, farinha nas mãos, sorrindo largamente apesar de seus olhos estarem quase fechados de tanto chorar — e segurando uma seringa.

— Jazz, o que tem nessa seringa? — perguntou Hannah, assimilando com preocupação seu aspecto de olhos perturbados.

— Ah, um risco de vida. — Jazz balançou a seringa sem cerimônia. — Meu marido ameaçou me matar. Cassie foi testemunha. Os mais rápidos sobrevivem. Esse é meu novo lema. Vou matar o bom doutor antes de ele me matar. Dando nele um ataque cardíaco. Moleza, na verdade.

— Jazz, meu amor, me dê a seringa, boa garota — falei docemente, como se persuadindo uma criança. — Sabe que Studz não estava falando sério, não é?

Ao segurá-la, a seringa foi esvaziada. Um glóbulo de gosma amarela caiu no degrau de pedra debaixo de nossos pés.

— Gordura! Banha! Gordura! De agora em diante, vou injetar todas as comidas do meu marido com quantidades de gordura dignas de causar ataques cardíacos. David sempre amou minha comida... acho que foi por isso que ficou comigo, na verdade. Então, estou preparando um jantar para ele.

Segui-a até a cozinha, onde ela encheu de volta a seringa com gordura e enfiou-a num pálido frango dentro de uma assadeira.

— Mas está cozinhando um frango descongelado pela metade — observei, raspando pedaços de gelo da carne enrugada.

— Ah, sim, sei disso. Na verdade, cozinhei-o pela metade, depois o congelei de novo. Agora estou cozinhando mais uma vez. É uma receita nova, chamada Frango à Salmonela.

— Mas salmonela pode matar.

— Isso mesmo. E se existir um testamento... quero estar nele. — Ela parecia Blanche Dubois numa produção amadora de *Um bonde chamado desejo.*

— Jazz, você estudou num colégio católico! O que as freiras diriam disso? — protestou Hannah, horrorizada.

— Engraçado você tocar nesse assunto. Desisti de religião aos 15 anos. Mas essa tarde, depois de você sair, Cassie, percebi que existe uma vida após a morte, sabe. Depois da morte do seu marido. — Jazz rodopiou, seu vestido esvoaçando ao seu redor, como uma Doris Day meio demente. — Devíamos bolar um anúncio para nossos próximos namorados. Apenas machos não alfa felizes e companheiros podem se candidatar. Homens que cozinhem e limpem enquanto a gente trabalha.

O semblante de Hannah fazia-a parecer ter acabado de chupar um limão.

— Existe mais na vida que só trabalho — declarou a mulher conhecida por falar enquanto dorme "Mire em quem dá o lance maior! Mas faça que ofereça mais dez por cento!". — Por que não se senta e te sirvo um drinque? — sugeriu Hannah, cheia de comiseração no rosto.

— O Dr. David Studlands fez um juramento hipócrita. O motivo por ir tanto à África é que está usando aquelas pobres pessoas como cobaias para aperfeiçoar alguma invenção antiidade. E hipotecou de novo nossa casa para financiar isso. Aparentemente faltou tanto o trabalho que não recebeu nada durante esses últimos cinco anos, e tem tantas dívidas que o banco está executando uma hipoteca. E ele também está sendo chantageado. Cassie te contou? — Jasmine tirou o cabelo do rosto com unhas pintadas de cor-de-rosa, deixando traços de farinha. — Entendo Sylvia Plath agora, entendo mesmo. O casamento realmente é uma atividade divertida e frívola... ocasionalmente resultando em morte. Gordura! Banha! Gordura! — Ela reabasteceu a seringa e injetou a carcaça congelada pela metade mais uma vez. — Que outra maneira tenho de me livrar dele? Isto é, homens frequentemente socam seus próprios estômagos para provarem como são durões, mas raramente enquanto seguram uma faca de 25 centímetros. No entanto, se eu matá-lo e fizer parecer um acidente, o que sem dúvida é o que ele está planejando para mim, então eu é que vou ganhar seu seguro de vida. Como a maioria das esposas, sempre posso aproveitar 1 milhão ou 2 a mais. Especialmente agora que estou d... — Ela parou, sem conseguir pronunciar a palavra "desabrigada". — Agora que sou carente de domicílio.

Olhei alarmada para Hannah. Jazz não era a pessoa mais sutil nem cuidadosa. O que quer que fizesse com Studz poderia ser originalmente declarado como acidente, mas não depois daqueles avançados testes forenses provarem que seu coração havia sido arrancado do corpo pelas lixas de unhas de sua esposa.

— Sabe o que ele quer agora, Hannah? Cassie não te contou? Ele quer a guarda de Joshie.

— O quê? Teria imaginado aquele tonto processando para ter menos guarda. — Hannah sentou-se no banco alto da cozinha, ajeitando seu vestido de noite de tafetá em volta de si.

— É ridículo — concordei. — Isto é, eles podem até se sentar no mesmo galho da árvore genealógica mas é basicamente tudo o que têm em comum.

— Se ele ganhar a custódia, você sabe, não vai ter que me pagar pensão.

— Mas Josh é quase um adulto.

— Não até completar os estudos. E depois vai para a faculdade, então ainda estará morando comigo na casa da família. E aquele marido maníaco não quer ter que pagar por isso.

— Tirando esse detalhe, vai ser uma separação amigável — comentei para Hannah sarcasticamente. — Ambos vão ficar com cinquenta por cento de amargor.

— Olhem o que encontrei hoje. — Jazz empurrou um pedaço rasgado de jornal para mim. — Um número de telefone para um serviço de limpeza forense para vítimas de crimes violentos. Eles cuidam de decomposição, sangue e remoção de manchas relacionadas. Bem útil se eu o esquartejar e colocá-lo no processador de alimentos. Isso sim é o tipo de dica que uma esposa precisa receber. Como matar seu marido e outras utilidades domésticas.

— Para com essa loucura agora mesmo! — exigiu Hannah. — Vamos sentar e ser práticas. — Ela bateu no banco ao seu lado. — Quem é seu contador? Tem o número do telefone da casa dele ou dela?

— Não é loucura. Na realidade, só existem dois dias quando um marido é bom para se estar por perto. No dia em que se casa com ele e no dia em que o enterra. — Jazz cacarejou como uma das bruxas de Macbeth.

— Studz nunca vai ganhar a custódia de Josh. — Coloquei meu braço em volta de Jazz reconfortando-a. — É tarefa para as mães estar no olho do furacão.

— Meninos precisam de suas mães. — Hannah passou o braço em volta do outro ombro de Jazz. — Precisa ser forte pelo bem do seu filho. Mãe Coragem, é daí que vem essa expressão, queridinha.

Atingida pela memória de como a predatória Bianca havia caído nas graças dos meus próprios filhos, minha pele, que já parecia ser feita de papel, foi queimada por suas palavras. Senti meu rosto quente.

— Conheço os amigos de Josh, seus sonhos e medos, suas esperanças. O que ele está pensando, como está se sentindo, que travessuras está aprontando. Pelo que eu vivo? Pelos jeans ainda quentes do meu filho quando ele os tira para lavar. Pelo cheiro do seu cabelo quando me abraça para se despedir toda manhã. Será que é pedir demais da vida?

— Não, meu bem — consolei-a, beijando sua testa. — Não é.

— Jazz. Pense bem. Telefone do contador. Detalhes da conta no banco. Tem um advogado? — insistiu Hannah, sentando-se de volta com papel e caneta. — Se ao menos ele não tivesse as provas desse tal detetive particular. Puxa! E aquela foto! Eu avisei que trair Studz não ia resolver nada. Mas me escutou? Não.

Jazz se inclinou contra a pia, deitou a cabeça de lado e olhou para Hannah através dos olhos destruídos.

— Está sugerindo que David e eu devêssemos ter feito terapia de casal? Ah, isso funcionou tããããão bem para Cassie, não foi? Seu marido agora está morando com a terapeuta, graças a você.

Era verdade. Tudo que a terapia fizera fora encorajar Rory a abandonar nosso casamento. Uma palavra de Bianca e ele saiu de casa tão rápido que suas bochechas estavam puxadas para trás até agora. Segurei uma lágrima.

Hannah se eriçou:

— Desculpe, mas foi você quem arruinou a vida de Cassie. Ela estava bem, feliz no casamento, até você interferir, Jasmine.

Isso também era verdade. Por insistência de Jazz, fiquei me atirando contra a rede do meu relacionamento para testar seu grau de resistência, como se fosse uma dublê de efeitos especiais. E quer saber? Ele não havia resistido. Meu lábio inferior estremeceu.

— Eu não interferi. — Jazz cutucou Hannah no peito com uma unha afiada, não com força, mas foi o suficiente para Hannah se levantar, seu vestido de festa arrastando no chão. — Apenas assinalei o quanto ela estava sendo explorada. O resto foi Cassie quem concluiu. Autoesclarecimento é apenas um dos serviços que ofereço. — Jazz rodopiou perturbadoramente mais uma vez.

Hannah, que havia sido arrastada de seu evento de caridade para isso, atirou algumas nozes na boca com violência.

— O seu problema, Jazz, é que despreza abertamente todos os homens do planeta e secretamente menospreza as poucas exceções.

— E tenho toda a razão em fazer isso. Olhe só o que Rory fez com Cassie. É da natureza masculina ser mentiroso, duas caras e pior que um rato.

— Concorda com essa análise pueril, Cassandra? — perguntou Hannah imperiosamente.

Respirei fundo tentando pensar numa maneira de amenizar a atmosfera eletricamente carregada.

— Olha, só sei que Jenny tinha um rato batizado com o nome do pai que era extremamente bagunceiro e porco. Ele vivia numa torre dentro da gaiola e só descia para comer ou acasalar. Bem, um dia, um amigo do meu marido, veterinário que atende em casa, nos visitou para uma xícara de chá, e pedi para que castrasse Rory. Quando ele entendeu que eu não estava me referindo a meu marido, ele castrou o camundongo. Logo em seguida, Rory começou a limpar o ninho, cuidar dos filhotes. Droga, ele estava praticamente lendo *A mulher eunuco*.

— Está vendo? É disso que todos os maridos precisam. Castração! Ou talvez devêssemos substituir seus Viagras por estrogênio? Salpicar um pouco em seus cereais matinais? Ou... Já sei! — As tiras do avental de Jazz se soltavam enquanto dançava pela cozinha. — Podia pedir para Billy apagá-lo! Por que não pensei nisso antes? Meu namorado é um assassino, afinal de contas. Ele podia matar os seus maridos também, os canalhas traidores e duas caras. Podia dar um tiro em suas cabeças. Três pelo preço de um.

Hannah tamborilou as unhas sobre a bancada.

— Nem todos os maridos são desonestos. Pascal é fiel a mim. Ele apoia minha carreira. Somos muito, muito felizes.

Jazz abruptamente parou de dançar.

— É mesmo? — Havia algo ameaçador em sua voz. Era como se um fusível tivesse estourado. — Estou tão cansada de sua atitude de superioridade, Hannah. Todos os maridos têm coisas a esconder. Incluindo o seu.

Um espasmo de irritação passou pela testa de Hannah quando ela bateu na mesa mais uma vez.

— Essa é sua ideia de confraternização entre amigas, não é? Falamos mal e depois detonamos todos os homens que conhecemos. Sinto muito que seja tão infeliz, Jazz. Sinto mesmo. Mas por que está tão determinada a destruir a felicidade de suas amigas, também? Para sermos tão infelizes quanto você?

Jazz ergueu uma sobrancelha desafiadoramente.

— Eu não sou o tipo de amiga que anda por aí arruinando a vida das colegas, do contrário, já teria te contado sobre a vida secreta do seu marido e nunca fiz isso, fiz?

— Que vida secreta? — Hannah encarou Jazz, nada perplexa.

— Bem, digamos assim. Sugiro que ligue para o tal veterinário que vai em casa pois tem um rato bem grande nas mãos.

Nervosamente arranquei uma cutícula com os dentes. Não gosto de sentir medo — me dá medo. Afinal, quase morrer de medo, duas vezes, poderia ser fatal. E essa conversa definitivamente estava destinada a mares nunca antes navegados.

— Por que diria que Pascal sente atração por você? — continuou Jazz docemente. — Qual a sua melhor qualidade, em sua opinião? Sua jacuzzi de mármore ou sua Mercedes conversível?

Hannah abanou uma das mãos desconsiderando-a.

— Fala mal e detona. Que ocupação.

— Bem, sabe o que dizem. Um tolo e sua fortuna se casam rapidamente. E em você, Pascal encontrou uma esposa que realmente sabe bancar.

— Se fizessem um filme sobre sua vida, Jasmine, sabe quem a interpretaria? Bette Davis — anunciou Hannah bruscamente, mas seu rosto tremia e ficava mais tenso.

— O homem que você ama e idolatra e de quem constantemente se gaba tem outra vida. Desculpe ter de lhe contar, mas...

Hannah exibia um ar de indiferença, mas sua voz tinha se tornado mais aguda e feminina.

— Está ficando totalmente louca, sabia disso?

— David é médico de Pascal desde que eram estudantes, prescrevendo receitas para isso ou aquilo. Ele sempre atende velhos amigos e família aqui em casa. E os necessitados, é claro; em busca de asilo alegando tortura etc. Bem, como sabe, tenho espionado Studz há meses. Então, estava mexendo em seus arquivos semana passada, no gaveteiro que ele mantém trancado, e, bom, li o arquivo confidencial do seu marido por inteiro. Pascal tem visitado David em particular por causa de um assunto muito privado. O negócio, Hannah, é que... Bem, ele transou com uma aluna de arte. Ela... — Jazz hesitou antes de desferir o golpe final. — Ela... Isto é, eles, têm um filho.

Hannah então relaxou, resfolegando com uma gargalhada.

— Achei que ia me dizer que ele é viciado em jogo ou algo do tipo. Pascal odeia crianças! Sempre riu daqueles pais, passeando por Sainsbury's em coleiras de cachorro invisíveis chamadas de "compromisso". Sabe disso.

— Não é que ele não queira filhos. Ele apenas não quer filhos com você. Sinto muito, Hannah, mas o homem tem usado você como galinha dos ovos de ouro durante todos esses anos.

Olhei estupefata para Jazz. A mulher estava obviamente tomando remédios do estoque de seu marido por conta própria.

— Onde estão suas provas? — Hannah quis saber, mas sua expressão era tensa como o arco de um arqueiro.

Jazz sapateou pelo corredor com suas sandálias de cetim e subiu as escadas com barulho, com Hannah e eu seguindo-a. No mezanino havia um escritório que também servia como pequeno consultório. Havia uma maca para exames num canto, paredes da cor de sorvete e uniformes de enfermeira. Com seus medicamentos e bandagens, a sala exalava um cheiro antisséptico. Jazz pegou uma chave de um esconderijo dentro de uma estatueta de bronze, destrancou um gaveteiro e abriu agitadamente uma das gavetas. Ela atirou uma pasta sobre a mesa como se fosse contagiosa.

Hannah andou até a mesa tão lentamente quanto se estivesse submersa. Ela colocava um pé na frente do outro com a cautela de uma novata patinadora no gelo. Sem coragem, parei desconfortável atrás dela e também comecei a ler o conteúdo. O arquivo continha os dados médicos de Pascal Swan, uma mulher de 26 anos chamada Shona Sarpong e um garoto de 5 anos, Dylan Swan.

Meu sangue pulsava como motor a diesel. Isso não podia estar acontecendo. Desde a traição de Rory, ainda não recuperara meu equilíbrio. O chão sob meus pés parecia estar constantemente se ondulando. Hannah se apoiou na mesa em busca de equilíbrio, igualmente desequilibrada. A princípio ela não disse nada. Havia apenas uma quietude dolorosa e sufocante. Então, quando terminou de ler, uma única lágrima desceu por sua bochecha. Ela fechou o arquivo de Shona por último.

— Ela só tem três por cento de gordura corporal — comentou, com a voz subitamente abafada por soluços.

Eu não queria acreditar, mas as peças subitamente estavam se encaixando; Pascal passando as festas de fim de ano com amigos no exterior, a caça às trufas na Itália quando ele voltou sem nenhuma. As viagens para esquiar na Rússia, quando ele não sabia esquiar. Fins de semana que passava pintando em Cotswolds, de onde retornava sempre com uma curiosa falta de telas. Seu estúdio em Shoreditch, o que Hannah nunca tinha permissão para visitar, mesmo tendo sido ela quem o comprara para ele. Era onde, sem dúvida, Dylan e Shona moravam.

— Por que ele ficaria casado comigo, se tem um filho com ela? Por que ficaria se não fosse a mim que amasse mais?

— Hum... Qual frase estou tentando encontrar? Conta conjunta no banco? Casa de férias na França? Viagens de primeira classe? — respondeu Jazz abruptamente.

— Jazz, já chega — implorei.

— Ah, mas a infidelidade dele realmente importa quando vocês têm tanto mais? — Jazz repetiu o que Hannah havia dito meses antes, quando a incontinência sexual de Studz fora descoberta. — É apenas sexo... não foi isso que me disse? E "não poderiam chegar a um acordo?".

— Jazz. Pare! — Jazz pode ser estonteantemente atraente, mas se sua beleza interior estivesse visível agora, ela seria Boris Karloff.

— Por quê? Por que tinha que me contar? — perguntou Hannah estarrecidamente.

— Qual é. — Jazz suavizou o tom de voz. — Devia saber que algo estava errado quando viu marcas de salto agulha no estofado de couro do novo jipe que comprou para ele.

— Eu não sabia de nada. — A voz de Hannah soava rangida e envelhecida.

— Entendo. Então mantinha os olhos bem abertos no trabalho e fechados pela metade em casa, era isso? Realmente preferia viver sendo ignorante?

— Sim — respondeu Hannah tristemente.

— Se ignorância é uma coisa boa, então por que mais pessoas não são felizes, hein? Além disso, se eu não tivesse contado a você e descobrisse sozinha, estaria gritando "Por que diabo não me contou?". Pensei nisso durante uma semana. Mas como poderia saber de algo de sua vida tão monumental assim e não contar? Queria que alguém tivesse me contado sobre Studz. Então talvez não tivesse desperdiçado a porcaria da minha vida toda. Talvez você soubesse e não tenha me contado, é isso? — Jazz virava o jogo com a esperteza de um atleta.

— Quer que eu tenha pena de você! — exclamou Hannah. — Mas é o tipo de criatura com quem meu marido está agora. Dorme com homens de outras mulheres. — Seus lábios estavam esticados, finos como uma folha de papel. E suas palavras eram afiadas. — Você se transformou na versão feminina de Studz. Transformou-se em cada homem que odeia.

Jazz recusou a ideia.

— Está simplesmente descontando sua raiva em mim porque não acredita em como foi burra. Os votos de casamento de Pascal deveriam ter sido "Aceita limpar a conta dessa mulher e ter cinquenta por cento de sua renda, desse dia em diante, na riqueza e na riqueza?" Pode apostar que aceito!

— Você arruinou a minha vida — gemeu Hannah. — Arruinou a de Cassie também, fazendo-a ver defeitos em Rory. Praticamente empurrou-a para o abismo em que ela está agora. É perversa. É um Maquiavel vestido em Miu Miu!

Também olhei atônita para Jazz.

— Caos, corações despedaçados, desespero. Diria que terminou seu trabalho aqui, Jasmine.

Jazz fez menção de aplacar e começou a falar, mas Hannah a silenciou com um gesto.

— É como um tipo de colecionadora de borboletas psicológicas. Uma lepidopterologista emocional. Pregou nós duas num quadrinho para assistir nossas asas esvoaçando dolorosamente, para seu próprio sádico prazer. Mas quer saber o que acabo de perceber? Você é a pobre e patética mariposa, pulando de chama em chama.

Com a severa repreensão de Hannah, o tom desafiador de Jazz evaporou e a tristeza tomou conta de seu rosto.

— Constantemente dizendo-nos que nos curaríamos com garotões — zombou Hannah. — Pode ser um comportamento aceitável para Joan Collins e Cher, mas para nós, meras mortais, é patético. Olhe só para você. Anda por aí em pesadelos ortopédicos para fazer suas pernas parecerem mais longas. Está com falta de circulação com roupas tão apertadas. Passa o tempo todo saindo de costas dos quartos para os homens mais jovens não verem a parte de trás de suas coxas.

Jazz subitamente parecia digna de pena e ligeiramente ridícula em suas correntes no tornozelo, tatuagens de hena, e pulseiras de borracha.

— Mas o que não percebeu, sua vaca estúpida, é que todos esses garotões só transam com você porque têm preguiça demais de se masturbar.

Jazz retrucou a ofensa como uma cobra, atingindo o rosto de Hannah. Com incrível rapidez, Hannah bateu de volta em Jazz. Imitando colegiais na puberdade, elas começaram a arrancar os cabelos uma da outra. Sua discussão foi silenciada pela quebra do vaso de cristal de Jazz. Engasguei. Aquilo era seu tesouro, dado por sua mãe antes de morrer. Vendo as pétalas cor-de-rosa caindo no tapete com gentil implacabilidade, Jazz caiu em lágrimas silenciosas. Hannah, no entanto, começou a berrar como uma criatura ferida, caindo de joelhos, batendo em seu peito, arrancando os cabelos e rasgando o vestido de tafetá. Seu dia começara tão calmo quanto qualquer outro e depois virara um desastre, como um barco sem leme, terminando naufragado.

Que trio éramos. Mulheres fantasiam serem "arrebatadas". Bem, havíamos sido arrebatadas, mas não exatamente pelo Adônis seminu de coxas musculosas com quem havíamos sonhado.

Jazz estava falindo por causa do marido.

Hannah havia sido explorada pelo seu.

E eu não recebera valor do meu.

Votos de casamento realmente precisam de uma atualização. Deveriam ser: Tenha fé em seu marido. Respeite seu marido. Idealize seu marido... mas tenha o máximo que conseguir em seu nome.

PARTE QUATRO

21. Malsucedidas anônimas

Esse é meu verão do desgosto. Bem, de todas nós na verdade. Hannah, Jazz e eu precisávamos de um grupo de apoio à autoestima, mas a aula seria cancelada considerando que nenhum professor gostaria de passar tempo com tamanhas perdedoras. Além disso, seria uma turma muito pequena porque Jazz e Hannah não estavam se falando. Sentia-me tão para baixo que trocara a mensagem em conjunto com Rory da secretária eletrônica de "Não estamos em casa" para "Não estou mais lúcida — mas deixe sua mensagem". Quando você se sente sufocada, voltar a respirar ajuda, mas só por precaução eu começara a ler livros impressionantemente grossos e premiados para ao menos parecer inteligente se morresse enquanto lia um.

No começo de agosto o banco tomou a casa de Jazz. Assustada demais para se divorciar, ela teve que se mudar com Studz para um minúsculo apartamento alugado de dois quartos em Finchley Road. Seu amado Josh, traumatizado pela mudança e tensão, tornou-se vago e distante. Subitamente começara a citar Goethe e se tornar intelectualmente precoce. Jazz achou que ele podia estar namorando mas ele não lhe contava nada. "Já fiz de tudo exceto um teste de polígrafo", confidenciou ansiosamente.

Ela não podia nem mesmo cozinhar para ele na nova pequena decrépita cozinha. Sugeri que fôssemos comprar acessórios.

— Deve existir alguma coisa barata e alegre que possamos pagar.

— Ah, boa ideia! — respondeu Jazz sarcasticamente. — Justo o que preciso estando deprimida assim e meu marido sendo chantageado por uma especialista em Sylvia Plath: um forno extra por aqui.

Para Hannah, tudo já estava além de gritaria e troca de propriedades. Seu casamento de vinte anos agora se resumia a uma pasta no escritório de um advogado. Um casamento é tão manobrável quanto um navio petroleiro, mas pelo menos ela havia dado início ao processo de mudar de rumo. Seu marido, que havia prometido que nenhum esperma seu chegaria perto de um ovário sem permissão por escrito, fora morar com a mãe de seu filho.

Hannah sentia-se tão humilhada pela constatação de que sua vida fora nada mais que uma miragem de conveniência, que estava ameaçando mudar de nome e ir morar em outro lugar da União Europeia. E eu estava fortemente tentada a me juntar a ela.

Meu casamento com Rory havia se diminuído a um caso, uma hipoteca e duas crianças entre nós. Quando a notícia se espalhou, minhas amigas me apoiaram complacentemente, mas secretamente estavam aliviadas por ser eu em vez delas. Sentia-me como uma luva de borracha virada do avesso.

Rory, enquanto isso, havia tirado férias na Grécia com Bianca. Como ela sempre pareceu estar enriquecendo com nossas economias, agora me referia a ela como conta do Bianco, e nossas finanças cada vez menores como "extrato biancário de Rory".

Fora isso as coisas estavam ótimas. Fabulosas. Uma bela de uma porcaria.

Como um soldado cansado de guerra, engatinhei de volta à casa de meus pais em busca de refúgio durante as férias. Foi a única vez em minha vida adulta em que chorei nos braços da minha mãe. Estava sempre provocando meus pais com queixas de que deveriam ter me estragado mais quando era criança considerando que "Não tinha ninguém para culpar agora". Bem, meus filhos não teriam com o que se preocupar nesse departamento porque eu estava prestes a ferrar com eles de verdade. Quando contei aos dois que Rory e eu havíamos nos separado, me olharam com imensos olhos preocupados, não mais durões nem relaxados e sim assustados como bebezinhos. Jenny, que fizera 12 anos, derramou-se em lágrimas. Sentei-a em meu colo carinhosamente, como se ela fosse um vaso Ming. Como pude ter brincado com a ideia de um divórcio? Era como uma mulher que flerta com um agressor sexual e depois fica surpresa quando ele a ataca.

Tentei distraí-los com intermináveis idas a parques de diversões para passeios no brinquedo "Rode e Vomite" ou no "Mergulhe e Molhe as Calças", mas nada melhorava seus humores. Meu caos matrimonial deveria ser contagioso porque até o final do verão, meus pais também estavam brigando. Minha mãe sustentava que se tornara uma viúva para o computador, viúva para a barraca e viúva para o golfe. Ela disse a meu pai que o motivo por ele amar seu computador era que *ele* próprio é um computador — difícil de entender e sempre sem memória o bastante.

— Tem sorte de ter se livrado de seu marido — declarou mamãe em alto e bom som para mim durante o jantar certa noite, ao alcance dos ouvidos do meu pai. — Deve estar tão aliviada por não ter mais que fingir achá-lo atraente na cama.

Mas eu ainda achava Rory atraente. Rory era minha rocha, meu farol. Sentia falta do calor intermitente dele. Toda vez que o telefone tocava eu corria para atender — mas nunca era meu homem.

Ouvia de pacientes assíduos e vizinhos que a clínica não estava mais aceitando animais sem dono nem realizando consultas grátis aos pobres e idosos, e sim apenas cuidando de animais de raça. Quando os vizinhos avistavam Rory, geralmente estava com um par de poodles no colo. Visual nada bom para um homem de sangue quente. Agora que Rory tinha duas famílias para ajudar a sustentar, Bianca iniciara uma linha de trabalho mais lucrativa chamada "feng shui felino".

Todos os anos de rigoroso treino médico de Rory estavam agora sendo utilizados para realizar workshops de masturbação de animais domésticos para gatos excessivamente sexuais. O resto do tempo, ele passava fazendo "aconselhamento de luto por animais". Perder um animalzinho querido pode ser tão devastador quanto perder um parente, dizia o panfleto de Bianca.

"Não, não pode", eu pensava rabugenta.

Quando as crianças e eu voltamos a Londres no início de setembro, nossa casa em Kilburn estava com uma aparência frágil e derrotada. Bastante parecida comigo, pensei. Tentei me sentir em casa — até lembrar que era onde estava mesmo, porcaria.

Quando meu marido, como ainda o chamava, no ocasional espasmo territorial, vinha buscar as crianças para comerem comida chinesa ou irem ao cinema, era como uma visita no hospital, formal e tensa. Foi assim durante setembro inteiro, buscando e devolvendo as crianças como se fossem livros da biblioteca.

Quando voltei à escola primária North Primrose, supostamente descansada para um novo ano letivo, os tentáculos de polvo da miséria realmente deram o golpe de estrangulamento. Seis meses antes, eu era totalmente blasé quanto a meu casamento, mas agora o pânico selvagem de não ter mais Rory me fez perder as amarras. Sem ele, eu não me sentia como uma pessoa. Uma pessoa inteira. Durante um tempo pensei que essa atração por Bianca iria passar, mas em outubro tive que encarar o vertiginoso terror de estar sozinha. Era pior tarde da noite, quando o silêncio do meu mundo rugia incansavelmente em meus ouvidos. Então me sentava na poltrona favorita de Rory para sentir seus contornos no assento debaixo de mim — e sofria por ele. Sentia falta do calor de sua risada e seus elogios um tanto grosseiros. Dormia usando sua camisa e chorava a noite toda. Sentia falta até dos animais. Ah, ter uma piranha solta na banheira; uma incubadora cheia de cobras no escorredor de louça; uma lhama dentes-de-sabre na sala de estar.

Pequenas e estúpidas coisas me pegavam de surpresa, deixando-me como um tsunami de lágrimas — ver a joelheira que ele usava para praticar squash ou pisar em seu fio dental de hortelã. A pior noite foi quando fui para a clínica, atrás da sala de cirurgia, pegar alguns livros, e ali no chão estava um par de jeans dele, as pernas formando um ângulo agudo, como se ele tivesse acabado de tirá-lo. Farpas negras e afiadas me fatiaram e escancararam. O tempo parou e se passaram duas horas antes de eu conseguir subir as escadas de volta até minha casa, com os braços em volta de meu corpo, tentando conter a horrível dor que sentia por dentro.

Tentei dormir, mas fui atacada por pesadelos. Esquivava-me de meus pensamentos como se fossem golpes. Seria tudo minha culpa? Pensava nisso sem parar; segurando o rosário de remorso, cada miçanga já gasta por meus toques mentais. Arrependimentos amargos, como fantasmas, escapuliam do meu inconsciente sombrio em busca de vingança.

Comecei a escutar música country com nomes alegres como "O que esperar de um dia que já começa com a obrigação de acordar?". Comecei a cantar "Wichita Linesman" às lágrimas e "Chains" de Tina Arena entre idas às lojas usando chinelos, um casaco de lona e calças de pijama para reabastecer o armário de bebida.

Comecei a cozinhar com vinho — e esquecia de acrescentar comida. O calor do álcool descendo por meu corpo era a única coisa que acalmava o caos que se tornara meu coração. Em algumas manhãs ainda estava bêbada do dia anterior. Então tinha que revirar meu cérebro em busca de alguns neurônios remanescentes e tentar estimulá-los com cafeína para conseguir chegar à escola na hora. Que bela maneira de se começar o dia, tendo que montar num grão de café para correr até o trabalho. Mas não podia me arriscar a atrasar.

Com o anúncio de Vice-Diretor esperado para novembro, Perdita havia se tornado uma bajuladora terminal. Eu já havia perdido uma fase. E uma segunda era iminente. Em carne viva pela falta de sono e excesso de emotividade, não estava em minha melhor forma para lidar com um confronto com um pai chato.

— Minha filha está no coro. Quando eu for assistir à apresentação do conjunto vou conseguir ouvi-la cantando individualmente?

— Humm... é um coro. Todos cantam juntos.

— Isso não é bom o bastante então.

— Na verdade, sabe o que é não é bom o bastante? O jeito como pressiona Lilly. Sua filha já é a melhor da classe, e ainda assim você está sempre insistindo que ela tenha mais deveres nas férias; mais aulas particulares; e que ela está falhando, Sr. Farber. Uma criança prodígio não é nada mais que um pirralho com um pai ambicioso demais.

Se aquilo não me custasse uma demissão, nada mais poderia. Tinha a distinta sensação de que minha vida seria um interminável fim de semana.

Como não podia deixar de ser, no dia seguinte recebi minha segunda advertência por escrito. Quando Scroope me chamou até sua sala, estava usando seu tom de voz enganoso, o tão suave quanto o de um professor de jardim de infância. Quando a porta se fechou, apenas riu escandalosamente:

— Pode ter sido a escolha favorita do Comitê e queridinha dos inspetores, mas esse é apenas mais um motivo para eu não promovê-la. Obrigado, Sra. O'Carroll.

Tentei me convencer de que poderia ser pior. Eu poderia ser professora na Robert Mugabe Charm School. Ou na Academia de Namoro de Gary Glitter. Mas só afundei mais ainda no desespero.

Teria marcado um programa de bebedeira intensa se não fosse por Jazz e Hannah. A melhor coisa em se ter amigas é que quando você não sabe o que está fazendo, alguém sempre sabe. Quando parei de atender a seus telefonemas, Jazz veio bater na minha porta da frente até eu abrir e ver duas dela paradas ali. Pisquei freneticamente até as duas Jasmines voltarem a ser uma só.

— Devia atender minhas ligações de vez em quando, querida. Encare como uma distração eficiente em vez de televisão de dia — repreendeu Jazz. — Está horrorosa — acrescentou cheia de tato. — Onde diabo esteve?

— Ah, obviamente em meu seminário de Alegria e Euforia — respondi amargamente.

— Ah, já não estivemos todas? — Jazz deu um suspiro desanimado. — Aquele apartamento. Eca. Graças a Deus Studz raramente fica lá. Posso escutar a vizinhança inteira através daquelas paredes. Alguém dá descarga dois andares abaixo e corro até o banheiro também. Estou completando as frases de meus vizinhos, suas dúvidas de palavras cruzadas e suas discussões. Ontem respondi que sim ao pedido de casamento de outra pessoa.

— Garota de sorte — lamentei, choramingando.

— Está brincando?

Dei de ombros sombriamente.

— Nasci casada, Jazz. Não sei como ser diferente. Gosto de ficar obcecada com lençóis de camas de beliche, de verdade. Estou de coração tão partido e furiosa comigo mesma por ter feito Rory ir embora. Nunca devia tê-lo arrastado para a terapia.

— Isso é verdade. Maldita Hannah! Foi ela quem sabotou seu casamento. Você só fez aquilo por amor — disse Jazz. E então ela me consolou da melhor maneira que sabia. Cozinhando. Lasanha, curry, beef bourguignon, tudo congelado individualmente em recipientes de plástico para as crianças jantarem. Ela também me deu de colher a sopa de galinha segundo a receita de Hannah, até eu achar que ia começar a crescer penas.

Quando Jazz não estava cozinhando, Hannah estava limpando.

Hannah, geralmente tão bem-cuidada, agora estava usando o cabelo numa coroa de frizz em volta da cabeça e seus conjuntos Juicy Couture tinham manchas de comida.

— Pascal disse que viver com uma mulher mais bem-sucedida o esgotava — contou, remexendo no monte Everest que virara meu cesto de roupa suja. — Disse que o deixava clinicamente deprimido. Ter um filho com Shona curou sua depressão imediatamente. O que, diz ele, prova sem sombra de dúvida que era eu a causa de tudo. — O ferro chiou furiosamente. — Aqui. — Ela me entregou uma leva para ser separada entre brancas e coloridas

Eu queria soldar a mim mesma no sofá pelo resto da vida, mas Hannah ameaçara usar uma tocha de oxiacetileno para tirar meu corpo de sua posição permanentemente prostrada.

— Diz que ser um homem comprometido é trabalho duro. Que acaba com a confiança de um cara e destrói seu autorrespeito. Resumindo, transforma-o numa mulher. Disse que teve que transar com Shona para sentir-se como homem novamente.

— Pascal tem cartas na manga suficientes para abrir um cassino — comentei mal-humorada. — E quanto ao bebê? — perguntei, tirando lenços de papel dos bolsos de Jamie antes de reabastecer a máquina. — Achei que ele havia dito que seus espermatozoides eram cegos e preguiçosos demais para viajar.

— Fica ainda pior. — Hannah agora começara a passar maniacamente, o ferro cuspindo. — Vão ter outro bebê.

Demorei um momento para assimilar a enormidade dessa notícia.

— Como é?

— E estou com 44 anos. Meus óvulos estão cozidos. Podres. Mexidos.

— Mas... achava que você não queria filhos?

— Só porque ele não queria. Construí uma vida à prova de crianças, mas de alguma maneira elas ainda me afetavam. Sinto-me julgada todos os dias, Cassie. — Hannah estava passando ainda mais furiosamente, seu rosto cheio de raiva pingando de suor. — Não sei o que é pior. Ser julgada como sem coração e sentimentos por não querer filhos ou as insuportáveis demonstrações de pena quando as pessoas descobrem que eu fingia não querer filhos para manter meu marido feliz, apenas para ele fugir e ter filhos com outra mulher. Pascal também está alegando "esterilização fiscal", o que significa que ele pretende ir atrás do dinheiro.

— Então ele quer pensão? Ah, isso faz meu sangue ferver. Quando esposas se divorciam, foram elas que criaram os filhos e cuidaram da casa. Merecem reconhecimento — falei defensivamente. — Mas Pascal não fez porra nenhuma! Esqueça semanas de 35 horas de trabalho. Ele trabalhou 35 horas no ano!

— Ele alega que ajudou a me sustentar emocionalmente, o que me proporcionou ter uma carreira tão bem-sucedida. E, portanto é justo que eu compense ter arruinado a vida dele entregando metade de tudo. Está insistindo que eu venda minhas pinturas favoritas.

— Ele é pior que uma barata, Hannah. Ou pior, Pascal não se esconde embaixo da geladeira. Ele levanta a geladeira e tira ela da casa em cima das costas.

— E logo você estará no mesmo barco, financeiramente também conhecido como Titanic. Seu navio vai chegar, sim, seu naufrágio. Graças a Jasmine Jardine.

Hannah estava convencida de que fora Jazz quem exaltara minhas emoções, como uma chef enlouquecida cozinhando caos para deixar todo mundo tão destruído quanto ela.

— Ela fez esse grande buraco em sua vida, Cassie. Essa ferida não foi autoinfligida. Não, havia outra pessoa segurando a faca: Jasmine Jardine, assassina matrimonial.

Tudo que eu sabia era que perdera meu marido, meu orgasmo, minha sanidade e, talvez em breve, meu emprego. Queria deixar minha marca no mundo, mas tudo que parecia ter agora era uma borracha.

Ao longo de outubro e novembro, era como se uma bomba-relógio estivesse fazendo tique-taque sobre nossas vidas. O que aconteceu em seguida, com todo o seu drama, era um acidente não exatamente esperado mas, sim, implorado para acontecer.

Jazz e Hannah, com seus corações partidos em duelo, estavam se evitando desde a briga. Estávamos todas entrelaçadas num jogo de Twister Emocional em câmera lenta.

Era uma ensolarada e fresca manhã de outono quando nós três nos encontramos acidentalmente. Meus filhos haviam ido andar de kart com Rory e eu estava ofegando numa caminhada matinal por Hamsptead Heath antes de começar meu ritual dominical de cuidar da casa e corrigir deveres. A terra evaporava e a luz do sol cintilava, as folhas da cor de ferrugem. Enquanto elas caíam das árvores salpicadas ao meu redor, sentia meu ânimo melhorar um pouco. Era um dia tão glorioso e não fora a única convencida por ele a sair dos meus pijamas. Em nosso café favorito na Hamsptead High Street, encontrei Hannah. A voz que ouvi em seguida pertencia a Jazz.

— Olhe só para nós! — exclamou Jazz, tirando suas luvas e chapéu. — Todas de volta ao mercado. Igual quando nos conhecemos na faculdade. Amor é a palavra de quatro letras mais suja de todas. O casamento é para o amor, o que roupa de baixo térmica é para o sexo. Estamos tãããão melhor sem ele.

Hannah apenas grunhiu. Minhas duas melhores amigas estavam rodeando uma à outra no meio da conversa como numa luta livre.

— Quando uma mulher foge com seu marido, não há vingança melhor que deixá-la ficar com ele! Apenas lembre-se da esposa de Ló e não olhe para trás. — Jazz flutuava em vez de andar até o balcão para pedir um café com leite semidesnatado. Quando voltou à nossa mesa, pegou meu celular de cima dela e olhou o registro de chamadas.

— Por que seu registro de chamadas tem dez ligações por hora para o celular de Rory?

— Deve ser pelas crianças — menti, mesmo tendo gastado minha digital de tanto apertar "rediscar". O celular de Rory tocava sem parar mas ele nunca atendia. Como o raro tentilhão manchado, havia relatos de aparições suas, no entanto, andando atrás de Bianca com patins de gelo ou de rodas pendurados no ombro, parecendo exausto, cansado sem dúvida da fadiga de mapear as mais escondidas zonas erógenas de Bianca. Como os poodles que agora paparicava para sobreviver, Bianca mantinha-o em rédeas curtas.

— Entendo — comentou Jazz, devolvendo meu telefone de uma maneira irritada e olhando por cima do ombro de Hannah para alguma coisa que ela havia marcado no jornal. — Touro? É o signo de Pascal. Mesmo ele tendo dito que se casaria com Shona o quanto antes possível, ainda está lendo o horóscopo do canalha?

Quando Hannah ouvira as notícias sobre o iminente casamento de Pascal, tudo que fizera fora chorar copiosamente. Se fosse eu, teria aparecido na cerimônia num carro fúnebre, usando um véu preto e segurando a estaca que enfiaria no coração da noiva.

Jazz então começou mais um discurso sobre o mesmo tema de sempre, que um marido é algo com que se conformar quando estiver velha demais para um garotão, quando Hannah interrompeu-a no meio de uma frase com um anúncio importante.

— Já chega de dar sermão. Na verdade segui seus conselhos e arrumei um amante. — Ela piscou vagamente. — Só para sua informação.

Jasmine acidentalmente derramou café na blusa.

— Mesmo? Desde quando? — sondou.

A expressão de Hannah continuava indecifrável.

— Ah, já faz algum tempinho.

— Era exatamente o que precisava, querida! — Jazz estava mais animada do que se tivesse ganhado uma bolsa de brindes. — Bem, quem é ele?

— Prefiro não dizer — respondeu Hannah friamente. Ela terminou seu café, se levantou e saiu. Nós fomos atrás.

— Quantos anos ele tem, então? — interrogou Jazz, abotoando o casaco.

O rosto de Hannah corou com uma expressão esquiva.

— Jovem o suficiente.

— Ah, conta para a gente! Homens mais novos são tão divertidos. Pode ensiná-los, estilo Pigmalião — entusiasmou-se Jazz, colocando as luvas. — Quantos anos ele tem? Vamos lá... Deixe-nos com inveja.

— Ele é um estudante de arte, na verdade.

Jazz cerrou os punhos e atirou o cotovelo para trás:

— Isso! Um estudante? Quando falei para arranjar um cara mais jovem, Hannah, não era para adotar! — Ela riu. — Então, o que foi que disse para ele? "Você foi um menino muito desobediente, vá já para o meu quarto!" — Ela estava praticamente dançando em volta de Hannah a essa altura. — Ele tem um mapa fluorescente dos planetas colado no teto do quarto? Seus pés alcançam o chão quando se senta na sua cama?

Jazz parou para correr até a farmácia local, saindo com um kit que enfiou nas mãos de Hannah com o que ela chamava de seu "kit de emergência para uma noite só": uma camisinha disfarçada de batom, uma escova de dente e um par de óculos de sol para o que ela chamou às gargalhadas de "Vergonhosa volta para casa na manhã seguinte".

O céu escureceu e uma leve garoa molhou nossos rostos. A chuva derreteu minha recém-adquirida paz interior. Estava feliz por Hannah ter encontrado algum consolo e felicidade, mas se dependesse do destino, eu continuaria sendo um saco de pancadas.

No dia seguinte cheguei atrasada na escola e encontrei a sala dos professores tomada por uma visita surpresa de dois inspetores escolares. Eles haviam, aparentemente, entregado o relatório de nossos trabalhos em aula. O Sr. Scroope estava elogiando os feitos da professora que ganhara as maiores notas enquanto eu me posicionava nos fundos da sala.

— ... Uma professora interessada em se livrar das amarras do pensamento convencional e consistentemente apresentar novas ideias.

Enquanto ele tagarelava, fiz uma xícara de chá, evitando os caroços de colheres molhadas no pote de açúcar e os saquinhos de chá usados largados como ratos mortos ao longo da pia. Acrescentei um pouco de leite que estava, como de costume, prestes a coalhar. Bebi, então, meu chá cor de madeira com o barbante do saquinho para fora da xícara. Estava tão distraída por aquela tarefa que demorei um pouco para entender que a grande boca de meu diretor estava salivando de elogios melosos sobre Perdita.

— Perdita? — perguntei num murmúrio anêmico. — Não convencional? — Do que aquele homem estava falando?

— Tendo uma ótima noção de quais ideias são avançadas e quais são um incremento, e como progredir em cada uma delas apropriadamente... O diretor lia as anotações dos inspetores. Sua papada tinha tantas camadas de gordura, que parecia estar segurando uma pilha de panquecas debaixo do queixo —... ela chama sua estratégia de "fazer o que se poderia ter feito ontem, amanhã".

Minha cabeça se levantou e recuou como a de uma cascavel levando um susto com um espelho. Esse era meu lema. Senti-me como a protagonista de um filme de terror cujo carro está prestes a ficar sem gasolina num lugar escuro e vazio, fazendo-me ter que andar muito em busca de ajuda.

— Mas essas são minhas ideias! — Me vi berrando. — Você as roubou! Ela as roubou! — Todos os olhos se voltaram na minha direção. — Me fez escrever todos aqueles jargões em meus relatórios só para poder roubar minhas ideias! Sua mentirosa!

— Sra. O'Carroll! Talvez possamos discutir isso mais tarde em minha sala? — As sobrancelhas espessas de Scroope faziam nós ameaçadores. Ele cochichou para os inspetores: — Está passando por problemas pessoais. Marido saiu de casa — confidenciou com sua voz repugnantemente cheia de falsa compaixão.

— Mas são as minhas ideias! — repeti para todos ouvirem. Ninguém me encarava nos olhos.

Perdita me lançou um predatório olhar de superioridade que poderia tê-la garantido um papel num filme sobre Drácula.

— Não sei do que está falando — disse a traidora, sorrindo afetadamente.

— Não pode simplesmente ser agradável e desejar o me lhor para Perdita? — insistiu Scroope.

— O que eu desejava era que ela estivesse num avião prestes a ter um contato inesperado com o Oceano Atlântico.

Sr. Scroope franziu o nariz. Seu rosto se contorceu numa careta de gárgula.

— Bem, obrigado, Srta. Pendal, por criar e implementar ideias tão inovadoras. E obrigado aos inspetores pelo relatório favorável — disse suavemente, encerrando a reunião. — Srta. Pendal, gostaria de levar nossos estimados amigos até a saída?

Quando a sala esvaziou, Scroope se virou para mim e sibilou sua frase de sempre:

— Minha sala. Agora.

Só podia imaginar que ele me faria escrever cem vezes: "Preciso parar com meu comportamento obsessivo-compulsivo em relação à Perdita. Preciso parar com meu comportamento obsessivo-compulsivo em relação à Perdita. Preciso parar com meu comportamento obsessivo-compulsivo em relação à Perdita." Havia subestimado completamente sua indomável resolução de vencer. Às minhas próprias custas.

— Mas são minhas anotações! Ela as roubou — aleguei mais uma vez, enquanto ele fechava a porta.

As peludas sobrancelhas ruivas de meu chefe se colidiam em sua testa de forma ameaçadora — o cara realmente precisava de um gel para sobrancelhas —, mas em vez de gritar, ele deu um sorriso e disse:

— Acusar falsamente uma colega de trabalho de plágio, humilhar a escola na frente dos inspetores; acho que podemos dizer com segurança que essa foi sua terceira ofensa. Vou escrever ao Conselho imediatamente.

Vaguei aturdida de volta à sala dos professores e parei encarando o quadro de avisos com seus panfletos da União, amarelados pelo tempo, e para a coleção de gafes de alunos levemente engraçadas, por exemplo: "Filisteus são os habitantes das Filipinas." Três ofensas e estava fora. Havia acabado de cair na real. O que faria sem poder dar aulas? Não poderia nem ter esperanças de uma carta de recomendação. Faxineira e limpadora de privadas eram duas daquelas excelentes opções que meu teste vocacional nunca mencionara. Ensinar era minha vocação. Reli um cartão que ganhara de um aluno aquele dia: "Você é uma professora legal. Você me aprendeu muito bem", e derramei-me em lágrimas. Será que fui amaldiçoada por uma cigana ao nascer?, imaginei.

Depois da escola, fui procurar consolo com Jazz, mas ela também estava passando por um estágio Vida Privada Abaixo.

— Meu marido está me chantageando emocionalmente — cantarolava com voz cansada enquanto passávamos pelos corredores do supermercado, empurrando carrinhos para as compras semanais. — Meu filho está todo calado e afastado, e estou tão dura que talvez tenha que usar a poupança do meu futuro lifting facial. Isto é, olhe só isso. — Ela ergueu sua bolsa azul-clara. — As coisas estão tão ruins que tive que comprar uma Prada falsa. E... terminei com Billy Boston. — Ela explicou que o fim do romance foi porque ele se recusava a remover a tatuagem escrita Sharyn em seu braço. — Ele queria que mudasse meu nome para Sharyn, considerando que iria doer menos que tirar a tatuagem com laser. Pode acreditar nisso? — Jazz gargalhou com um fervor lunático.

Studz havia vandalizado qualquer tipo de esperança remanescente naquela mulher. Abatida e derrotada, ela fungou num lenço de papel por um momento, e então fez um esforço físico para afastar suas ansiedades sentimentais.

— Precisamos é de alguma diversão — declarou perto da seção de congelados. — Digo, ao menos uma de nós encontrou alguma felicidade. E se não quer compartilhar conosco, vamos ter que ficar felizes através dela.

A pessoa que Jazz pensava em espionar era Hannah. Ela havia sido tão reservada quanto a seu amante que só fez nossa curiosidade aumentar. Enquanto o sorvete derretia no porta-malas do meu carro, sentamos do lado de fora da casa de Hannah, bebendo de uma garrafa de vinho enquanto dávamos risadinhas como colegiais levadas.

— Ali! Estou vendo os dois! — Jazz guinchou de excitação quando as luzes do quarto de Hannah se acenderam. — Estou tão feliz que ela finalmente tenha seguido meus conselhos.

Estávamos rindo tanto que demorei um pouco para perceber que Jazz havia começado a fungar como um gatinho perdido.

— Jazz?

Olhei para ela espantada. Seu sorriso havia se tornado vazio. O tipo de sorriso que vem junto com ficar fazendo tranças no cabelo e cantarolando, largada num canto de hospício.

— O que foi? — insisti.

Ela tentou responder mas apenas deixou o queixo cair.

Olhei na direção do quarto de Hannah, mas tudo que conseguia ver era a lua, redonda como uma bola de golfe, brilhando acima da casa. Jazz se atirou para trás no banco do carona num estado de choque, seus olhos abertos e redondos como lâmpadas. Ela fez um barulho igual a um pneu furando, mas através do sibilo achei que havia ouvido a palavra "Josh".

— O quê? — Meu rosto corou de confusão.

— É o meu filho!

Senti como se tivesse adentrado uma tragédia grega durante o segundo ato.

— Josh?

E depois não ouvi mais nada porque o silêncio foi quebrado pelos prantos da minha melhor amiga.

22. Garotões

Jazz já estava fora do carro esmurrando a porta de Hannah antes de eu conseguir alcançá-la.

— Abra essa porta! — Sua garganta parecia estar pegando fogo de angústia.

A janela acima de nós se abriu. Ouvimos portas batendo, trancas se abrindo, e alguns minutos depois Hannah apareceu descabelada e seminua. Ela encarou Jazz.

— Onde está meu filho? — Jazz passou por Hannah com violência.

— Por quê? Já passou da hora dele dormir? — Não havia nenhuma fraqueza ou arrependimento na voz de Hannah. — Ele foi correndo pra casa, na verdade. Mas obrigada por sugerir que eu o ajudasse com seus trabalhos de arte. Josh realmente é um jovem impressionante.

— Sim. Sim, ele é. — A voz de Jazz era ácida e sua expressão... bem, era uma expressão capaz de dividir o Mar Morto ao meio.

Seguindo Jazz pela cozinha de última geração de Hannah, me preparei para a história completa. Como ela seria capaz de justificar suas ações? A pessoa com quem sai diz muita coisa sobre você. Dormir com o filho de sua melhor amiga mostra que você é uma psicopata duas caras.

Hannah rebolou para a cozinha atrás de nós.

— Falar de arte nos conectou tanto intelectual e emocionalmente, que foi natural começarmos a dividir uma cumplicidade sexual.

— Ah, poupe-nos dos detalhes! — rugiu Jazz, num tom de voz que poderia ter tirado a Terra de seu eixo.

Hannah emitiu um baixo sibilo de estar se divertindo.

— Mas foi você quem me disse para arranjar um garotão. "A megera está de volta", você falou. — Ela sentou-se num banco alto da cozinha e casualmente começou a lixar as unhas. — "Beije minha tiara". "É preciso ser má para reinar...".

Jazz escutava estupefata suas próprias palavras voltando para assombrá-la.

— Pelo amor de Deus, Hannah! Ele só tem 17 anos!

Hannah deu uma risada frágil:

— Quando você estava molestando seu professor de tênis e sugeri que, em geral, era melhor não transar com alguém a quem pudesse ter dado à luz, você disse, e eu repito, que era "baboseira de idade". — Seus lábios estavam se movendo como tesouras de jardim. E seus comentários machucavam tanto quanto.

Jazz estava encarando-a com o tipo de expressão que se olha um nudista com incontinência que acaba de urinar em seu vestido de noiva.

— Lembro que disse que sexo com um homem mais novo é o equivalente a correr 120 quilômetros... mas tããããão mais gostoso! E tinha toda a razão. Isto é, olhe só para mim! Estou resplandecente!

Jazz soltou um gemido horrorizado:

— Ele é meu filho! — gritou. — Se você fosse mãe entenderia! Ainda bem que nunca teve um filho, Hannah. Apesar de não, espere... poderia ter guardado o colágeno do cordão umbilical para depois encher seus lábios mentirosos.

Fora a vez de Hannah ser atingida por um comentário cortante. Mas não era difícil compreender a fúria de Jazz. A resposta à pergunta "Como se mantém tão jovem?" não deveria ser: "Na casa da minha melhor amiga, num dos quartos do andar de cima."

— Por que não rasteja de volta às profundezas cheirando a enxofre de onde surgiu, sua piranha? Faz ideia de como isso é devastador para mim? — quis saber Jazz.

Hannah abriu um sorriso ácido.

— Bem, fico feliz que saiba agora como é ter sua vida devastada — disse. — Junte-se à porra do clube. — Sua gargalhada caiu como uma tempestade de granizo à nossa volta.

Olhei para Hannah sem poder acreditar. Isso tudo fora para se vingar? Era uma racionalização tão distorcida que eu precisaria que Stephen Hawking explicasse.

— Não tem coração? — perguntei. Parecia-me, neste momento, que Hannah poderia se qualificar como doadora de coração artificial.

— Nem coração nem decência! — vociferou Jazz. — Você não é nada além de uma predadora sexual calculista.

Hannah zombou:

— Por que as palavras "roto" e "esfarrapado" estão me vindo à mente, imagino?

— Mas você deliberadamente foi atrás da vítima mais vulnerável. Josh acaba de perder a casa da sua família. Seus pais estão em guerra. Suas notas estão despencando. — Jazz andava de um lado para o outro enquanto listava as crueldades da nossa amiga. — Agiu com a mais completa falta de consideração pelo dano que podia causar a ele. Ou a mim! Pior ainda, não demonstra ter remorso algum. Nunca mais quero ver você. — Sua voz se tornou um grito agudo. — Foda-se e morra, ouviu bem?

Hannah tentou se justificar mais uma vez, mas Jazz gritava muito mais alto que suas palavras:

— Aqui, vou te dar uma moeda para ligar para alguém que dê a mínima. Se chegar perto do meu filho mais uma vez, eu te mato.

Matar era meio demais, pensei, mas não me surpreenderia se Hannah perdesse uma das partes do corpo num acidente bizarro na cozinha.

No manual de maneiras de se livrar de uma amiga, o terceiro método mais eficaz seria dizer: "Vou sentir sua falta. Isto é, andar com você me faz sentir tão mais magra!" A segunda técnica mais eficiente seria algo parecido com "Aqui está o dinheiro que devo a seu marido por fazer sexo oral em mim." Mas a primeira tinha que ser dormir com o filho dela.

— Cassie — Jazz se virou para mim —, vai ter que escolher agora. Ou ela ou eu.

— Vamos lá... fique do lado dela. Geralmente já faz isso mesmo — queixou-se Hannah —, porque se sente tão intimidada por Jazz. Essa é a mulher que sabotou seu casamento!

Olhei de uma para a outra, pensando se seria sábio dar uma resposta. Precisava orquestrar uma reconciliação. Mas como? Dizer que minhas amigas não estavam se dando muito bem seria sutil demais. Estavam na mesma harmonia que um islâmico fundamentalista cheio de bombas e um soldado do exército americano armado. Mas hesitei um pouco demais porque Jazz já estava saindo, lenta e deliberadamente, como uma matadora dando as costas para o touro.

— Hannah! Peça desculpas. Precisa ir atrás dela.

Hannah apenas riu alegremente.

Quando cheguei à rua, Jazz e sua bolsa imitação da Prada haviam sumido em meio à neblina.

O frio cortante do inverno caíra sobre nós mais uma vez, mas era o gelo entre nós três que era realmente glacial. O gelo social parecia muito mais frio e amargo que o das noites. Desconfiança, como uma lenta nevasca, havia se erguido ao nosso redor, deixando tudo arrepiante e traiçoeiro. O silêncio se intensificava como uma correnteza.

Ligava para Jazz e Hannah constantemente, sem resultado. Era difícil acreditar que nossa amizade de 25 anos estava se esvaindo, quase como os começos de noite, que agora ficavam de um tom cinza sépia, até a total escuridão. Como pode uma coisa estabelecida com tanto cuidado ao longo de décadas ser despedaçada tão rapidamente? As forças centrífugas de uma amizade carinhosa haviam nos segurado em torno de seu eixo, mas subitamente a gravidade evaporara e estávamos todas sendo atiradas no espaço.

Pensei em escrever a Jazz, mas o que poderia dizer? "Sinto muito por seu marido ser um traidor compulsivo, sua casa ter sido hipotecada e vendida sem sua autorização e sua melhor amiga estar transando com seu filho." Mas não parecia existir um cartão da Hallmark que expressasse aquilo.

Perdi uma amiga, ganhei uma mãe. Quando pensei que não havia como as coisas piorarem, minha mãe veio morar comigo. Disse que deixara meu pai por causa da "outra" em sua vida — a cabana. Aparentemente ele estava sempre lá dentro, mexendo com parafusos, fios e coisas de computador. "No teclado da vida, sempre mantenha um dedo na tecla Esc, querida", ela me informou. Mandei um e-mail para meu pai pedindo: "Ilumine-me, por favor?"

A semana inteira ela listava os defeitos de meu pai. "Está sempre cronometrando as coisas. 'Ah, essa caminhada demorou dez minutos e dezessete segundos'. O cara cronometraria um acesso de culpa se pudesse, Cassandra. Exceto que é lógico que nunca tem nenhum!", baliu.

Meus filhos só queriam saber de ficar na cama. Jazz treinou seu filho cedo e aos 2 anos ele já dormia em sua própria cama, enquanto eu ficava baixando cada vez mais o nível do berço para meus filhos não conseguirem sair e me acordar na maneira tradicional das crianças: puxando os pelos do meu nariz e cantando "Come On Everyone Get Happy". Acredito piamente em longas sonecas para crianças, mas não quando já estão na puberdade. Isso não era saudável.

Jamie havia se tornado tão delinquente, que tive que comparecer a sua reunião de pais e professores com um nome falso. Quanto a Jen, as únicas palavras que minha filha de 12 anos dissera a mim durante os últimos seis meses, foram: "Preciso de grana." Estava naquele estágio de se trancar no quarto e não sair nunca mais até chegar a hora de ir para a faculdade. Apesar de que, considerando como andavam suas notas desde o verão, acho que ela estava preparando-se para uma fabulosa carreira fritando hambúrgueres em alguma rede de fast-food. E era tudo minha culpa. Fui uma mãe ruim. Meu boletim de mãe teria escrito: "Precisa se esforçar mais."

As coisas tornaram-se tão mórbidas, que me admirava Vincent Price não ter feito uma visita. Mamãe e eu anestesiávamos nossos corações partidos com álcool — algo que normalmente eu teria feito com minhas amigas. Mas depois da segunda garrafa, começava a convencer a mim mesma de que era melhor estar sem Jazz e Hannah.

— Nunca gostei de nenhuma daquelas duas mandonas — confidenciou minha mãe, chamando-me para jantar igual fazia quando eu era criança. Ah, e olhe só quanta coisa eu havia alcançado e como havia amadurecido desde então!

Mas perder amigas é mais difícil que perder peso. Devem existir cinquenta maneiras de deixar seu amante, mas deixar suas amigas é muito mais difícil.

"Desculpe, meninas. Não quero mais brincar com vocês", parecia não funcionar depois que se termina o jardim de infância. "Acho que devemos ver outras pessoas", também não funcionava. Nem, "Olha, simplesmente não estou mais a fim de te ver".

— Está melhor sem elas, querida — concluiu mamãe.

— Gggwwwhhhfffgh — respondi.

— E está melhor sem aquele seu marido preguiçoso e chato também, meu bem.

— FFFFghwwwwaaach — acrescentei, antes de capotar.

Sem orgasmo, sem marido, sem cabeça e agora sem amigas. Assim que ficasse sóbria, jurei que doaria meu cérebro para cientistas. Diferente de mim, ele obviamente nunca havia sido usado.

23. Vai gostar desse casamento nem que eu tenha que me divorciar de você para isso

Começos são fáceis. Sabemos como nos apaixonar. Nossos corpos nos dizem o que fazer. Temos todas essas músicas pop, melodias, poemas, filmes e livros que celebram a euforia. Não, são os finais que são difíceis. E quando o amor não joga mais seus feitiços? Quando a alegria evaporou e em vez disso ficamos cheias de bile e culpa?

— E se você quiser paixão, sexo, amizade e filhos: tudo com a mesma pessoa? Pode tal milagre acontecer? — perguntei à mulher de roupão manchado de comida no espelho, só para descobrir, horrorizada, que ela era eu.

A compreensão de que a vida não acabou sendo exatamente da maneira que pensávamos atinge a todos nós uma hora ou outra. Ela é impulsionada por muitas coisas. Um amante indo embora, crianças saindo de casa... gazebos de outros casamentos. Para mim, foi acordar sozinha em minha cama com imagens do biquíni fio dental de Bianca entre os dentes de meu marido, e me ver cercada por garrafas de vinho e caixas de chocolate, assistindo a *I'm a Celebrity Get Me Out of Here*. Seria de se imaginar que reality shows teriam me ajudado a lembrar que existem pessoas por aí ainda mais tristes que eu. Mas sem Rory ou a companhia das minhas duas melhores amigas, eu também ouvia as feras rosnando e perambulando na selva enquanto minha pequena fogueira diminuía até virar cinzas.

Agora que a amizade com Hannah e Jazz evaporara, pensei em quantas das nossas conversas haviam passado, casualmente, sem receber valor. Como queria um daqueles papos leves sobre jeans boca de sino e depilação. Amigas compartilham lagoas secretas de conhecimento sobre os humores e sonhos das outras. Uma noite, sem conseguir mais suportar os cabides vazios como esqueletos no lado de Rory do armário, comecei a encher seu espaço com as minhas coisas e achei um cartão que Jazz *havia me dado na faculdade.*

Amigas, você e eu...

Você trouxe outra amiga, e assim éramos três.

Começamos nosso grupo. Nosso círculo de amigas.

E como um círculo, não há início nem fim.

Em qualquer dia normal, teria telefonado para a polícia do clichê, mas essa noite debulhei-me em lágrimas.

Na sala de espera do dentista na manhã seguinte, peguei uma revista e abri num artigo sobre saúde. Dizia que amizade entre mulheres não apenas preenchia lacunas emocionais em nossos casamentos, como também reduzia os riscos de doença diminuindo a pressão sanguínea, os batimentos cardíacos e o colesterol. A recepcionista chamou meu nome, mas continuei lendo, fixamente. Poderia estar na sala de emergência de um hospital segurando meu braço decepado num saco de supermercado, e ainda assim não teria me mexido. Em seguida, o artigo dizia que não ter uma amizade próxima era tão prejudicial à saúde da mulher quanto fumar.

Ah, que ótimo. Com tão pouco tempo de sobra na vida, por que se preocupar com fio dental e cáries? Levantei e deixei a clínica, despercebida.

Pela primeira vez em minha vida, o trabalho não era a salvação, apesar de tentar manter uma aura de zelo pelo bem da minha turma. Felizmente, havia uma supervirose correndo pelas escolas de Londres, então ter que constantemente limpar vômito mantinha-me ocupada.

Já estava de casaco, pronta para voltar para casa, quando Scroope fez uma reunião improvisada com todos os funcionários para anunciar que Perdita havia ganhado a promoção. Senti minha boca retorcendo no que eu esperava ser um sorriso, mas estava mais para um sorriso amarelo. Na verdade, o sorriso parecia um inseto tropical de múltiplas pernas subindo pelo meu queixo.

Perdita estava tão tomada de surpresa que quase deixou cair seu discurso de agradecimento.

— O ontem já é história. O amanhã é um mistério. E o hoje é um presente. Por isso é chamado de "presente". Obrigada por meu presente, Sr. Scroope. Estou ansiosa em ser vice para um diretor tão inspirador... Sem ressentimentos — ressaltou Perdita ao passar por mim, sua voz tão melosa e adocicada que quase entrei em coma hiperglicêmico.

Enquanto os outros funcionários expressavam seus fortes desejos para que Perdita tivesse sucesso em seu novo cargo, expressei o meu forte desejo de afundá-la com pesos amarrados nos pés numa jacuzzi habitada por uma família de piranhas.

Como uma colegial delinquente, mais uma vez fui chamada à sala do Sr. Scroope. Ele explicou que o Conselho, vendo minhas três advertências por escrito, havia deixado meu destino em suas mãos. Mas como eu deixara minha hostilidade em relação à nova vice-diretora tão aparente, ficava claro para todos que seria melhor para a escola eu ver isso como uma oportunidade de mudar de vida. Quando olhei inexpressivamente para ele, Scroope tentou falar inglês e sugeriu que eu partisse para outra. Pensei a mesma coisa. Mas para onde deveria partir? Emigração para Marte parecia uma opção atraente no momento.

Enquanto Scroope tagarelava sobre meus defeitos, olhei pela janela e observei o chuvisco em meio ao trânsito brutal. Havia muita aridez e tapetes sintéticos laranja em excesso nessa escola para meu gosto. A planta sem graça na sala do diretor estava empoeirada e murcha — e eu entendia exatamente como ela se sentia. Enquanto observava o dia morrendo através da janela molhada, senti-me afivelada pela pressão. Como se estivesse tentando fechar a escotilha de um submarino contra a pressão da água. Como professora primária, havia falhado. Era muito mais adequada a um emprego no departamento de filosofia. "O que é uma nota? Na verdade, o que é a vida? E realmente vale a pena viver essa porra?"

Um soluço urgente e asfixiante saiu de minha boca e com isso me levantei, correndo para fora da sala, pelo corredor e portões afora em direção ao mundo esmagador.

Não há dúvidas de que a sensação mais prazerosa do universo é dar de cara com a mulher por quem seu marido te deixou, de biquíni num vestiário público, enquanto você ainda está vestida e ela está nua, não depilada e quatro quilos mais gorda. Mas nem preciso dizer que nunca, nunca, acontece assim. Enquanto eu corria cegamente até Camden, com quem dou um encontrão? Rory e Bianca, naturalmente. Dizer que eu não estava no meu melhor seria muita gentileza. Estava sem fôlego e chiando, meu nariz escorria e meus olhos eram duas bolas inchadas de tanto chorar.

Eu estava parada ali ensopada de chuva enquanto os dois permaneciam num oásis de calor e calma, aninhados debaixo de seu enorme guarda-chuva. Pensei em cumprimentá-los com um sorriso, mas seria apenas um desperdício de músculos faciais.

— Ah... Tenho pensado em ligar... — gaguejou Rory. Seu tom de voz era de uma genialidade dolorosa.

— Ah, não se preocupe. Tenho estado tão ocupada, com a liquidação da Asda e o filtro do lava-louça precisando ser trocado e tudo.

Queria me agarrar a meu marido, como Robinson Crusoé agarrando-se à vida em seu bote salva-vidas. Os olhos de Rory estavam brilhantes e ele engoliu em seco várias vezes. Os músculos em sua garganta estavam tensos, o que me fez pensar que ele também estava evitando um sentimento que não queria que fosse testemunhado.

Bianca abriu um sorriso gélido.

— Cassandra, esse seu casaco! Aposto que existe algum desabrigado na Romênia que adoraria tê-lo. Apesar de que, na verdade, olhando melhor, acho que até mesmo um desabrigado romeno devolveria essa coisa! — zombou, rindo da própria piada.

Bianca, naturalmente, estava parecendo delicada e cara vestindo cashmere com punhos de pele.

— Bem, mesmo assim o seu casaco é muito bonito — confessei, imaginando se fora Rory quem o comprara para ela.

— Ah, mas é um fardo tão pesado, você sabe, a beleza. Especialmente quando se quer que as pessoas a levem a sério. Sempre achei que teria mais respeito intelectual se tivesse o nariz torto, uma cicatriz ou algo parecido.

— É mesmo? Bem, gostaria que eu quebrasse a sua cara agora mesmo? — ofereci.

Rory rapidamente inibiu uma risada. Bianca, por outro lado, pareceu chocada e um pouco assustada antes de suspirar condescendentemente:

— Você só deixa cada vez mais claro por que seu marido a deixou. Vamos embora, Rory.

O rosto de Rory escureceu como o tempo. Ele hesitou — como um poodle sendo puxado pela coleira.

— Vou buscar as crianças hoje à noite, Cass. Vamos ao cinema. E eles vão dormir comigo. Não esqueceu, certo?

Na verdade havia esquecido. Sem emprego, sem amigas, sem marido, mamãe ocupada ateando fogo na barraca de papai, e agora nem meus filhos me fariam companhia.

— Sim, também preciso ir embora — falei. — Estou tãããão atarefada... Preciso chegar em casa urgentemente para limpar a borda da minha garrafa de molho de tomate.

E virei de costas para andar na outra direção. Com a cabeça abaixada contra a chuva, deveria estar parecendo um escuro ponto de interrogação contra a luz dos faróis dos carros que passavam. E a pergunta em minha cabeça era a seguinte: que merda havia acontecido com a minha vida?

Segui meus pés, pacotes ensopados correndo e escorregando nas poças. Eram cinco da tarde e já estava escuro. Devia ter voltado à escola para buscar meus livros, mas apenas continuei andando sem me preocupar em me perder. Era de um mapa emocional que estava precisando. Uma bússola da vida.

Existe uma eloquência desanimada na arquitetura de Londres, lembrando uma velha senhora que usa um casaco de pele desde os 30 anos. Passei pelas casas com varanda de Primrose Hill e até Regents Park. As árvores sacudiam com o vento. Em direção a Euston, as ruas se desintegravam em frágeis torres que haviam se espalhado como um câncer arquitetônico.

Continuei andando sem parar. Londres no inverno é tão cinzenta quanto um estacionamento; e as cores monocromáticas combinavam com meu humor. O cheiro deixado pela chuva era forte e o ar, gelado. Ao me aproximar da cidade, imensos prédios hipodérmicos perfuravam o céu. O sinalizador no alto de Canary Wharf lembrava um botão de descarga. Um toque e Londres, com todo seu fedor, caos e história apodrecendo, iria simplesmente cano abaixo. Alguns carros passavam, mas perto do rio, entre a Blackfriars Bridge e a Torre de Londres, estava escuro e deserto.

Fiquei à beira do Tâmisa, observando o vento curvar as cristas das ondas em sorrisos cruéis. Não sei exatamente quanto tempo fiquei parada ali na margem do rio, mas o Big Ben marcava horas com grandes badaladas sepulcrais. Quando a maré virou, as ondulações cinza e brancas ficaram parecendo um tweed triste. As circunstâncias me sufocavam como as laterais de um caixão. Sentia como se uma enorme tampa estivesse sendo aparafusada em cima de mim. Mesmo que fosse escuro e lúgubre embaixo das pontes, tantas verdades há muito escondidas estavam subitamente vindo à tona. Eu havia minado meu próprio casamento. Minha culpa. Minha culpa. No espelho retrovisor da aula de casamento, cada infração, cada regra quebrada, cada arranhão, cada atropelamento seguido de fuga é detalhadamente examinado, aumentando os problemas. Minha culpa. Minha culpa. Havia me sentido infeliz, verdade. Mas não tão infeliz quanto me sentia agora. Descuidadamente, comecei a subir por cima da grade do cais e hesitei sobre a corrente agitada. Fui tomada de desejo de me reinventar; de abandonar minhas roupas numa praia e fingir suicídio, ressurgindo com uma nova identidade como herdeira de hotéis ou talvez... uma linda terapeuta sexual de cabelos cor de fogo.

As pessoas podem refazer provas para tirar carteira de motorista, então por que não podemos refazer nossas vidas quando fracassamos? Naquele momento, a vontade de me matar, como um personagem qualquer num romance cuja trama ficou monótona, era incrivelmente forte. Fiquei chocada que tal pensamento pudesse me ocorrer. Não havia histórico de insanidade em minha família, exceto meu pai ter desistido de seu emprego de músico para virar contador.

Mas o que me fez mudar de ideia abruptamente quanto a "acabar com tudo" foi que, naquele exato momento, me desequilibrei. A eternidade entre errar o passo e a percepção de que ia cair para uma morte na água trouxe toda uma nova leva de revelações; a maior delas sendo que eu não queria mais afundar lentamente, aleijada pela terrível inércia da depressão. Era um alívio tão grande saber, pela primeira vez em meses, que eu não estava mais em perigo por causa dessa emoção. Ancorada pelo amor a meus filhos, sentimentos negativos não poderiam mais me arrastar para o mar.

Mas é claro que a porra do rio poderia.

Quando o grito saiu de minha garganta, caí na água fria com tanta força que fiquei tonta. Agitei os braços desesperadamente, esperando que a água me puxasse para baixo... mas não houve puxão. Na verdade, não havia abaixo. Tateei em volta, enfiando minhas mãos numa gelada... gosma. No escuro, não notara como a maré estava baixa. Percebendo que meramente caíra de bunda na lama, gargalhei ruidosamente. E depois que comecei, não conseguia mais parar. As gargalhadas e o avanço indiferente do rio à minha frente, as gaivotas fofocando casualmente no alto, me ajudaram a voltar à realidade.

Só porque um relacionamento acabou não significa que tenha sido um fracasso. O verdadeiro fracasso é o casamento que já se desgastou há tempos, mas continua se arrastando em meio ao tédio e ao rancor. Como dois astronautas apertados numa cápsula espacial, o casal sem amor vai viajando pelo espaço juntos, roubando o oxigênio um do outro.

E foi assim, nessa escura noite de dezembro, sentada nas margens enlameadas do Tâmisa com o traseiro machucado, que cheguei à conclusão de que não precisava do meu marido. Na verdade, eu sempre cuidara da família sozinha. Como a maioria das esposas, era uma mãe solteira casada. Desde a separação, as crianças estavam tão intimidadas que ficaram obedientes. A compaixão por mim havia acalmado seus comportamentos e aumentado sua consideração. E sem Rory... bem, na realidade, isso significava apenas uma criança a menos para cuidar.

Para ver o panorama geral, às vezes é preciso sair dele. Subi de volta pela grade. Minhas mãos estavam congeladas, meus lábios dormentes, o casaco cheio de respingos de lama, enquanto chamava um táxi para voltar para casa.

Havia sido medrosa por tempo demais. Era o tipo de pessoa que olhava para os dois lados antes de cruzar os braços. Obviamente meu único propósito na vida era agir como um aviso aos outros. Não podia culpar Jazz, porque as desigualdades que ela apontara no meu casamento eram reais. Eu era culpada de uma cumplicidade autoaniquiladora. Minhas amigas, minha família, os funcionários da escola, meu marido — todos haviam me tratado como uma escrava. Eu fiz tudo menos catar uvas e abaná-los com folhas de lótus. Chega de minha velha vida. Havia renascido! Podia ganhar agora o Prêmio Shirley MacLaine pelo Conjunto da Vida Passada. Assim que chegasse em casa tomaria medidas drásticas. Eliminaria Jazz, Hannah e Rory da minha lista de Amigos e Familiares com a British Telecom. Eu ia mostrar a eles!

E depois teria um cachorro. Rory estava certo sobre isso, pelo menos. Cães são leais, estão sempre felizes em te ver, e raramente são roubados por outra mulher.

Senti a agitação de uma nova esperança. Não acreditava que ficara na beira do precipício daquele jeito. Mas assim como ser engolido pelas ondas, às vezes você tem que tocar o chão para saber qual o caminho para cima.

24. A recompensa

Acordei me sentindo disposta, saltitante e esperançosa. (Melhor tirar vantagem enquanto dura). Nem mesmo meu iminente desemprego era o suficiente para me deixar para baixo. Scroope havia decidido ficar comigo até o Natal, mas me fez pagar por sua clemência me fazendo cumprir hora extra todo santo dia.

Estava no último dia do semestre, uma chuvosa quinta-feira à tarde, esperando no gelado espaço designado "sala do atraso" com um aluno cuja mãe que trabalha fora ligara uma hora e meia antes para chorar histericamente por estar presa no trânsito. Eu entendia; e sabia como era de enlouquecer. Como não queria que a criança se metesse em encrenca, nem que sua mãe fosse para um tipo de lista negra, fui até o escritório e bati o ponto, disse adeus a meu hediondo diretor, num tom de voz alto e firme — e então desci de volta o corredor para esperar com o garotinho, às escondidas, no silêncio da enfermaria. Depois que o despachei para casa por um portão lateral e nos braços de sua mãe aflita, a atmosfera ficou estranha. Geralmente o zelador estava no pátio fumando, mas ele também fora embora para o Natal. A escola, toda fechada e trancada, parecia estar prendendo a respiração.

Enervada pelo silêncio e contendo minha tristeza por ter que deixar meu emprego, peguei minha bolsa e andei na ponta dos pés pela janela do diretor em direção ao estacionamento dos funcionários. Estava quase saindo quando escutei um barulho estranho. Pancadas abafadas e gemidos vindos da sala do diretor fizeram-me pensar que ele definitivamente ainda estava lá e, possivelmente, tendo um ataque cardíaco. Exceto que, é claro, ele não tinha coração. Com a discrição que vem depois de anos de espionagem maternal, abri a porta do santuário de Scroope.

A expressão em meu rosto deve ter transmitido mais surpresa que a dos convidados para o casamento de Michael Jackson. Porque lá estava meu diretor com as calças em volta dos joelhos, batendo na bunda nua de Perdita, que estava deitada em sua mesa, de saia para cima e calcinhas para baixo. Enquanto a régua chibatava suas nádegas de porcelana, ela choramingava: "Não vou deixar outros meninos me tocarem nunca mais. Só você, senhor."

Era uma tortura não explodir em gargalhadas histéricas, mas não queria que notassem minha presença. Não até eu ter saboreado o delicioso gosto picante do momento — e gravado tudo para a posteridade com a câmera do celular.

Suas reguadas e choradeiras eram tão altas que consegui um bom minuto de filmagem antes de Scroope me ver parada ali, filmando. Então ele pareceu um hipopótamo tendo um ataque epiléptico. Seu pomo de adão subia e descia por seu esôfago como um ratinho entupido de anfetaminas.

— Puxa, não tenho certeza de que isso esteja de acordo com as normas de saúde e segurança, você acha, Sr. Scroope? — questionei em voz alta. — Preencheram o formulário de avaliação de riscos? Humm, deixe-me pensar. Como se qualificaria transar com uma funcionária da sua equipe em sua mesa?

Uma categoria de médio, baixo ou alto risco? Isto é, comecemos a pensar nos riscos percebidos e possíveis consequências, sim? Estão usando camisinha? Não. Bem, isso daria uma qualificação de alto risco então. Ah. E quanto a uma farpa ou corte de papel numa parte bem íntima da sua anatomia? Não muito saudável ou seguro, hein? E depois há o possível risco de eu denunciar vocês ao Conselho. — Seus olhos castanhos, debaixo das sobrancelhas espetadas, escorregavam por toda a sala. — Diria que isso conta como baixo, médio ou alto risco? Eu diria alto, muito alto, seu cretino. A não ser que eu seja reintegrada. Possíveis consequências de não ser? Vamos ver... acusações de corrupção, desonra e humilhação pública, e, é claro, divórcio. Avaliação do risco de eu ligar para sua esposa agora mesmo e mandar para ela esse vídeo que acabo de fazer com meu celular? Ah, alta. Muito, muito, muito alta na verdade!

— Mas... mas... — gaguejou Scroope com a areia movediça de justificativas moralistas antes de ceder. — Meu casamento não sabe o que é sexo há tanto tempo. Mas isso não tem nada a ver com Perdie... com a Srta. Pendal ter ganhado a promoção. Foi uma decisão muito dura.

— Sim, dá para perceber pelo vídeo.

Perdita estava lutando para recolocar as calcinhas.

— Não quis pegar suas ideias emprestadas, Cassandra. É só que eu sofro de um terrível complexo de inferioridade e...

— Você não tem um complexo de inferioridade. Você é inferior, Perdie.

— Tenha um pouco de compaixão — implorou ela. — Alguma lealdade entre professoras. Solidariedade entre irmãs.

— Puxa, eu não sei — respondi, e então repeti a resposta dela quando me flagrara entrando escondida na escola depois da excursão ao Museu da Ciência. — O dever vem antes da amizade.

— O que você quer? — perguntou Scroope sem rodeios.

Foi quando percebi que talvez eu não fosse uma pessoa tão boa quanto sempre acreditara.

— A promoção.

— O quê?

— Sim. Acho que essa é exatamente a desculpa que precisava para você me promover. — Repeti a frase dele para mim. — Na verdade, como eu deixara minha hostilidade em relação à nova vice-diretora, leia-se eu, tão aparente, fica claro que seria melhor para a escola você ver isso como uma oportunidade de mudar de vida e partir para outra, Sr. Scroope — parafraseei.

— Sua megera — cuspiu Scroope. — Dê o fora da minha escola.

— Tudo bem, então. — Dei de ombros. — Talvez devêssemos nos encontrar com o Conselho onde poderá discutir sua humm... relação de trabalho extremamente íntima com uma integrante da equipe a quem acabou de promover?

Scroope ficou pálido. Quando finalmente falou, foi num tom desanimado:

— Tenho 64 anos. Suponho que uma aposentadoria não esteja tão fora de cogitação.

Perdita disparou uma série de palavrões explosivos. Provavelmente porque sabia que teria que mudar sua caneca de chá escrita "Melhor Professora", para uma dizendo "Professora fofoqueira, mentirosa, traiçoeira e imoral que transa cinquenta vezes depois das aulas com um diretor que me faz repetir até eu acertar"! E tudo aquilo, no final, para nada.

Não sei se "regozijo" é a palavra certa, mas definitivamente uma sensação de calor se espalhou pelo meu corpo.

— Ah, e a propósito — parei na porta —, quanto a seus bastante óbvios problemas matrimoniais, Sr. Scroope... Talvez terapia de casal pudesse reacender uma aura de admiração e mistério. Tenho o telefone de uma excelente terapeuta, seu nome é Bianca. Vou te mandar um e-mail com os contatos dela, está certo? Ah, e feliz Natal para vocês dois. Parece que ganharam seus presentes adiantados! — Era uma piadinha óbvia, mas que prazer me deu em fazê-la!

Como se as coisas não pudessem ficar melhores, o próximo momento de felicidade envolvia Rory.

Era véspera de Natal. As crianças estavam na cama e eu estava embrulhando seus presentes e colocando debaixo da árvore, quando uma chave virou a tranca e lá estava ele, ziguezagueando na minha direção, costurando o caminho e dando a volta nos móveis, inclinando-se perigosamente para o chão.

— Ssssinto muitoooo — disse com os olhos turvos. Dava para usar o bafo dele para limpar meu forno.

— Rory, veio dirigindo até aqui? Está completamente bêbado.

— Não, vim andando. Estava brincando com a filmadora hoje...

Grunhi e me encolhi, com medo de que ele me contasse por quê. Bianca o escalara para seu vídeo de sexo, lembrei.

— Sim? — perguntei.

— E — soluçou ele—, sem eu saber, Jenny gravo-ou a c-c-c-corrida.

— A o quê?

— A Corrida das Mães. No dia de e-e-e-esportes dela. Estava trêmula e tinha muita coisa filmada. Mesmo. Digo, ela filmou seu pé durante meia hora. Mas Bianca realmente te empurrou. Revi vinte vezes. Sinto muito por não ter acreditado em você.

Quando ele me segurou nos braços, senti-me escondida, amparada. Do fundo do seu abraço pensei ter escutado ele me pedir para aceitá-lo de volta.

— O quê? — Me afastei para olhar para ele. Era uma mudança de direção que deixaria qualquer garota tonta.

Foi quando meu marido ajoelhou-se e fez uma tentativa precipitada de reconciliação:

— Por favor, me aceite de volta. Eu não sei o que deu em mim. Devia estar tendo uma crise de meia-idade.

— Humm... como se pode ter uma crise de meia-idade quando nunca se saiu da puberdade?

— Me sinto tão culpado. Acredite, se eu fosse um dos meus cachorros, teria que me sacrificar. É a única coisa humana a se fazer. Nunca deveria ter abandonado você por aquela mulher.

— E onde está Bianca, afinal? — Num helicóptero voando baixo demais em direção a um cabo de eletricidade, esperava eu.

— O que percebi é que Bianca... bem, ela só ama a si mesma.

— Pelo menos assim ela não tem concorrência.

A maioria dos casos de amor, quando analisados na sua essência, são tão ridículos quanto pessoas só de roupas de baixo. E o de meu marido não era exceção.

— Ela precisa de um transplante de humildade. — Ele soluçou de novo.

— Bem, você não se qualifica para ser doador, Rory, acredite em mim.

Ele riu.

— Viu como é esperta? — Seu sorriso era como um abraço. Meu coração batia insubordinadamente. Por um momento, pareceu que ele realmente podia ter se metamorfoseado de volta para homem por quem havia me apaixonado.

— Eu mudei, Cassie, mudei mesmo. — Ele me tomou nos braços mais uma vez.

Olhando para seu rosto, o estudei. Homens podem mudar?, perguntei-me. Mecanismos, sim. Pneus, sim. Cuecas, ocasionalmente. Mas comportamento? Nunca. Uma nova invenção era necessária. O marido monógamo. Patente pendente.

— A única coisa que mudou é que agora seus pelos do nariz estão mais compridos — disse a ele.

Por um momento ele pareceu surpreso, em seguida se recompôs.

— Deixe-me adivinhar. Ainda está com raiva do tipo VOCÊ DORMIU COM OUTRA MULHER. Se apenas não tivesse me levado àquelas malditas aulas, Cassie!

— Ei, não fui eu quem fez de você um idiota, Rory. Você fez tudo isso sozinho. Você me deixou. E sabe o que percebi? Que não preciso de você. Já estava fazendo tudo sozinha mesmo. Na verdade estou tendo muito menos trabalho sem você. As mulheres não precisam mais de maridos. Se Jane Austen estivesse viva hoje em dia, estaria escrevendo sobre um Sr. Bennet tentando arranjar casamento para seus quatro infelizes filhos.

Rory, que sempre achei que só seria capaz de chorar se o estádio de futebol local fosse levado pelo mar num acidente bizarro relacionado ao aquecimento global, fungou uma lágrima de volta.

— Só porque não expresso sempre meus sentimentos, não significa que eles não existem.

Tentei um sorriso de comiseração, mas era cansativo demais.

— Gostaria de ter pena de você, gostaria mesmo, mas meu estoque de depressão se esgotou. Simplesmente não tenho mais depressão em mim.

— Não... não me ama mais?

Era uma pergunta dolorosa. Sua boca se endureceu esperando o golpe.

— Apenas não preciso mais de você. — Aquilo partia o que restava do meu coração, mas pela primeira vez na vida, eu era independente. E da maneira que via, estava de pé sozinha, e assim ele nunca mais poderia me pisotear de novo.

— Mas... mas... eu... não consigo sobreviver sem você.

— Ah, você vai sobreviver. Vai acampar e construir uma grande fogueira só esfregando dois pequenos galhos um no outro e caçar um alce ou seja lá o que vocês homens fazem.

E então ele me envolveu, suas mãos alcançando toda parte.

— Me aceite de volta. — Era como estar à mercê de um polvo.

— Me larga, Rory. Viu? Você não mudou. Ainda acha que sexo é a solução para tudo.

— Mas de que outro jeito posso provar meu amor por você?

— Puxa, eu não sei. Num tribunal, talvez? — sugeri, encaminhando-o até a porta.

No dia seguinte ele ligou dez vezes perguntando se podia levar a mim e às crianças para um jantar de Natal. Um convite com intenção de dar culpa. Mas estávamos comemorando o Natal com meus pais, que haviam se reconciliado e iam usar o dinheiro do seguro pelo incêndio da barraca e seu conteúdo para um cruzeiro no Mediterrâneo. Mandei uma mensagem de volta para Rory: "Desculpe mesmo. Não podemos."

Seria maldade fazer isso? Não sei. Tudo que sei é que ser trocada por seu marido pela sua terapeuta tende a mudar a visão de uma pessoa sobre o que se considera boas maneiras.

Numa carta para os pais de alunos da escola primária North Primrose que chegou por volta do dia de Ano-Novo, o diretor do Conselho escreveu:

É com pesar que escrevo a vocês informando da renúncia, com efeito imediato, de Claude Scroope da diretoria da North Primrose por motivos pessoais. Gostaríamos de agradecê-lo por seu notável trabalho...

Ah, se apenas eles soubessem quão notável seu trabalho havia realmente sido.

A carta continuava dizendo como a escola havia se saído bem na Liga Nacional no último ano.

Aquela não fora a única área na qual ele fizera um bom trabalho também, pensei maliciosamente.

Concluindo o texto diziam: *A Chefe Interina, uma posição que pretendemos fazer permanente nesse futuro próximo, é agora a Srta. Cassandra O'Carroll.*

Ganhar a posição de diretora através de chantagem era uma coisa desleal de se fazer? Provavelmente. Mas a vida me ensinara uma lição nunca revelada na faculdade de letras: quando a vida te der limões, faça uma limonada.

PARTE CINCO

25. Se existe um testamento, quero estar nele

O toque do telefone racha meu crânio como um machado. Tateio em busca do telefone e atendo.

É Quincy Joy, solicitadora de Jasmine.

— Que dia é hoje? — pergunto, confusa.

Pela janela, nuvens cinzentas se espalham pelo céu de janeiro. Na teia de galhos de árvores, vestígios da névoa da manhã estão espalhados aqui e ali como fios de cabelo.

— Segunda-feira. A audiência para a fiança de Jasmine foi agendada para esta tarde.

Caramba. Percebo que venho rabiscando esse depoimento de vez em quando há uma semana.

— Está tudo no papel para você. — Bocejando, junto às páginas espalhadas ao lado da cama. — Da maneira de que me lembro.

— Encontre-me em Holloway. Vou ter que te encaixar como minha funcionária. Leve seu passaporte para se identificar.

Agora que sou diretora, invento uma desculpa inverossímil para me convencer de por que não preciso ir à escola hoje, acredito piamente nela, e corro até a prisão.

Quando Quincy chega às stalinistas salas de espera da prisão (na verdade, até mesmo Stalin teria considerado essa arquitetura brusca demais), pergunto imediatamente como está indo o caso de Jazz. Seus olhos turvos, juntos demais em seu rosto sério, se escurecem.

— Nada bem. A procuradoria tem provas de que ela tentou contratar um tal de Billy Boston como assassino de aluguel para eliminar o marido. — Ela apaga um cigarro com o salto da bota para aquiescer com a norma de não fumar. — Ele foi solto sob fiança por fraude, então o canalha está oferecendo depoimento em troca de alguma coisa. — Ela toma um gole de um espresso duplo do Starbucks.

— Confiável? Boston? Primeiro, ele é um assassino condenado e, segundo, é um dramaturgo. Dramaturgos ganham a vida mentindo!

Quincy sacode os ombros:

— O que uma garota pode fazer quando existe alguém em sua vida que preferia que não existisse? Escolhe o que parece ser o caminho mais sensato para qualquer mulher de classe média respeitável: paga um homem para fazê-lo. — Ela faz uma pausa para tossir metade do pulmão enquanto murmura como precisa de outro cigarro. — A maioria dos assassinos é rastreada através de uma ligação direta, então um assassinato por alguém desconhecido da vítima é um caso mais difícil de solucionar. Um amante se encaixa perfeitamente. Esse é o retrato que a procuradoria vai apresentar. E não vão querer liberá-la sob fiança, podendo interferir com suas testemunhas. Acha que pode arranjar 20 mil libras, caso ela consiga, mesmo com uma chance tão remota, ser liberada? É uma garantia de que Jasmine comparecerá ao julgamento.

— Cristo! Eu não tenho como. Sou mãe solteira. Minha autoestima pode estar voltando, mas, ei, meus cheques também. Mas conheço alguém que pode...

Quando liberam nossa entrada na sala de entrevistas da prisão Holloway para ver Jazz, sua voz está lamuriosa de derrota.

— Vão me condenar, não vão? Estou ferrada.

Não demorou muito para ela aprender o linguajar criminoso. Seu olhar lembra os olhos de vidro de criaturas empalhadas que eu vira com Hannah à venda em leilões da Christie's. O som assustado de sua voz não combina com a definição de "A Viúva Alegre" que a mídia lhe atribuiu. Os jornais agora publicam matérias de como a esposa de David Studlands, antigo presidente da Royal College of Surgeons e distinto especialista da Organização Mundial da Saúde, foi presa em Londres e acusada por seu assassinato.

— O procurador já me mandou um documento sobre acréscimo de provas e está com um caso bem forte contra você, Jasmine — explica Quincy, sentando de lado em sua cadeira. — Então não tenha grandes esperanças.

— Caso? Que caso? Não existe um caso.

— Aparentemente você contou ao seu cabeleireiro que existe vida após a morte, após a morte do seu marido. E você dizia ou não dizia frequentemente que só existiam dois dias bons para estar perto do seu marido? No dia em que se casam... e no dia em que o enterra?

— Bem, foi isso mesmo. E "se existe um testamento, quero estar nele". Sim, sim, isso é chamado senso de humor de esposa. Estava brincando. Quem são todas essas testemunhas me apunhalando?

— Ah, não se preocupe. Existem provas sobre isso também. Aparentemente seu marido reclamou com amigos que você o atacou com uma faca de cozinha.

— Escute, sou uma chef — respondeu Jazz. — Se eu quisesse matar David teria administrado drogas lentamente e disfarçado o gosto amargo em comidas apimentadas, como curry por exemplo.

A advogada de Jazz engasga e seu espresso sai em jatos pelas narinas.

— Bom, vamos manter essa pérola entre nós, sim? E você disse ou não a Billy Boston que a melhor coisa em ter um amante ex-condenado era sua experiência com armas?

Jazz fica pálida.

— Sim, mas...

— Boston afirma que você planejou o assassinato do seu marido com ele, para ficar com seu seguro de vida uma vez que suas poupanças estavam acabando, parcialmente por causa dos seus gastos extravagantes com garotões.

— Não! Porque David hipotecou nossa casa sem eu saber!

— Para fazer suas caridades na África. Não acho que terá muitos votos de compaixão com isso, Jasmine.

— Compaixão? E vai haver compaixão por mim, por tentar salvar a porcaria do meu casamento depois de tudo que ele me fez? Santo Deus! Faz alguma ideia da coragem que precisei ter? Pouco antes do Natal, David disse que queria deixar todas as suas infidelidades e traições para trás e dar continuidade à nossa vida juntos. A princípio achei que não conseguiria sair daquele ciclo de ressentimento e raiva. Mas, com o tempo, tive que admitir que deveriam existir motivos para David ter tido tantos casos. Certo? Isto é, obviamente o casamento não estava proporcionando a ele algo de que precisava. Percebi que a maneira pela qual um casal supera o trauma da infidelidade depende do quanto se amavam no começo e do quanto valorizam seu passado juntos. David é o único homem que amei de verdade. É o pai do meu único filho, pelo amor de Deus. Precisávamos tirar Josh de um relacionamento prejudicial que estava tendo... — Noto que ela não menciona o nome de Hannah. — ... Então planejamos uma viagem de férias para a Austrália. E o que descobri foi que meu novo realismo emocional na verdade beneficiava nossa relação. De verdade. Ajudava a restaurar minha dignidade e paz de espírito. E David estava genuinamente arrependido. Havia estado sob tanta pressão. Um projeto de negócios que iniciara na África estava dando errado. Eu tinha ficado ressentida. Ah, quantas coisas terríveis dissemos um ao outro. — Ela estremeceu. — Bem, colocamos tudo aquilo para trás. Estávamos tão ansiosos para mais trinta revigorados anos juntos. E agora, se ele morreu... — Sua voz ficou presa na garganta. — Como conseguirei achar um motivo para viver se David estiver morto? Mas preciso ser forte para ajudar Josh a passar por isso. Meus sentimentos estão à flor da pele. A dor nunca irá embora. Como poderia? A cada dia tudo fica mais difícil, mas temos que seguir em frente com esperanças de que David vá entrar por aquela porta. Se eu temer o pior, então não terei mais esperanças. E tenho mesmo essa esperança, no fundo de meu coração, de que ele vai ligar e vou escutá-lo dizendo "Oi, querida. Estou em Darfur", em alguma missão médica da qual se esqueceu de me contar, ou... — Ela deixa a cabeça cair entre as mãos.

A advogada de Jasmine põe um braço consolador em volta do ombro de sua cliente.

— Olha, ainda não está sendo julgada. Temos que convencer o juiz de que não vai fugir do país, cometer ofensas similares, ou tentar influenciar uma das testemunhas.

Enquanto Quincy se prepara para ir, Jazz pede um cigarro.

— O capelão daqui sugeriu que eu agradecesse por tudo que tenho na vida. — Apesar do aviso de "Não Fumar", ela risca o fósforo e traga maniacamente. — Mas o que eu tenho, Cassie? Presa, por algo que não fiz, dívidas a perder de vista, uma companheira de cela lésbica... — Quincy está sugando o interior líquido de um pirulito com um barulho molhado que faz Jasmine estremecer. — O país inteiro acha que sou uma assassina e que estou pronta para enterrar meu marido, um feito ainda mais difícil pelo fato de que ele ainda possa estar vivo em algum lugar. Ah, sim, estou me sentindo fantasticamente agradecida nesse momento.

Nas horas que me restam antes da audiência de fiança esta tarde, juro tentar fazer o melhor possível para ajudar minha amiga mais antiga. E só existe uma pessoa em que posso pensar para pedir ajuda...

A expectativa e o pavor que eu sentia ao ter que ver seu sorriso indolente fazia meu coração acelerar. Concordamos em nos encontrar no Boom Boom Bar. Saindo do metrô, rajadas de vento frio varriam como a luz de um farol meu rosto de cima a baixo, e eu me interrogava sobre meu real motivo por estar aqui.

Quando conto para Trueheart sobre os apuros em que Jasmine se encontra, ele cai numa gargalhada insolente:

— Então, deixe ver se entendi. Quer que eu testemunhe que Billy Boston está mentindo? Ferrar com um colega é um crime sério no meu mundo, gata. Se concordar — ele abre um meio sorriso —, o que eu ganho com isso?

Enquanto ele abre a tampa de sua garrafa de Coca-Cola, os músculos de seu braço se retorcem e aparecem sob sua pele da maneira mais inquietante.

— Não parece estar levando essa conversa a sério — censuro-o. — A audiência da fiança dela é essa tarde.

— Ah, mas estou, sim — responde ele de forma irreverente, antes de se inclinar e, com presunçosa indiferença, abrir um botão da minha blusa. Despreocupado e sem cerimônia, ele é cheio de travessura. — Tipo, muito a sério.

— Na verdade, não adianta tentar nada comigo. Sou muito melhor com gramática. Talvez eu pudesse apenas dar um jeito no seu particípio longo ou algo do tipo?

— Pense no assunto, gata — sugeriu Trueheart enquanto eu voltava ao tribunal.

E realmente penso, passando pela Catedral de St. Paul, em direção a Old Bailey, com o coração galopando. O que está me impedindo? Sou uma mulher solteira agora. E Trueheart poderia ser dublê de corpo de Denzel Washington. Talvez levá-lo para minha cama pudesse tirar Rory da minha cabeça, e me dar espasmos orgásticos?

Na região em volta da rua Fleet e da Catedral de St. Paul, as ruas são cheias de prédios sarapintados de aparência doentia. Old Bailey, com suas imperiosas colunas clássicas de pedra gelada, era a ameaçadora exceção. Tubarões, também conhecidos como repórteres, circulavam do lado de fora, agitados, à espreita, irritáveis. Procuradores e advogados distribuíam cartões de visita como numa partida de pôquer. Quando um prisioneiro famoso se aproximava escoltado pela polícia, uma fuzilaria de disparos de paparazzi explodia.

Enjoada de nervosismo, espero na cheia cantina do Old Bailey e observo as mulheres mais velhas, tirando magnificamente seus casacos com capuzes de penas como águias doentes. Bebendo chá escaldante e reaplicando seus batons, imagino que sejam as matriarcas das famílias criminosas do East End. Então vejo também suas equivalentes mais jovens — loiras substituíveis, seus vestidos curtos e transparentes e rostos cheios de cosméticos. Elas praguejam alto por não ser permitido fumar e suas pernas nuas são imunes ao frio.

Quincy me dá um tapa no ombro e marcho, com o coração na boca, até a ornamentada sala de tribunal com seu grande brilho de candelabros e luzes e me sento com a equipe legal dela, na hora em que as acusações estão sendo lidas em voz alta.

— ... O Ato 1861 de Crimes Contra o Indivíduo concede jurisdição aos tribunais deste país para julgar uma cidadã inglesa pelo assassinato no exterior de outro cidadão inglês. Temos mais provas obtidas pela polícia do sul da Austrália, excelência.

A viúva, o cabelo cor de manteiga preso num coque, parece frágil e assustada no banco dos réus. Apesar de tentar parecer digna, os nervos de Jazz a denunciam, e ela umedece, como um gato, os lábios com a língua. A advogada de Jazz lê uma carta pedindo eloquentemente pela fiança, com a acusada tendo os requisitos de um lugar para morar, mais as 20 mil libras do fiador.

O Procurador da Coroa contesta enfaticamente:

— Essa mulher tinha intenções de se beneficiar da morte do marido, Excelência. Ela não é uma mulher que lamentaria sua morte. Ao contrário, ela pretendia comemorá-la. — O procurador, careca de tanta preocupação, também está sem dúvida furioso com o mundo por suas cicatrizes de acne, que lhe dão uma pele parecida com queijo cottage marcado com um garfo; um óbvio obstáculo a qualquer aspiração romântica. Só pode ser essa a explicação de por que ele agora insiste em retratar Jazz como uma interesseira, presa nas teias do submundo do crime.

— Não há dúvidas de que um crime foi cometido. As férias felizes em família eram uma armação. Durante meses Jasmine Jardine estava sofrendo por uma separação dolorosa do marido, brigando pelos bens e pela custódia dos filho. — Ele em seguida a acusa de planejar o assassinato por contrato do marido para ganhar o seguro de 2 milhões de libras, convencendo seu amante, Billy Boston, que também estava na Austrália na época como convidado de um festival de literatura, a assassinar seu marido e jogar o corpo no mar. — Quando Billy Boston recusou, ela obviamente arranjou outra maneira. Essa mulher altamente manipuladora tinha dois motivos para querer ver David Studlands morto: dinheiro e liberdade sexual.

Oh-oh, penso, roendo as unhas. E como não podia deixar de ser, o procurador revela agora que Jazz traíra seu marido com mais de uma dúzia de homens no último ano.

— Homens desonestos; homens que sem dúvida poderiam oferecer a ela amplas rotas de fuga do país. Vangloriando-se de em breve ser uma rica viúva, ela embarcou numa série de casos, enquanto seu marido se dedicava aos pobres na África.

O juiz dá uma bufada depreciativa e olha severamente através de seus óculos para a Mulher Escarlate. Tenho vontade de gritar que na verdade fora Jazz quem quase morrera de uma overdose de casamento e que seu marido estava na verdade explorando os pobres, mas como não era nem para eu estar aqui, mordo a língua.

— Excelência. — A advogada de Jazz se levanta e adota a postura aduladora de um lacaio real. — Esse caso é de pessoa desaparecida. A polícia australiana deu início a uma investigação para tentar encontrar o Dr. Studlands. Existe uma recompensa sendo oferecida. Não existe prova de nenhum crime, apenas a palavra de um ex-condenado.

Jazz choraminga e seca os olhos com um lenço.

O procurador, transbordando de sarcasmo, lembra ao juiz que ninguém aparenta estar tão abatido pela dor quanto a viúva.

— Tão abatida que horas depois de seu desaparecimento já estava perguntando sobre sua apólice de seguro de 2 milhões de libras e benefícios como pensão.

— Posso falar? — pergunta Jazz, apesar de não esperar uma resposta. — A tristeza por meu marido poder ter se afogado teve que ser superada para eu poder ajudar meu filho. Josh precisa seguir em frente com sua vida...

— Posso lembrá-la da necessidade de se defender apenas na hora solicitada? — O juiz tenta silenciá-la, suas vogais pesadas e redondas caindo sobre ela como raios. — E através de sua advogada — advertiu. Mas Jazz o ignora. Essa mulher tem o destemor que alegam ter nas suas acusações, ou seja, ela não quer nenhuma.

— Apesar de ter que aprender a aceitar o inaceitável, a possível morte de minha alma gêmea, não vou permitir que a tristeza arruíne a vida do meu garoto. Se me mantiverem na prisão, não tenho como reconfortar meu filho.

— Por favor, cale-se! — O juiz fez um barulho como um leão-marinho em trabalho de parto, e comecei a me preocupar seriamente em como Jazz vai lidar com o trabalho de carimbar livros na biblioteca da prisão pelo resto da vida. Ela se atirara à mercê da corte e se esborrachara.

— Existe uma real preocupação de que a acusada tente influenciar a testemunha, que está em liberdade sob fiança — continua o procurador. — Temos provas de que uma vez ela tentou matar o marido substituindo seus remédios de malária, assim expondo-o ao parasita *Plasmodium falciparum*. Ela também mediu errado seu colete à prova de balas. Mais provas de sua crueldade.

Mais uma vez, a parte legal do meu cérebro pensa "Ops".

Jazz se engasga com um soluço. Mas a única coisa que comoveria esse juiz seriam suas entranhas. Ele está olhando Jazz de um jeito frio, como se ela não fosse nada mais que uma espécie sob a lente de um microscópio. Estremeço de medo. A essa altura já acabei com minhas unhas e estou roendo até os cotovelos. Mas quando parece que o futuro dela está na balança, como se andando na corda bamba, um oficial do tribunal chega perto do procurador segurando um fax num papel oficial. Lendo rapidamente, seu rosto se alonga de surpresa e sua pele de queijo cottage parece vencida.

— Excelência, acabamos de ser informados pela polícia do sul da Austrália que o torso de David Studlands foi descoberto na barriga de um tubarão branco. Diz aqui que o Departamento de Pesca estava caçando grandes tubarões brancos por causa de um aumento na ocorrência de ataques. — Lê em voz alta. — O predador contendo parte do corpo que agora foi identificado como sendo do Dr. Studlands era largo como um carro e tinha 7 metros de comprimento. É impossível dizer o que ocasionou o ataque considerando que não é época de migração. A vítima estava no mar ao anoitecer, a hora mais perigosa. Tubarões também conseguem detectar a mais diminuta quantidade de sangue e um absorvente usado foi encontrado no bolso de trás do calção de banho da vítima.

Ouço um grito, e vejo Jasmine caindo num desmaio.

Existem muitas coisas boas em ser mulher. Uma é ter prioridade para ser tirada de navios naufragando. Outra é não ter que ajeitar sua genitália em público. E a terceira é que você pode assustar chefes homens, policiais, ou juízes idosos com misteriosas doenças ginecológicas ou a mera menção da palavra "absorvente".

A curiosidade do juiz vence sua vergonha e ele esquece o protocolo ao perguntar a Jazz, que está chorando quietamente no banco depois de meia hora de recesso para ela assimilar o choque da notícia da morte do marido, por uma explicação a respeito do "produto de higiene feminina".

— É uma prova, isso que significa. Prova de como eu e David estávamos nos dando bem — choraminga Jazz. — Estávamos brincando na água rasa perto das rochas. David queria transar. Eu estava menstruada. E, bem, não queria largar meu absorvente interno solto no oceano. Isto é, podia ser levado por uma onda e ir parar no rosto de algum pobre banhista. Então David galantemente ofereceu se para guardá-lo no bolso de trás do calção. Esse era o nível de intimidade e amor que tínhamos, Excelência. Depois disso, fiquei cansada e quis nadar na beira da praia. David disse que me encontrava depois para um drinque ao pôr do sol, mas, enquanto eu estava tomando banho, suspeitei que ele tivesse ido mergulhar além do pedaço de terra onde nos avisaram para não entrar. Ele era assim, destemido. Um verdadeiro herói. E bem... já sabe o resto.

O tribunal inteiro estava olhando para ela agora. Não acredito que adeptos de esportes radicais, também conhecidos como "doadores de órgãos", nunca tivessem pensado em "Nadar com absorvente usado no bolso em águas infestadas de tubarões" como sendo a última moda para se arriscar em busca de adrenalina.

— Somos ingleses — gritou Jazz subitamente. — Não sabíamos que tubarões se alimentam à noite. Também não sabíamos que eles detectam a quantidade mais ínfima de sangue.

Ela começa a chorar de novo. Lenços de papel são providenciados e um copo de água é levado até ela.

Olho ansiosamente para a advogada de Jazz. Não tenho certeza de se essa nova revelação ajudou seu caso ou não. Jazz só fora presa por tentativa de assassinato, graças à prova de Billy Boston. Agora existe um corpo, isso aumentara ou diminuíra suas chances de liberdade?

A comoção atrás de mim é Quincy Joy, voltando pela porta da sala de tribunal. Observo-a cochichar no ouvido do advogado de Jazz. Ele se levanta magistralmente.

— Excelência, a solicitadora da Srta. Jardine foi procurada pela testemunha que quer se retirar do caso e foi aconselhada a ir até a polícia verificar essa informação. Considerando que a confiável testemunha da Coroa provou-se não confiável e retirou sua declaração, e o resto das provas sendo meros rumores e especulações, tenho certeza de que concorda que o Procurador da Coroa retire todas as acusações.

Jazz olha na minha direção. Eu a encaro de volta. Tudo que posso pensar é que Trueheart deve ter decidido que precisa dar um jeito em seu particípio longo afinal.

Uma hora se passa enquanto espero na velha porta da cela para a polícia e a prisão confirmarem que Jazz não está sob custódia por nenhuma outra acusação. Quando seus formulários de liberação são finalmente assinados, ela aparece. Imagino quantas vezes um guarda de prisão já abrira sua porta para duas mulheres caírem nos braços uma da outra, rindo e chorando ao mesmo tempo. Estamos ambas inundadas de alívio.

— Obrigada por se oferecer a cobrir a fiança, Cassie — fungou Jazz. — Você realmente é uma grande amiga.

— Na verdade, não fui eu. Estou dura como sempre... Foi Hannah.

Jazz pareceu estupefata por um momento, antes de voltar a seu comportamento abrasivo de sempre.

— Pensando bem, se soubesse dessa, teria preferido ficar na prisão. Isto é, olhe para mim, querida. Perdi seis quilos, me desintoxiquei de todo o álcool e voltei a ler. Uma curta temporada na prisão pode ser o novo ashram.

Na saída de Old Bailey direto para um bar na rua Fleet para um drinque de comemoração, Quincy agarra meu braço:

— Acredito que deva a seu velho um agradecimento.

— Quem... Rory?

— Sim. Acidentalmente deixe-o a par do endereço de Billy Boston. E aparentemente ele lhe fez uma visitinha... junto com um rottweiler, um dobermann, um dogue alemão, um pote de aranhas venenosas e um saco cheio de pítons.

— Rory fez isso?

Fico desconcertada. Durante essa aventura em Old Bailey, um lugar notório por corrupção e maus hábitos, conheci apenas dois policiais que foram atenciosos, e Jazz me contou que seu advogado dissera ameaçadoramente que se chamava Graham e como estava ansioso em manter seus custos legais baixos. Então, talvez meus preconceitos estivessem errados sobre outras coisas também — como se um marido desonesto, apodrecido e cachorro poderia ou não se transformar num cavaleiro de armadura Armani.

Mas não havia tempo para ficar pensando nesse enigma. Depois de algumas taças de champanhe em comemoração, subitamente eram oito horas da noite. Tenho que dispensar a babá, limpar a cozinha, descongelar a comida de amanhã, corrigir deveres de casa, colocar as crianças na cama, pagar contas, fazer vários projetos faça você mesma em casa e — ó Deus! Tentar encontrar um encanador. Seria mais fácil reencontrar meu orgasmo do que achar um encanador numa gelada noite de janeiro. Meu aquecedor central é um daqueles modelos pré-programados na fábrica para pifarem no minuto em que a temperatura atinge os níveis de inverno. E, aparentemente, o homem que eu havia contratado não conseguiu achar minha casa — mesmo que deva ter procurado pela rua durante literalmente um milésimo de segundo antes de correr para casa em sua van branca aquecida pensando em sua lareira depois de me deixar um aviso de que voltava a me procurar por volta de, ah, mais ou menos janeiro do ano que vem.

Rory era quem sempre cuidara do encanamento antes. Ah, bem, pelo menos nesse último ano ele trouxe a religião para minha vida. Agora realmente sei como é estar no inferno.

26. O marido que fica em casa

Com exceção da descoberta de um vídeo de sexo entre Condoleezza Rice e George Bush, e de sua autenticidade, a coisa mais animadora que pode acontecer com uma mãe solteira e exausta é chegar em casa e encontrar sua casa milagrosamente pintada e o jardim bem-cuidado. Num primeiro momento, deixo o táxi passar direto pela minha casa. Está tão bonita que não reconheci. A grama está aparada, as cercas vivas cortadas, os latões de lixo fora de vista, a descascada porta da frente pintada de um belo cor-de-rosa. Puxa vida, até mesmo a figueira foi replantada. Quando entro desorientadamente, o calor do hall me envolve — assim como os aromas vindos da cozinha. Deus! É cheiro de frango assado e torta de maçã que estou sentindo?

— Querida. — E lá está Rory, de avental.

— Está *cozinhando* de verdade? — Minha pulsação se acelera.

— Os deveres de casa estão feitos e já coloquei os uniformes da escola para lavar. Troquei os pneus, li e preenchi todas as garantias, tirei ar do radiador, consertei o aquecimento central, retirei as folhas das calhas, montei os móveis da Ikea, troquei as lâmpadas queimadas e fechei a clínica. Também aluguei alguns espaços na Kilburn High Street para trabalhar e você não ter que aturar tantos animais fedidos. Achei que podíamos usar o espaço vazio para a família... derrubar as paredes e fazer uma área para as crianças e um escritório para você. Isto é, agora que é diretora da escola. Estou tão orgulhoso de você. — Ele sorri e os cantos de seus olhos se enrugam de bondade. — Sua primeira tarefa no novo cargo é me fazer escrever cem vezes: "Devo idolatrar minha esposa e tomar banho de vez em quando."

Encaro meu marido estupefata. Que diabo eu ia fazer com meus lábios agora que não podia fazer bico toda vez que olhasse na direção dele?

— Viu? — continuou. — Os homens podem mudar.

— Ai, meu Deus. Que barulho é esse? — perguntei. — Ah, já sei. É o som de milhões de mulheres rindo até morrerem. — Estreito os olhos. — Quanto tempo acha que essa fenomenal mudança vai durar, Rore? Acha que já não o conheço a essa altura?

— Bem, só existe uma maneira de se tratar uma mulher, embora ninguém tenha descoberto como é ainda! Mas eu vou limpar mais e escutar mais, e agora tenho as coordenadas até o ponto G! É tão bom que pretendo passar mais tempo lá. E te amo muito. Então já é um começo, certo?

As palavras são disparadas de sua boca como se fosse um leiloeiro. E o que está vendendo é a si mesmo.

— Rory, a questão é que superei você.

— Me superou? Cristo, o que eu sou? Uma gripe?

Tiro meu casaco e surpreendentemente ele o pega das minhas mãos e o pendura. Em seguida me leva gentilmente até a cozinha, que está impecável, a propósito, e me senta à mesa belamente arrumada com a prataria polida em cima de uma toalha imaculada. Para onde nos mudamos? Stepford?

— Você realmente foi amedrontar o dramaturgo presidiário para retirar seu depoimento? — pergunto.

— Fui. É incrível o que as pessoas conseguem fazer quando estão com um dobermann furioso olhando para elas. Não fiz isso por Jasmine, no entanto. Fiz para provar o quanto te amo. Por favor — implora Rory arrependidamente —, por favor, me aceite de volta. — Se sua voz tivesse pernas, estaria de joelhos. — Perdoe-me, Cass.

Balanço a cabeça em movimentos curtos e rápidos de determinação.

— É por causa da minha air guitar? Ou tem mais alguma coisinha? — pergunta ele nervosamente, servindo meu jantar.

— Ah, não, nada mais, só que quando as crianças nasceram, tudo bem, fiquei em casa, mas quando voltei a trabalhar em tempo integral, você simplesmente esperou que eu continuasse a fazer toda a limpeza, a faxina, a comida. Deixou a meu cargo organizar a vida das crianças e levantar quando elas acordavam à noite. E comecei a me ressentir disso. Minha personalidade mudou. Senti que não podia ser eu mesma. Perdi o interesse em sexo; Jesus, tenho estado mais seca que o chinelo esquerdo de Gandhi. Mas você notou? Não. E foi por isso que sugeri terapia. E ambos sabemos que de nada adiantou... Mas tirando essas pequenas, minúsculas e bobas coisinhas, estou bem. Realmente, estou bem pra caramba! — Enfio uma garfada cheia de comida na boca, uma comida maravilhosamente boa, observo.

Rory se retrai.

— Escute, o que aprendi foi que a única regra para se ter um bom casamento é conversar sobre qualquer problema com honestidade suficiente para podermos concordar em eu estar sempre errado — brinca.

Esse é mesmo meu marido falando? Ele deve ter feito um curso na Escola Diga a Coisa Certa. Olho fixamente para ele com suspeita.

— Cassie. — Ele se senta do outro lado da mesa. — Sei que quer que eu expresse minhas mais profundas emoções e compartilhe meus sentimentos. E eu faria isso, acredite, só que sou um homem. Não acho que eu tenha sentimentos profundos... Exceto por você, Cass.

Olho para ele da mesma maneira que um peru olha para seu dono antes do Dia de Ação de Graças.

— O que está pensando? — pergunta.

Estou pensando que o jantar está delicioso.

— Que meu coração ficou com uma cicatriz por sua causa, pelos meus sentimentos destroçados.

— Mea-culpa — responde contritamente. — Mas não pode existir um estatuto de limites para culpa de adultério? Não posso viver sem você, Cassie. — Ele fica vesgo e finge se estrangular. — Não pode me deixar. Não agora que aprendi em qual temperatura lavar as roupas coloridas.

Devo estar sorrindo para ele, porque seu rosto se ilumina.

— Acho que ela está me aturando melhor — diz Rory para o alto. — Digo, ela só me deu joelhadas na virilha duas vezes durante todo esse diálogo! — E depois abre aquele sorriso. É um sorriso que o torna imediatamente cativante. Levanto-me rapidamente e finjo jogar alguma coisa no lixo, só para sair do alcance de seu charme, e fico surpresa ao ver que a caixa vazia de leite foi jogada fora e não simplesmente guardada de volta na geladeira. Quando abro o freezer para pegar vodca, vejo que as bandejas de gelo estão cheias. Ele sorri para mim de novo, então me retiro para o banheiro, só para dar de cara com tudo cheiroso e limpo. Não apenas os azulejos foram esfregados com uma escova, mas o rolo de papel higiênico foi trocado. Esses milagres nunca vão acabar? Tenho a impressão de que mesmo se estivesse na contramão, Rory ficaria sentado quieto e não diria nada!

— Sei que sou insensível, Cass — continua quando volto boquiaberta para a mesa. — Cristo. A família do meu melhor amigo poderia ser extinta por um louco de serra elétrica em punho e eu não saberia, porque estaria preocupado demais falando sobre o resultado do jogo de ontem. Não sou bom em expressar meus sentimentos, não verbalmente. Mas existem outras maneiras. — E então ele me puxa para um dos seus abraços envolventes. Ele cheira a dentes escovados, como uma criança, e a roupa recém-passada. Sua mão em meus quadris é conhecida e reconfortante. É como o jeans gasto favorito que posso vestir sem pensar duas vezes.

— Te amo mesmo, Cass. Se ao menos eu fosse melhor com palavras. Sei que soa brega, mas sinto muito, sinto desesperadamente tanto por te magoar. E às crianças. Deixei-as bem cansadas hoje com toda essa arrumação.

Então ele me pega pela mão e subimos as escadas até os quartos das crianças, arrumados à perfeição — até mesmo as maçanetas foram polidas — para olhar nossos amados agasalhados na cama, com sonhos passando rapidamente em seus rostos suaves como o luar. Enquanto volto para as escadas, ele pega minha mão e a aperta. Inclino-me e beijo sua boca. É impossível dizer qual de nós dois fica mais surpreso com esse gesto. E depois ele me olha como se eu fosse crème brûlée e ele fosse a colher.

— Quero você — diz Rory, e posso sentir sua voz no fundo do meu estômago como alguma heroína de Mills & Boon. Sentimentos há tempos guardados entram em erupção. Minnas glândulas salivares trabalham em dobro. E então ele me beija, com tudo o que está sentindo. A curta barba que ele está deixando crescer me faz cócegas sedutoramente, fazendo os nervos do meu pescoço saltarem loucamente. Enquanto sua mão escorrega para baixo da minha saia, ele murmura palavras em meu ouvido, palavras como adoração, devoção. Também parece ter desenvolvido uma inédita dedicação às palavras com C. Compromisso é uma das mencionadas. Seguida por Comunicação. E então Cozinhar.

— Cozinhar? — Estranho, mas enquanto respiro, sinto o cheiro de pinheiro do piso de madeira não mais coberto de poeira, e minha cabeça fica leve de felicidade.

Rory me beija com cada vez mais calor, saboreando meu pescoço até eu estar escorregadia como um peixe, as algas marinhas de meus pelos pubianos enrolando-se úmidas em volta de seus dedos. Ele tira minha calcinha e tenho um ridículo acesso de vergonha quanto a ele me ver nua. Ele já me viu nua tantas vezes — puxa, quase fiz cocô nele durante o parto! — mas parece estranho de repente. Mas então ele passa os dedos por meu clitóris e, "Ahmeudeus", estou sem fôlego, "Isso! Isso!". E estou agarrando os botões da sua calça jeans Versace, observo, e não são as que comprara para ele — mas nesse momento em particular não faria diferença para mim se fossem shorts de lycra de bolinhas. Meu marido então me abre com carícias constantes e fortes, cada vez mais fundo com seus dedos e, ajoelhado diante de mim, com sua língua. A tensão aumenta dentro do meu corpo enquanto o ritmo se intensifica com o prazer. Meus dedos correm por seus cabelos. Sinto ondulações em meu sangue, sou inundada de calor e começo a tremer.

E posso sentir um orgasmo como um táxi vindo pela rua, parando no meio-fio, e se preparando para a corrida. Meus ouvidos estão estourando, obviamente devido a uma mudança de latitude, porque ele me deitou no carpete ah-tão-bem-aspirado, separando meus joelhos com seu corpo e entrando em mim. Mando um alerta para o controle de tráfego aéreo. O controle de tráfego aéreo me relembra a checklist.

Ele está mais concentrado no seu prazer do que no dele? Sim.

Mostrou mais intimidade emocional? Sim.

Limpou a casa? Sim.

Fez molho para a carne? Sim.

Ele fez você se sentir querida, amada, respeitada, adorada? Sim. Sim. Sim.

Está agora autorizada a sua largada.

Motores de propulsão ligados. Houston, decolamos!

É hora de encontrar os Achados e Perdidos. Achados: um orgasmo. Um orgasmo de derreter a espinha, parar o coração, fazer desmaiar e cair de joelhos. O Mary Celeste foi resgatado. Amelia Earhart — finalmente descoberta, viva e bem. O Triângulo das Bermudas, mapeado. O Monstro do Lago Ness, capturado. O Abominável Homem das Neves, domado. A raiz quadrada da hipotenusa... Ah, por Deus. Quem liga para matemática numa hora dessas?!

O terremoto interno que tanto se esquivara de mim toma posse. Até não existir nada a não ser uma sensação de branco.

— Por sorte, você não precisa de muitas preliminares — observa Rory alegremente.

Abro com dificuldade um olho borrado, consumida demais pelos abalos sísmicos para recuperar o fôlego.

— É uma piada. Tudo bem, cedo demais para piadas, mas gatinha, minha nossa! — Ele sorri sombriamente. Rory então me tira do chão como um viking saqueador e me carrega nua com exceção de minhas botas, por cima do ombro até o quarto. Tudo está impecavelmente limpo, e cheio de flores. Ele me deita sobre os lençóis, que estão com cheirinho de limão de recém-lavados e estão brancos como neve, e, ah-só-posso-ter-morrido-e-estar-no-céu, foram passados.

— Minha nossa! — concordo.

E mais uma vez estamos entrelaçados, resplandecentes. E, bem, não achei um orgasmo de novo. Puxa vida, achei dois. Esperara e ansiara tanto e por tanto tempo, que eles fizeram a erupção de Krakatoa parecer um leve tremor. Sexo no casamento? Bem, é como quando você esquece que está com o limpador de para-brisas intermitente. Já se esqueceu dele e de repente: XUÁAAA!

Deitada ali em minha casa perfeita de cartão-postal sobre minha deslumbrante e imaculada cama, com meu marido em versão nova e melhorada, aquecida pelo cheiro doce de nossos corpos, alongo-me satisfeita como um gato — como os gatos que não preciso mais aturar.

— Então, posso voltar para casa? Queria que eu fizesse algumas mudanças, algumas com as quais concordei, mas todas serão feitas mesmo assim — promete Rory. Ele começa a fazer amor comigo de novo, então para abruptamente. — Espere. Tenho que lavar a louça antes.

Ai meu coração! Enquanto ele está lá embaixo, o telefone toca e a secretária eletrônica atende. Posso escutar Bianca gritando no telefone. Rory não atende e sinto-me ainda mais satisfeita. Noto que ele colocou um aro de basquete em cima do cesto de roupa suja para aperfeiçoar sua mira, e rio. (Era algo que precisaria ensinar ao nosso filho — faça metade das tarefas de casa e o humor de sua esposa não vai ligar nem um pouco para Sir Isaac Newton e suas teorias absurdas sobre a gravidade). Dez minutos mais tarde, ele volta, tomando-me nos braços, toda a confusão em minha vida purgada e o passado purificado.

— Sim. Pode voltar para casa. — A paz de espírito suaviza sua expressão, até eu emendar — Eu, no entanto, ficarei fora por um tempo.

— O quê? — Ele se ergue sobre um dos cotovelos. — Por quê?

— Bem, o Conselho ligou no fim de semana para me oferecer oficialmente o velho emprego de Scroope. No entanto, a nomeação só será feita depois da Páscoa. Então, antes disso, vou tirar umas pequenas férias. Tenho urgentes papos-de-perna-para-o-ar-com-minhas-amigas-enquanto-você-cuida-das-crianças para fazer. Em minha opinião, me deve pelo menos três anos e meio repetindo "Já escovaram os dentes?". Me deve pelo menos cinco anos de limpá-los após as refeições. Seis meses de ficar na fila em brinquedos de parques de diversão, anos levando chuva na cabeça em campeonatos de esporte e uma década sentada à beira da piscina comunitária entediada até a morte vendo-os não ganhar competições de natação.

— Ah. Certo. — Rory assente timidamente. — Mas quando você voltar? Vamos ficar juntos de novo, não vamos?

— Talvez — respondo cautelosamente. — Vamos ver como vai se sair.

E ele encara isso como uma deixa para mais uma rodada, tocando-me em todos os lugares em que amo ser tocada, enquanto olha nos meus olhos e diz que me ama. E eu olho de volta, saboreando cada beijo. Deslizando para o lado do seu corpo musculoso, tento dizer que também o amo, mas minha garganta parece estar apertada.

Piegas? Pra caramba.

27. Como matar seu marido (e outras utilidades domésticas)

Os ingleses acham que otimismo é um problema de vista. Mas eu? Sempre vejo o copo metade cheio. Sempre tenho uma esperança secreta de que o alarme no modo soneca de Julieta irá acordá-la a tempo de impedir que Romeu beba a poção venenosa. Que Desdêmona diga a Otelo que pare com a paranoia e tente gerenciar melhor sua raiva. Que Hamlet faça terapia para curar sua depressão e se case com Ofélia. Então, em se tratando de Jazz e Hannah, também tinha grandes esperanças de salvar nossa amizade.

Amigos nos definem bem melhor que nossos parceiros ou família. Amantes e marido vêm e vão, filhos deixam o ninho, mas amigas, com todas as suas alfinetadas, armações e tagarelices, são a espinha dorsal da sua vida.

Foi me dar conta disso, a oferta de Hannah de pagar a fiança e o fato de ela alugar um iate caribenho para férias, com direito a tripulação, que convenceu Jazz a deixar a situação freudiana da sedução de seu filho para trás. Estávamos no bar perto de Old Bailey, comemorando a liberdade de Jazz, quando Hannah telefonou das ilhas Turks e Caicos para oferecer seu exótico convite.

— Então, vocês virão se juntar a mim, queridinhas, para me ajudar a aproveitar algumas ilhas?

— Bem, na verdade estarei ocupada tirando com a pinça alguns pelos em volta dos mamilos. É claro que vou, sua idiota. Está brincando?

— Eu não a ajudaria nem urinando nela se estivesse pegando fogo — resmungara Jazz quando aceitei o convite de Hannah, mas eu sabia que ela já estava pensando em sua depilação. Josh, cansado da atenção da imprensa e aceitando a perda de seu indiferente pai, optara por viajar de mochileiro com alguns amigos mais velhos antes da faculdade. Ele recuperaria suas notas máximas quando estivesse numa universidade. Então realmente não havia nada que impedisse Jasmine.

E foi assim que, duas semanas após a libertação de Jasmine, acabei com o primeiro de muitos drinques na boca enquanto uma aquosa luz do sol refletia no deck do brilhante iate branco de Hannah. Essa vida deixaria pintos no lixo parecendo infelizes.

Hannah, o pirulito humano, chega ao deck com uma silhueta decididamente roliça, usando saia e camiseta brancas.

— Acham que ganhei peso? — pergunta.

— Não, querida — respondo, enquanto cochicho para Jazz: — Peso?! Jesus Cristo. Aviões militares podem confundi-la com um porta-aviões e tentar aterrissar em sua barriga.

Outras mudanças também são visíveis. Ela não está usando maquiagem, sua pele está castanha como um violino, e nada está muito bem-depilado.

— Estou grávida — declara.

Se as velas do navio estivessem içadas, o sobressalto que eu e Jazz damos juntas poderia ter nos impulsionado até São

Cristovão e Neves. Mas o iate continua ancorado com os outros grandes barcos no porto, enroscando suas amarras nas deles.

— Santo Deus. — Jazz senta-se no deck. — Por favor, não me diga que está esperando meu neto?

— Não! Sinto muito por Josh. Durou uma semana. Acho que eu devia estar tendo algum tipo de colapso. Mas não mais! Estou quase de três meses. Aos 44 anos. Incrível, não é?

— Acha de bom senso ter um filho na sua idade? Você pode colocá-lo em algum lugar e esquecer-se de onde foi. — Jazz, ainda magoada, comenta maliciosamente. Enquanto miramos o mar aceso como lantejoulas pelo sol, num ato de vingança, ela então delicia Hannah com cada história horrível de parto que consegue relembrar. — Aposto que esses olhos estão começando a ficar marejados hein? Começando a se arrepender de todo esse namoro com algum empregadinho agora, certo?

Hannah, deitada em sua espreguiçadeira, interrompe para explicar que comprou o esperma e teve então seu óvulo fertilizado, fora do útero.

— Não pareçam surpresas — diz. — Já devem ter ido a mais de um chá de bebê em que compareceram duas mães e um doador de esperma ou uma mãe solteira e sua cegonha.

— Pelos menos já está adaptada à rotina de um bebê... acordada a noite toda bebendo — brinco, mas sendo honesta, não sei se consigo imaginar Hannah com a montanha de bonecos de plástico em sua cama de mogno de dossel.

Enquanto passamos por cavernas, lagoas e praias de areias brancas luminescentes, Jazz se estica sobre uma toalha rosa usando um biquíni cor de pêssego.

— Não entendo. Durante anos nos deu sermão sobre como era absurdamente chato cuidar de crianças.

— Escrever um relatório de marketing de duzentas páginas sobre flutuações no mercado da arte também. Mas um relatório de marketing não te beija nem abraça nem vai te visitar no asilo quando você cheira levemente a urina, não é?

O sol do meio-dia pode ser impiedoso, mas olho para minha amiga com solidariedade e carinho. Até Jazz cede depois de um tempo.

— Estou feliz por você, eu acho — confessa. — Agora vá dar à luz em meio à vergonha e degradação como Deus quis. E certifique-se de ter um garoto para eu poder seduzi-lo enquanto ainda posso usar minhas pernas.

— Mas e o dinheiro, Hannah? — pergunto, gesticulando. — De onde está vindo? Isto é, com a pensão que paga a Pascal e...

Os olhos acinzentados de Hannah ficam um tom mais escuro e se apertam como os de um tubarão.

— Voto de silêncio, prometem? — Ela exige e concordamos, prometendo sermos discretas. — Bem, Pascal queria metade de tudo. E, apesar da forma como me traiu, estava disposta a ser generosa. Vendi nossa casa para pagá-lo. Mas quando aquele canalha insistiu que eu vendesse minha amada coleção de arte também para ficar com a metade do dinheiro... não podia deixá-lo se safar com isso. Então... mandei que as copiassem.

— Falsificação? — pergunto, passando uma grossa camada de protetor solar.

— Falsificações de especialistas. Bem, como pode imaginar, fiz alguns contatos e tanto no submundo da arte em todos esses anos, queridinha.

Mais uma vez Jazz e eu arfamos com tanta força que dessa vez, como as velas estão içadas, o barco momentaneamente muda de rumo.

— Dei as falsificações para Pascal. Aquele pateta, o grande artista, nem percebeu que eram imitações. Então vendi as telas verdadeiras no mercado negro em segredo. — Hannah afofa as almofadas do deck atrás de suas costas. — Não preciso nem dizer, queridinhas, que não posso voltar para casa por um bom tempo. Essas ilhas são um bom lugar para se esconder da receita federal, não acham?

— Também não posso voltar — concorda Jazz, acendendo seu décimo cigarro do dia.

— Ah, Jasmine. — Hannah afasta a fumaça do cigarro, mas dessa vez não reclama. — Você passou pela provação mais horrível, queridinha. Não consigo imaginá-la na prisão o tempo todo sendo inocente. Pelo menos sua consciência está tranquila.

Jazz solta a fumaça pelas narinas, como um dragão.

— Uma consciência tranquila significa apenas uma memória ruim, querida.

A luz do sol sobre a água é ofuscante, lançando quasares em seus olhos verde-jade de modo que não consigo decifrá-los. Ainda assim, sentada a favor do vento estou mais preocupada por estar sufocando com a fumaça do cigarro.

— Por que ainda está fumando essa coisa horrorosa? Pode contar a Hannah sobre o adesivo de reposição hormonal, meu bem. Voto de silêncio? — pergunto, e Hannah concorda. — Jazz está usando esses adesivos desde janeiro. Ela só começou a fumar para as pessoas acharem que eram adesivos de nicotina, porque não queria que ninguém soubesse que estava na menopausa.

— Está na menopausa? — Hannah parece surpresa. — Pelo menos vai economizar na conta com o aquecedor, queridinha.

— Acho que foi antecipada pelo estresse. Ironicamente, apesar de esse tempo todo ter fingido fumar, acabei ficando viciada na nicotina. Agora estou mesmo usando um adesivo Nicorette — ri Jazz, mostrando o pequeno adesivo quadrado na parte de dentro do braço.

Eu também rio, mas depois pergunto:

— Então onde está seu adesivo de hormônios? Na bunda?

— Ah, esses adesivos não combinavam comigo, querida. Comecei a engordar, então desisti. Não menstruo desde junho. É bastante libertador, na verdade!

— Mas... e quanto ao absorvente cheio de sangue encontrado no bolso de trás do calção de David? — pergunto, espantada.

Agora é a vez de Jasmine exigir um voto de silêncio. Quando concordamos com a cabeça, ela explica:

— Bem, eu nunca disse que o sangue era meu. Perder um marido pode ser muito difícil. E no meu caso foi quase impossível! Não fazem ideia de quantas picanhas tive que comprar naquela viagem à Austrália. Descobri que picanhas têm a maior quantidade de sangue para molhar os absorventes. Estava comprando picanha e ensopando absorventes internos pela porcaria da viagem inteira. Broome, a Grande Barreira de Coral, a praia de Cottesloe em Perth... Dezenas de pessoas já foram devoradas por tubarões ali, a parte sul de Bondi até tendo um trecho traiçoeiro apelidado de "expresso dos mochileiros". Eu só ficava remando no raso, entendem... Então em Cape Catastrophe, no sul da Austrália, um tubarão finalmente mordeu a isca.

O mar cintilante parece se arrepiar com sua revelação. Até as ondas parecem recuar do barco de nojo. O ar é tomado de correntes; correntes traiçoeiras como o mar, traiçoeiras como Jasmine Jardine. O balanço hipnótico do mar, o cheiro de sal, oceano e algas marinhas, me oprimem por um momento e corro até o parapeito para vomitar. Sinto como se estivesse submersa. Não consigo respirar. Com a cabeça pendurada de lado, silenciosamente suspiro. Depois deito contra o aço gelado, meus olhos marejados fixos no horizonte. Vejo mais um pedaço de terra antes de chegarmos a alto-mar. Ele se estende sobre a baía como um polegar dobrado, como se quisesse pegar carona para algum outro continente; algum lugar onde donas de casa desesperadas não matam seus maridos.

Tento ler a expressão de Hannah, mas ela está escondida de mim pela aba de seu chapéu.

O capitão de Hannah conduz o barco pelos estreitos até águas mais calmas. Uma refeição inteira se passa enquanto Jazz nos conta exatamente o que aconteceu na praia há todos aqueles meses. Ela fala até o sol se pôr num retrato positivamente assassino de tons de púrpura e vermelhos violentos. Ela conta sobre como se casou num impulso, um evento que deveria ter vindo com um manual de sobrevivência. Explica como seu marido mudara; como se tornou obcecado consigo mesmo e cruel, faminto por prestígio e poder. Ela conta como começou a temer por sua vida, dizendo que só fez tudo em legítima defesa:

— Não o matei. Apenas aumentei o fator de risco em sua vida já arriscada.

Mas para mim parece que Jazz o removeu tão hábil e completamente quanto o tumor que achara que ele a fizera ter. Espeto meu sashimi com a ponta de um dos palitinhos, levantando as fatias de peixe cru como se fossem provas de uma cena de crime. Hannah também brinca com sua comida, tirando os camarões do arroz e alinhando-os na mesa como pequenas vírgulas cor-de-rosa. Mais tarde, ancoradas numa baía debaixo das estrelas, enquanto a maré borbulha embaixo do barco, ainda estamos tentando aceitar a traição de Jazz.

— Vamos lá, garotas. Uma boa amiga paga sua fiança. Uma grande amiga foge da polícia com você, gritando: "Minha nossa! Essa foi por pouco!"

Observo-a em meio ao crepúsculo. Seu sorriso é tão luminoso que até mesmo nessa noite sem lua navios se desviariam dela, temendo rochedos. Ela é uma criatura selvagem como um peixe, de um calor úmido e perfumado. Jazz continua falando pela maior parte da noite, confessando tudo que sentira.

— Irônico, não é? Um homem tão misógino ser morto por causa de um absorvente. Um detalhe sem dúvida ignorado na autópsia, queridinha — anuncia finalmente Hannah, já quase de madrugada. — De certo ângulo parece uma atualização de Madame Bovary: esposa infeliz é infiel, mas ele morre e ela escapa. Não acha, Cassie?

O que eu acho é que, depois de 25 anos idolatrando Jasmine Jardine, ela oficialmente não é mais meu modelo de vida. Também estou pensando em entregá-la. Mas de quê isso adiantaria? Um julgamento de 12 semanas perante 12 pessoas não espertas o bastante para se livrarem do serviço de júri, escolhidas para deliberar sobre quem pagou pelo melhor advogado?

Às cinco da manhã, Hannah vai buscar champanhe para oferecer um brinde a nós três, considerando que merecemos algum tipo de prêmio pelo conjunto da obra por termos sobrevivido a todas as briguinhas, toda a infidelidade, pagar todas as pensões, sofrer a dor de um divórcio, uma morte, e, no meu caso, um golpe de esperteza e viver para contar história. Depois ela sugere que formemos um tipo de círculo e joguemos nossas alianças no mar para começarmos de novo. Ao amanhecer, estamos na proa do navio, a assassina, a falsária e eu, Diretora e Chantagista.

— Quando contar até três. Um, dois, três...

Vejo minha aliança de casamento caindo e então os lábios espumosos do mar se fecham sobre ela. Ainda quero Rory, mas Sob Nova Direção.

— O que vai fazer agora? — pergunta Hannah a Jazz enquanto nos sentamos juntas para nos reanimarmos com café e croissants.

— Vou voltar a trabalhar — confessa Jazz, a Deusa Doméstica, se aquecendo sob o sol da manhã como uma leoa.

— De chef?

— Sim, mas em meu próprio restaurante.

— Pode dizer que abocanhou algum dinheiro inesperado, ou de seu marido — gracejo mordazmente.

— Talvez na Austrália. Estão acostumados com criminosos lá — rebate Jazz.

— É mesmo? — Eu fungo. — Na verdade minha avó não queria que minha família se mudasse para a Inglaterra porque dizia que era de onde todos aqueles horríveis degredados vinham!

— E chega de homens. Vou simplesmente comprar um vibrador de luxo, de última geração, capaz de fazer tudo que se possa imaginar.

— Como trocar fraldas? — pergunta Hannah esperançosamente. — Para mim de agora em diante tudo é só bumbum e mamadeira — anuncia a executiva de ombreiras. — De uma coisa tenho certeza: não dou mais conselhos. Exceto para nunca se sentarem na primeira fila de um brit milá... a circuncisão judaica — explica para suas amigas Gói.

— De agora em diante meu único conselho vai ser nunca dar conselhos — acrescenta Jazz. — E quanto a você, Cassie?

E quanto a mim? Olho para minhas amigas mais antigas e penso nas mudanças sísmicas que nos renderam durante o último ano. Foi uma saga matrimonial tão grande. Uma coisa velha — um casamento monótono. Uma coisa nova — um garotão. Uma coisa emprestada — transar com o filho da sua melhor amiga. Uma coisa azul — reencontrar meu orgasmo. E o que percebi depois de tudo é que o casamento é felicidade e alegria — seguido de crianças, caos, decepções, terror, surpresas, traições, e ainda mais caos. E então, no final, felicidade e alegria por ter sobrevivido a todo o caos, crianças, decepções, terror, carinho, surpresas, traições e caos infinito.

Também percebi que o amor vem em pequenos jorros. Um pouco, depois muito. Não é uma onda permanente de felicidade. Ondas permanentes só acontecem com cabelos — e mesmo assim é necessária uma manutenção a cada seis meses. O amor é uma *hors d'oeuvre*, um canapé de caviar, não um básico. Preciso das batatas e da carne de uma família, filhos, azulejos novos para a cozinha, reclamações sobre o imposto de renda, o indigesto preço diário da vida doméstica. São carboidratos emocionais de que preciso... com o fabuloso e engordativo pudim pegajoso de vez em quando.

Hannah e Jazz estão se ridicularizando atrás de mim. Gostaria de me juntar a elas, mas como poderia ser amiga de uma assassina? Bem, não que Jazz tenha realmente matado Studz. Claro, ela carregara a arma. Mas foi o destino que apertou o gatilho... Talvez um dia, eu fale disso na terapia... Tá, com certeza.

E assim velejamos pelo nascer do sol, levadas por essa atmosfera de brincadeiras e camaradagem, tagarelando e balançando e gritando em meio às gargalhadas, apesar de ser impossível explicar de que estávamos achando tanta graça. Tudo bem, não é uma amizade perfeita. Agora que percebo que estou acolhendo duas criminosas, na verdade é bem cheia de defeitos. Mas, ei, o que não é?

A vida não é preto no branco. É meio cinzenta... como a água da máquina de lavar — que espero que Rory esteja usando diligentemente. E então penso em meu marido. Raios quentes do sol da manhã alcançam meu rosto virado para o céu como se fossem beijos. O ar está espesso do gosto salgado do mar. A salgada efervescência me faz pensar nele nu. Um feixe de sol inclinado aquece meu colo e minha pulsação acelera um pouco de desejo. E à medida que o dia vai ficando dourado, agradeço que em breve, assim que Rory tiver se tornado bom em Fazer Coisas Inteligentes com as Ervilhas e tiver dominado a arte de passar roupa — ah, a felicidade cheia de gás hélio do homem que te ama fazendo amor com você... e que acabou de passar aspirador na sua casa inteira — pode ser que eu resolva voltar para casa para mais um orgasmo.

Agradecimentos

Este romance foi concluído com apenas algumas pequenas lesões de maridos de amigas. É desnecessário dizer que qualquer semelhança entre qualquer dos maridos de amigas e maridos deste livro é mera coincidência.

Obrigada à minha grande amiga e editora Suzanne Baboneau, Ian Chapman e o competente agente, Ed Victor. Obrigada também a minhas irmãs Liz e Jenny, Victoria Hislop, Michael Brian e Grainne Fox, que aguentaram ler o primeiro esboço.

Naomi Felber e Mimi Greenburg foram tão gentis em ajudar sua amiga Gói com os iidichismos. Angie Mitchell e Siobhan McGrath gastaram suas canetas vermelhas no manuscrito para dar veracidade ao trabalho numa escola primária, assim como Jeannie Mackie, Jane Belson e Mark Stephens pela lei de família e criminal, e Sarah Liddon por informações veterinárias. Em outras palavras, se alguma coisa estiver errada, já sabem de quem é a culpa!

Obrigada também a Tabitha Peebles por toda a digitação, e a meus cunhados, Craig Doyle e Tim Robertson, por várias corridas de última hora até copiadoras e correios. Meus agradecimentos de coração a Pam Carter por me indicar para o programa para autores do hotel Savoy onde aprendi muito sobre suítes e comecei a escrever este livro.

E a Julius e Georgie, como sempre.

A autora também gostaria de agradecer a seu marido advogado, a quem nunca mataria, considerando que ele é o único esperto o bastante para excitá-la.

Este livro foi composto na tipologia Sabon LT Std,
em corpo 10,5/14,8, e impresso em papel off-white,
no Sistema Cameron da Divisão Gráfica
da Distribuidora Record.